DONNE CHE PENSANO TROPPO AD AMARE

Raggiungi la realizzazione di Te stessa

affinando tattiche di Seduzione e Manipolazione,

sviluppa l'autostima e la felicità, sconfiggi la dipendenza

sentimentale e smaschera il

linguaggio del corpo maschile

Di Martina Ferreira

Sommario

Introduzione

Questo libro offre un viaggio di esplorazione della vita femminile, toccando vari punti fondamentali del suo percorso e della sua crescita. Inizia discutendo l'importanza dell'autonomia per le donne, esplorando come raggiungere l'indipendenza personale e il valore del pensiero critico come strumento per superare le sfide della vita.

Affronta poi il delicato tema delle dipendenze, sia emotive che fisiche, esplorando i modi per liberarsi da vincoli malsani. Da qui, si fa un passo avanti per discutere il potere della seduzione e l'importanza dell'autostima attraverso l'accettazione e l'amore per il proprio corpo.

Si fa poi strada nell'arte della strategia, descrivendo come questa possa essere utilizzata per navigare attraverso le sfide della vita e per decifrare il linguaggio del corpo. Dalla capacità di prevedere e anticipare le difficoltà, il libro prosegue esplorando la resilienza verbale e il potere delle parole come strumenti di difesa e autostima.

Dopo aver esplorato questi argomenti, il libro si sposta verso i temi dell'amore e delle relazioni interpersonali. Si discute come amare senza possedere, come gestire le dinamiche complesse delle relazioni amorose e come bilanciare i desideri personali con quelli di un partner.

Il libro si conclude con una potente esplorazione della padronanza di sé e dell'impatto della forza femminile. Offre una riflessione approfondita su come le donne possono avere un effetto duraturo nella società, esercitando il loro potere personale e collettivo per creare un mondo più giusto ed equo. In tutto il libro, l'obiettivo è fornire strumenti pratici e utili per il lettore, ispirando e incoraggiando le donne a realizzare il loro pieno potenziale.

Capitolo 1: L'Autonomia Femminile

Nell'epoca attuale, l'autonomia femminile è diventata un tema centrale nella società, rappresentando una lotta costante per le donne in tutto il mondo. Essa rappresenta il diritto di vivere una vita libera e autonoma, di prendere decisioni indipendenti e di perseguire i propri obiettivi senza essere limitate da vincoli sociali. Per comprendere appieno il significato, è necessario esplorare i suoi tre pilastri principali.

La libertà individuale rappresenta un elemento fondamentale, consentendo di vivere una vita secondo le proprie scelte, desideri e valori. Essa riguarda la capacità di prendere decisioni autonome, di esprimere sé stesse senza paura di giudizi o repressioni, e di perseguire i propri obiettivi senza restrizioni basate sul genere.

Ciò implica la possibilità di scegliere il proprio percorso educativo, professionale e personale, senza essere limitate da stereotipi di genere. Significa poter decidere di perseguire una carriera di successo in qualsiasi campo, di dedicarsi a una famiglia, di vivere da sole o di formare relazioni basate sull'uguaglianza e sulla reciproca stima.

La libertà individuale permette alle donne di esplorare diverse identità e di definirsi in modi che rispecchiano la loro autenticità. Ciò può includere l'espressione della propria sessualità, la scelta del proprio stile di vita, l'adesione a credenze spirituali o filosofiche personali e l'adesione a tradizioni culturali o valori familiari che si sentono significativi.

Tuttavia, è importante riconoscere che è spesso minacciata da varie forme di oppressione e discriminazione. Le norme sociali, i ruoli rigidi, la violenza di genere e le barriere strutturali possono limitare la libertà delle donne e ostacolare il loro pieno potenziale.

Promuoverla richiede un impegno collettivo per creare una società in cui le donne siano libere da discriminazioni, violenze e limitazioni imposte. Significa creare spazi sicuri e inclusivi in cui le donne possano esprimere le proprie opinioni, perseguire i propri sogni e contribuire appieno alla società. È un obiettivo che richiede l'azione congiunta di individui, comunità, organizzazioni e governi per creare un futuro in cui ogni donna possa vivere in piena libertà individuale.

Un altro aspetto è la capacità di prendere decisioni indipendenti. Le donne devono essere in grado di esercitare il proprio diritto di autodeterminazione, di fare scelte che riflettano i loro valori, desideri e bisogni individuali. Ciò implica che abbiano il potere di decidere su vari aspetti della propria vita, compresa la propria salute, l'istruzione, la carriera, le relazioni personali e le scelte riproduttive.

Prendere decisioni autonome riguardo alla propria salute è di fondamentale, avere il diritto di accedere alle informazioni sulla salute, alle cure mediche e ai servizi sanitari, senza essere soggette a discriminazioni o restrizioni basate sul genere. Devono essere in grado di decidere liberamente sulla propria salute sessuale e riproduttiva, compresa la contraccezione, l'aborto, la maternità e l'assistenza medica durante la gravidanza e il parto. Questo richiede il pieno rispetto della dignità e dell'autonomia delle donne nella scelta dei loro percorsi di cura.

Nell'ambito dell'istruzione e della carriera, devono avere la libertà di perseguire le loro aspirazioni e di realizzare il proprio potenziale. Ciò significa avere pari opportunità di accesso all'istruzione di qualità e alle opportunità lavorative, senza subire discriminazioni, scegliendo liberamente le loro carriere, basate sulle proprie passioni e abilità, valutando in base al merito e alle capacità anziché al genere.

Devono avere il diritto di prendere decisioni riguardo ai loro partner, alla convivenza, al matrimonio o alla separazione. Devono essere libere di scegliere con chi condividere la propria vita e di esprimere i propri bisogni e desideri all'interno di una relazione. Avere il diritto di vivere libere da violenza, coercizione o controllo all'interno delle relazioni, garantendo il rispetto della loro autonomia e dignità.

Le donne devono avere il diritto di decidere quando e se avere figli, così come il diritto di accedere a servizi di pianificazione familiare. Questo richiede la garanzia di informazioni accurate, accessibili e non-biased, nonché la rimozione di ostacoli legali, sociali ed economici che limitano l'autonomia riproduttiva delle donne. Garantire alle donne la libertà di prendere decisioni autonome rappresenta un passo fondamentale verso un mondo più equo, inclusivo e giusto.

Ultima ma non meno importante è l'autosufficienza, essa riguarda la capacità delle donne di sostenersi da sole, di guadagnare un reddito dignitoso e di avere il controllo delle proprie risorse finanziarie.

Per le donne, l'autosufficienza economica rappresenta una via verso l'indipendenza e l'empowerment. Significa avere accesso a opportunità economiche, all'istruzione e alla formazione professionale che consentano loro di sviluppare le competenze necessarie per il successo nel mondo del lavoro. Ciò include l'accesso a formazione di qualità, programmi di apprendimento continuo e opportunità di sviluppo professionale che permettano alle donne di acquisire competenze specializzate e di adattarsi ai cambiamenti del mercato del lavoro.

Un fattore cruciale è l'uguaglianza salariale. Le donne devono essere retribuite in modo equo e paritario rispetto agli uomini per lo stesso lavoro svolto. Ciò richiede la rimozione dei divari salariali di genere e la promozione di politiche che promuovano la parità salariale. Inoltre, è importante affrontare le disuguaglianze strutturali e i bias di genere che influenzano i percorsi di carriera delle donne, limitando le opportunità di avanzamento e di raggiungimento di posizioni di leadership.

Le politiche pubbliche e le iniziative aziendali svolgono un ruolo fondamentale nell'assicurare l'autosufficienza delle donne. Ciò può includere l'implementazione di politiche di congedo parentale retribuito, l'accesso a servizi di assistenza all'infanzia di qualità, programmi di supporto all'imprenditorialità femminile, l'eliminazione delle discriminazioni di genere nell'accesso al credito e l'implementazione di programmi di formazione e mentorship specifici per le donne.

Inoltre, è importante considerare le sfaccettature che vanno oltre l'aspetto puramente economico. L'autosufficienza può riguardare anche la capacità delle donne di prendere decisioni finanziarie autonome, di gestire le proprie risorse e di sviluppare una sicurezza finanziaria a lungo termine. Ciò richiede una maggiore alfabetizzazione finanziaria e l'accesso a servizi finanziari che siano inclusivi e adatti alle esigenze delle donne.

L'autonomia femminile è quindi un concetto ampio che va oltre il semplice individuo. È un pilastro fondamentale per l'uguaglianza di genere e il progresso della società nel suo insieme. Quando le donne sono autonome, possono contribuire appieno alla società, partecipare attivamente alla politica, influenzare il cambiamento sociale e promuovere l'uguaglianza. È importante sostenerle e valorizzarle, affinché possano vivere vite soddisfacenti, realizzarsi appieno e contribuire al benessere di tutti.

Nel corso dei secoli, le donne hanno combattuto per ottenere pari opportunità e diritti, aprendo la strada all'autonomia femminile che conosciamo oggi. Esaminare l'evoluzione storica di questo concetto ci permette di apprezzare meglio i progressi compiuti e le sfide ancora presenti.

I movimenti femministi hanno svolto un ruolo cruciale. Nel XIX secolo, il movimento delle suffragette ha lottato per il diritto di voto delle donne, riconoscendo che il diritto di partecipare alla vita politica era fondamentale per l'autonomia. Questi sforzi hanno portato a importanti pietre miliari legislative, come l'introduzione del diritto di voto per le donne in diverse nazioni, tra cui la Nuova Zelanda nel 1893 e gli Stati Uniti nel 1920.

Negli anni '60 e '70, il movimento femminista di seconda ondata ha sollevato questioni chiave riguardanti l'autonomia femminile. Il movimento ha affrontato questioni come la discriminazione sul lavoro, il controllo riproduttivo e la violenza di genere. Le attiviste femministe hanno lavorato duramente per promuovere l'uguaglianza di genere e per garantire che le donne potessero prendere decisioni indipendenti sul proprio corpo e sulla propria vita.

Questo periodo ha visto importanti traguardi legislativi, come l'approvazione del Roe v. Wade negli Stati Uniti nel 1973, che ha sancito il diritto delle donne all'aborto.

Oltre ai movimenti femministi, i cambiamenti sociali hanno svolto un ruolo significativo nell'evoluzione dell'autonomia femminile. Nel corso del tempo, le idee sulla femminilità e sulle aspettative sociali delle donne sono cambiate. Le donne hanno sfidato i ruoli tradizionali di genere e hanno cercato di raggiungere l'indipendenza economica e la realizzazione personale. I cambiamenti nell'istruzione, nell'accesso all'occupazione e nella partecipazione alla vita pubblica hanno contribuito a promuovere l'autonomia femminile.

Gli sforzi per combattere la discriminazione di genere e promuovere l'uguaglianza hanno portato a legislazioni importanti in vari paesi. Ad esempio, molte nazioni hanno introdotto leggi sulla parità salariale, sulle quote di genere nei ruoli di leadership e sulla protezione contro la violenza domestica. Questi passi avanti hanno contribuito a creare un contesto in cui le donne possono raggiungere l'autonomia in modi sempre più significativi.

Tuttavia, nonostante i progressi, in alcune parti del mondo le sfide persistono ancora come ad esempio la disparità di genere, la violenza, la mancanza di accesso all'istruzione e alle opportunità economiche. È essenziale continuare a sostenere i movimenti femministi, promuovere la consapevolezza e lavorare per eliminare gli ostacoli che impediscono alle donne di raggiungere l'autonomia.

É un viaggio in continua evoluzione, plasmato dalle lotte e dalle conquiste delle generazioni precedenti. Mentre guardiamo al passato per trarre ispirazione, dobbiamo anche impegnarci a creare un futuro in cui l'autonomia sia garantita a tutte, senza restrizioni o discriminazioni.

L'autonomia femminile riveste un'importanza fondamentale nella società odierna, poiché influisce direttamente sulla vita delle donne, offrendo loro opportunità e contribuendo a migliorare la qualità della loro vita. La conquista dell'indipendenza non riguarda solo le donne stesse, ma ha anche implicazioni positive per l'intera società.

Quando le donne sono autonome, hanno la possibilità di sviluppare il proprio potenziale e di perseguire i propri obiettivi, hanno più opportunità a raggiungere il successo e a contribuire in modo significativo alla società in cui viviamo. Ciò include l'accesso all'istruzione di qualità, alle opportunità di carriera, all'imprenditorialità e alla partecipazione alla vita pubblica.

Questo, permette di superare le aspettative sociali limitanti, favorendo le diversità e l'inclusione, creando una società più ricca e innovata. Le donne possono perseguire le proprie passioni, esplorare interessi diversi e seguire carriere che possono essere state tradizionalmente considerate "maschili". Ciò contribuisce a un maggiore equilibrio di genere in diversi settori e ad una maggiore rappresentazione femminile in ruoli di leadership.

Inoltre, l'autonomia femminile influisce positivamente sulla qualità della vita in termini di autostima, fiducia e senso di realizzazione personale, promuove una maggiore consapevolezza di sé, consentendo alle donne di esprimere la propria individualità e di realizzarsi come persone a tutto tondo.

Da un punto di vista sociale ed economico, l'autonomia porta vantaggi tangibili, contribuendo alla crescita economica, al benessere delle loro famiglie e delle comunità in cui vivono, sono anche più propense a partecipare attivamente alla vita politica e ad esprimere le proprie opinioni e influenzare il cambiamento sociale, favorendo una società più giusta e inclusiva per tutti.

Nel cammino verso l'autonomia, le donne possono inoltre affrontare una serie di ostacoli che possono limitare la loro capacità di raggiungere la piena indipendenza.

Uno dei principali ostacoli è rappresentato dalle pressioni e dalle aspettative di imposte alle donne dalla società. Le aspettative culturali riguardo al ruolo tradizionale delle donne possono limitare la loro libertà di scelta e di espressione. Le pressioni per conformarsi agli stereotipi di genere possono influire sulle decisioni delle donne riguardo alla loro carriera, alle scelte personali e alla realizzazione dei propri obiettivi. Queste situazioni spesso mettono in discussione l'autonomia delle donne, costringendole a sottomettersi a ruoli predefiniti e a rinunciare alle proprie aspirazioni.

La discriminazione di genere rappresenta un altro ostacolo, che si manifestano attraverso disparità salariali, discriminazione nell'ambiente di lavoro e limitazioni nelle opportunità di carriera. Questi fattori possono influire sulla capacità delle donne di raggiungere l'autosufficienza economica e l'indipendenza finanziaria. La discriminazione può anche essere presente nel sistema legale, nella politica e nelle dinamiche sociali, limitando l'influenza e il potere.

Le limitazioni economiche un altro problema comune, dove possono trovarsi a fronteggiare una serie di sfide, come la mancanza di pari opportunità lavorative, l'accesso limitato al credito e alla proprietà, e una presenza inferiore in posizioni di leadership e di potere economico. Questi fattori possono limitare la capacità delle donne di essere finanziariamente indipendenti e di prendere decisioni autonome sulla propria vita e sul proprio futuro.

La violenza fisica, sessuale e psicologica gravi e intollerabili comportamenti che mirano la sicurezza e la libertà delle donne, limitando la loro capacità di prendere decisioni autonome e di vivere una vita tranquilla e libera dalla paura e dalla coercizione, creando un clima di insicurezza che può influire negativamente sulla fiducia delle donne nel perseguire la propria indipendenza e vita privata.

Promuovere l'autonomia femminile è un processo che richiede impegno e sforzi sia a livello individuale che collettivo. Le donne possono adottare diverse strategie per accrescere la propria autonomia e creare una società più equa. Di seguito sono riportati alcuni suggerimenti che possono essere utili nel percorso verso l'autonomia.

- L'educazione, cercare opportunità di apprendimento continuo, sia formale che informale. L'acquisizione di conoscenze in vari ambiti può consentire di prendere decisioni informate, di avere maggiore consapevolezza dei propri diritti e di sviluppare le proprie potenzialità. Può iscriversi a corsi o workshop che le consentono di acquisire nuove competenze, come il coding, il marketing digitale o la gestione finanziaria. Questo le permetterà di avere una maggiore consapevolezza e di sviluppare le competenze necessarie per prendere decisioni informate sulla propria carriera e finanze personali.

- Sviluppo di competenze che possono includere l'alfabetizzazione finanziaria, la gestione del tempo, la leadership, la negoziazione e la risoluzione dei conflitti. L'acquisizione di queste competenze può aiutare a prendere decisioni consapevoli, a gestire le proprie finanze, a stabilire obiettivi chiari e a sviluppare la fiducia nelle proprie capacità. Una donna può frequentare un corso di public speaking per migliorare le proprie abilità comunicative e acquisire fiducia nella presentazione di idee e nel negoziare situazioni lavorative. Questa competenza può aprirle nuove opportunità professionali e le darà la sicurezza necessaria per affrontare sfide lavorative.

- La fiducia in sé stesse è un elemento cruciale. Le donne possono lavorare per costruire la propria fiducia attraverso il riconoscimento dei propri successi, l'affermazione di sé, l'ascolto delle proprie intuizioni e la sfida dei limiti autoimposti. La pratica dell'autocompassione e l'elaborazione delle proprie emozioni possono anche sostenere la costruzione di una solida base di fiducia in se stesse. Può partecipare a gruppi di sostegno e workshop che si concentrano sull'autostima e lo sviluppo personale. Attraverso l'esplorazione delle proprie emozioni, l'elaborazione delle esperienze passate e l'apprendimento di tecniche di auto-accettazione, può costruire una solida fiducia in sé stessa che la sosterrà nel perseguire la propria autonomia.

- Networking e solidarietà. Possono cercare di connettersi con altre attraverso organizzazioni, gruppi di sostegno o iniziative comunitarie. La condivisione di esperienze, lo scambio di conoscenze e il supporto reciproco possono aiutare le donne a superare gli ostacoli e a trovare soluzioni collettive. Creare una rete di sostegno solida e includere voci femminili in posizioni di leadership può avere un impatto significativo. Ad esempio unirsi a un network professionale di donne che si supportano reciprocamente nel mondo del lavoro, permette di creare connessioni reali, di condividere conoscenze ed esperienze e di beneficiare del sostegno e delle opportunità che possono derivare dalla loro collaborazione.

- Sfidare e superare stereotipi, sia a livello personale che a livello sociale, implica l'affermazione di sé, l'esplorazione di interessi non convenzionali, la partecipazione attiva nella sfera pubblica e la promozione di modelli di ruolo positivi. Inoltre, possono anche sostenere la causa dell'uguaglianza di genere e promuovere la consapevolezza riguardo ai diritti delle donne e alle questioni di genere. Una donna può diventare un'attivista o una sostenitrice della parità di genere. Può partecipare a campagne che sfidano gli stereotipi di genere e promuovono modelli di ruolo positivi femminili.

- Utilizzare la tecnologia e le piattaforme online, tra cui le reti sociali, i corsi online, le risorse informative e le comunità virtuali dove possono fornire supporto, conoscenze ed esperienze che promuovono l'autonomia femminile. Le donne possono connettersi con altri gruppi di donne, per accedere a risorse educative e per far sentire la propria voce sui temi che riguardano l'importanza della loro autonomia. Ad esempio, può creare un blog o un canale YouTube in cui condividere le proprie esperienze e competenze, diventando un punto di riferimento per altre donne. Questo le darà la possibilità di raggiungere un pubblico più ampio e di offrire supporto, ispirazione e informazioni utili per promuovere l'autonomia femminile.

Furia Indomita Femminile: Il Percorso Verso la Sovranità

Nel cuore di ogni donna brilla un fuoco inestinguibile, un potere ancestrale pronto a scatenarsi. La sua indomabilità risiede non solo nella capacità di resistere, ma nel riconoscere e abbracciare il proprio potenziale interiore, trasformandolo in forza vitale. Questo percorso di rinascita, come una fenice che risorge dalle sue ceneri, richiede dedizione, coraggio e introspezione.

La danza del potere non è soltanto un movimento, ma un'evoluzione continua. Ogni passo, ogni svolta, ogni caduta e rinascita, rappresenta una fase di trasformazione nella vita di una donna. Mentre avanza in questo viaggio, affronta ostacoli, conquista nuovi orizzonti e, più di ogni altra cosa, approfondisce la connessione con se stessa.

L'essenza di questo viaggio risiede nella capacità di rimanere radicate alle proprie convinzioni, pur essendo aperte all'apprendimento e al cambiamento. Ad esempio, la ricerca dell'educazione e della conoscenza non ha fine. In un mondo in costante evoluzione, dove la tecnologia, la cultura e le scienze sociali progrediscono a ritmi vertiginosi, la donna indomita si mantiene al passo. Non solo assimila nuove informazioni, ma le utilizza come lente attraverso cui esaminare e reinterpretare la propria vita e il mondo intorno a lei.

Tutto inizia con l'auto-consapevolezza. Guardarsi allo specchio, riconoscere i propri pregi e imperfezioni, accettarli e comprenderli. La chiave non sta nel cambiare per conformarsi a un ideale esterno, ma nel riconoscere e valorizzare la propria unicità.

L'educazione ed espansione della conoscenza poi, rappresentano gli strumenti con cui una donna può scalpellare le catene della società, liberandosi da pregiudizi e limiti imposti. In questo viaggio di apprendimento, la conoscenza diventa un'arma e una protezione.

E non si tratta solo di forza mentale. L'allenamento fisico diventa un rituale, un momento in cui mente, corpo e spirito si fondono, rafforzando l'intero essere in ogni sua sfaccettatura. oltre a fortificare il corpo, rafforza anche la mente. Il sudore diventa simbolo di una dedizione che va oltre la mera forma fisica. È una manifestazione tangibile del lavoro interiore, della resilienza e dell'autodisciplina che caratterizzano la donna indomita.

Connettersi con altre donne amplifica questa forza. Insieme, creano un'eco di solidarietà e comprensione. Sono spalle sulle quali piangere, mani pronte ad aiutare, e voci che insieme possono creare un coro potente e indimenticabile.

Ma in questo percorso, imparare l'arte della manipolazione positiva è fondamentale. Non si tratta di inganno, ma di guidare situazioni a proprio favore, di tessere relazioni e influenzare positivamente gli altri per un bene comune.

Ogni donna deve poi imparare a stabilire confini chiari, a proteggere il proprio spazio, il proprio tempo e le proprie energie. Questo significa anche saper dire no quando necessario, e fare rispettare le proprie scelte.

Amarsi incondizionatamente è, forse, il passo più importante e difficile. Abbracciare ogni sfaccettatura di sé, senza condizioni, senza giudizi. E in questo abbraccio, trovare il coraggio di confrontarsi con le proprie paure, sfidandole e superandole.

Nel regno della sensualità, le donne scoprono un altro livello di potere. Il controllo e il consenso nel dominio sessuale non sono negoziabili. L'intuizione e l'astuzia diventano guide, mentre il valore e l'autostima si consolidano come pilastri. La comunicazione aperta definisce confini chiari e sicuri, e in questo spazio sacro, il piacere diventa un'espressione del potere femminile, un diritto da rivendicare e celebrare.

In sintesi, la rinascita del potere femminile non è un percorso lineare. È un viaggio, un movimento perpetuo fatto di alti e bassi, di sfide e trionfi. Ma con determinazione e consapevolezza, ogni donna può diventare maestra di questo percorso, tracciando il proprio destino con grazia e fermezza, nel contesto sessuale, l'incorruttibilità femminile rappresenta l'apice della sovranità personale. È il momento in cui una donna afferma il suo diritto non solo al piacere, ma anche alla sicurezza, al rispetto e all'uguaglianza. Questo spazio sacro diventa un terreno su cui esprimere la propria forza, vulnerabilità e desiderio, senza timore di giudizio o repressione.

Questo è il percorso della Furia Indomita Femminile, un viaggio senza fine verso la realizzazione del proprio potenziale illimitato. E mentre si avanza, si scopre che la vera danza del potere risiede nel trovare l'equilibrio tra la forza e la grazia, tra la determinazione e la dolcezza.

Capitolo 2: Il Mentalismo come Scudo

Il "mentalismo femminile", è l'abilità di comprendere e influenzare la mente e il comportamento delle persone, utilizzando una varietà di strategie come la lettura del linguaggio del corpo, l'analisi delle espressioni facciali, l'osservazione delle micro espressioni e l'utilizzo della comunicazione verbale e non verbale per creare connessioni più profonde e comprensione reciproca.

Il mentalismo può essere particolarmente utile come strumento per aumentare la sicurezza e l'autonomia delle donne. Permette di sviluppare una maggiore consapevolezza delle dinamiche relazionali, delle emozioni e dei bisogni propri e degli altri, fornendo loro una visione più profonda delle intenzioni, dei sentimenti e delle motivazioni delle persone che le circondano.

Può portare una serie di benefici. In primo luogo, consente di migliorare la propria comunicazione interpersonale. Attraverso la lettura del linguaggio del corpo e l'interpretazione delle espressioni facciali, le donne possono cogliere sfumature di significato non espresse verbalmente e rispondere in modo più adeguato alle esigenze dell'interlocutore. Questa abilità di comunicazione più sofisticata può migliorare la qualità delle interazioni e favorire una maggiore comprensione reciproca.

Inoltre, può contribuire a sviluppare l'empatia e la capacità di mettersi nei panni degli altri. Attraverso l'osservazione attenta e l'analisi delle espressioni emotive, le donne possono comprendere meglio le emozioni e le esperienze altrui,

17

facilitando una maggiore connessione e solidarietà. Questa competenza empatica può rafforzare i legami di fiducia e generare un senso di appartenenza più profondo nelle relazioni personali e professionali.

Il mentalismo può fornire uno strumento per individuare e gestire situazioni potenzialmente pericolose o manipolative. L'abilità di riconoscere e comprendere le intenzioni nascoste di altre persone e di leggere tra le righe può consentire alle donne di proteggersi da dinamiche disfunzionali e di mantenere la propria autonomia e integrità.

Gli strumenti di mentalismo offrono alle donne una serie di tecniche pratiche che possono essere utilizzate per migliorare la fiducia in se stesse e l'assertività.

Esaminiamoli nel dettaglio

- La lettura del linguaggio del corpo è una competenza chiave. Consiste nell'osservare attentamente i segnali non verbali che le persone emettono attraverso il loro corpo, come gesti, postura, espressioni facciali e contatto visivo. Le donne possono utilizzare questa abilità per comprendere meglio le intenzioni e i sentimenti delle persone intorno a loro. Possono riconoscere quando qualcuno è interessato e coinvolto in una conversazione o quando sta nascondendo qualcosa. La lettura del linguaggio del corpo può anche essere utile per comunicare in modo più efficace, adattando la propria postura per creare un'atmosfera di apertura e fiducia.

-

- La programmazione neuro-linguistica (PNL) è un insieme di modelli e tecniche che consentono di comprendere e influenzare la nostra mente e il nostro comportamento.

Ad esempio, possono utilizzare la tecnica dell'ancoraggio per associare uno stato di fiducia a un gesto o a una parola specifica. Quando si sentono insicure o dubbiose, possono richiamare l'ancoraggio per accedere a uno stato di fiducia e determinazione. La PNL può anche aiutare le donne a cambiare i modelli di pensiero limitanti e a sostituirli con pensieri positivi e potenzianti.

- Le tecniche di persuasione possono essere strumenti potenti per migliorare la fiducia in se stesse e l'assertività, quando utilizzate in modo etico e rispettoso. Una delle chiavi per persuadere con successo è comprendere i bisogni e le motivazioni degli altri. Questo implica ascoltare attivamente, porre domande aperte e cercare di capire i punti di vista e gli interessi delle persone con cui si interagisce. Una volta comprese le motivazioni degli altri, è possibile adattare il proprio messaggio e il proprio stile comunicativo per renderli più persuasivi ed efficaci. Ciò può includere l'utilizzo di un linguaggio chiaro e convincente, la presentazione di argomenti basati su fatti e dati, l'uso di esempi ed esperienze concrete per illustrare il proprio punto di vista e l'identificazione dei benefici che gli altri otterranno seguendo le nostre proposte. Tuttavia, è fondamentale utilizzare queste tecniche di persuasione in modo etico, rispettando gli interessi e i diritti degli altri. Non dovremmo mai cercare di manipolare o ingannare le persone per ottenere ciò che vogliamo, né utilizzare tattiche coercitive o di pressione per costringerle a prendere decisioni contro la loro volontà. La persuasione etica si basa sulla trasparenza, sull'integrità e sulla fiducia reciproca. Significa essere onesti e aperti riguardo alle nostre intenzioni e motivazioni, cercando di creare una connessione empatica con gli altri e ascoltando attivamente le loro preoccupazioni e punti di vista. Inoltre, è importante accettare che le persone hanno il diritto di prendere decisioni autonome e di avere opinioni diverse dalle nostre.

Oltre a queste specifiche tecniche, è fondamentale sottolineare l'importanza dell'autenticità e dell'empatia nel utilizzo degli strumenti di mentalismo. Le donne devono ricordare di essere fedeli a se stesse e alle proprie intenzioni, utilizzando questi strumenti per migliorare la comunicazione e promuovere la comprensione reciproca. L'empatia è una componente essenziale, in quanto consente di mettersi nei panni degli altri, comprendere le loro prospettive e interagire in modo più significativo e costruttivo.

Per sfruttare appieno gli strumenti , possono praticare e affinare queste abilità attraverso l'esperienza diretta, l'osservazione e l'apprendimento continuo. Partecipare a corsi o workshop di mentalismo, leggere libri sull'argomento e impegnarsi in esercizi pratici possono contribuire a sviluppare una padronanza di queste tecniche e ad applicarle in modo efficace nella propria vita.

Programmazione Neuro-Linguistica (PNL)

La Programmazione Neuro-Linguistica (PNL) è un approccio psicologico che si concentra sull'esplorazione dei modelli di pensiero e dei processi cognitivi che influenzano il comportamento umano. Si basa sulla convinzione che la nostra mente e il nostro linguaggio abbiano un impatto significativo sulla nostra esperienza e sul modo in cui interagiamo con il mondo. Ecco alcuni esempi di modelli di Programmazione

Neuro-Linguistica (PNL) che possono essere utilizzati per potenziare l'autonomia femminile:

- Le ancore positive sono un'importante tecnica di persuasione che può essere utilizzata per migliorare la fiducia in se stesse. L'ancoraggio consiste nell'associare uno stato emotivo positivo a uno stimolo specifico, come una parola o un gesto. Ad esempio, una persona potrebbe associare la parola "forza" o un gesto come un pugno chiuso a un momento in cui si è sentita particolarmente forte e sicura di sé. Quando si trovano in situazioni che richiedono coraggio o autostima, possono richiamare l'ancoraggio per accedere a quelle sensazioni positive. Ripetendo la parola o eseguendo il gesto associato, possono attivare mentalmente quel senso di forza e sicurezza, che a sua volta può influenzare il modo in cui si sentono e si comportano. Possono essere potenti strumenti per migliorare l'autostima e affrontare sfide personali e professionali. Tuttavia, è importante sottolineare che le ancore positive funzionano meglio quando sono sincronizzate con esperienze autentiche di fiducia in se stesse. Non si tratta di una forma di autoinganno, ma piuttosto di richiamare e rafforzare le risorse interne che si posseggono.

  È fondamentale praticare le ancore positive in modo consapevole e intenzionale. Ciò significa prendersi il tempo per riflettere su momenti in cui ci si è sentiti fiduciosi e sicuri di sé e creare delle associazioni positive con stimoli specifici. Con la pratica e la ripetizione, queste ancore possono diventare sempre più potenti e immediate, consentendo di accedere rapidamente a uno stato di fiducia in se stessi.

- Il reframing, o reinterpretazione, è un'abilità importante che le donne possono utilizzare per potenziare la fiducia in se stesse. Consiste nel cambiare il significato di un'esperienza o di una situazione, trasformandola da negativa o sfidante in un'opportunità di crescita. Ad esempio, anziché considerare un fallimento come un segno di incompetenza, possono reinterpretarlo come una lezione preziosa e un'opportunità per imparare e migliorare.

  Consente di spostare il focus dalle limitazioni o dagli errori verso le risorse e le potenzialità. Questo nuovo punto di vista permette di affrontare le sfide in modo più positivo e costruttivo, alimentando la fiducia in se stesse. Può essere applicato a diverse situazioni, come relazioni interpersonali, situazioni lavorative o sfide personali, offrendo una prospettiva più equilibrata e stimolante.

  È importante notare che il reframing non implica negare o minimizzare le difficoltà reali, ma piuttosto cercare di trovare nuovi significati o punti di vista che possano favorire la crescita personale. Attraverso la pratica costante del reframing, le donne possono sviluppare una mentalità più resiliente e ottimistica, aumentando la loro fiducia nel proprio potenziale di adattamento e di successo.

- La modellatura di ruolo è un'importante strategia che le donne possono utilizzare per sviluppare l'autonomia. Questo processo coinvolge lo studio e l'imitazione di modelli di donne che hanno raggiunto il livello di autonomia desiderato. Possono identificare donne di successo che ammirano e studiare attentamente le loro strategie, abitudini e modelli di pensiero.

Attraverso l'osservazione e l'analisi dei modelli di ruolo, le donne possono imparare da esperienze e successi altrui, applicando ciò che hanno appreso alle proprie vite. Possono adottare comportamenti e atteggiamenti che sono stati efficaci per le loro mentori, adattandoli alle proprie circostanze e obiettivi.

Offre l'opportunità di accrescere la consapevolezza delle proprie potenzialità e di ampliare la visione di ciò che è possibile raggiungere. Osservando e imitando donne che hanno ottenuto l'autonomia desiderata, le donne possono costruire un'immagine di sé più forte e sicura, trovando ispirazione e guida da coloro che hanno già percorso il cammino.

Tuttavia, è importante ricordare che la modellatura di ruolo non implica una duplicazione cieca delle azioni o delle scelte degli altri. Ogni persona è unica e ha la propria strada da seguire. Pertanto, le donne devono adattare ciò che hanno appreso ai propri valori, alle proprie passioni e alle proprie circostanze personali.

Può essere un potente strumento di crescita personale e sviluppo dell'autonomia. Offre una prospettiva diversa, stimolante e ispirante per le donne, aiutandole a costruire una visione più ampia di ciò che possono raggiungere e a prendere consapevolmente decisioni che promuovono la loro autonomia.

- La visualizzazione creativa è una potente tecnica che le donne possono utilizzare per sviluppare l'autonomia. Coinvolge la creazione di immagini mentali realistiche e positive che rappresentano il raggiungimento dei propri obiettivi di autonomia. Le donne possono immaginarsi in situazioni di successo, prendendo decisioni indipendenti, superando sfide e gestendo situazioni complesse.

Attraverso la visualizzazione creativa, le donne possono programmare la propria mente per il successo e rafforzare la fiducia in se stesse. Visualizzare se stesse raggiungere l'autonomia desiderata permette di sperimentare mentalmente il senso di realizzazione e soddisfazione che deriva da quel successo. Queste immagini mentali positive possono influenzare il modo in cui si pensa e si agisce, favorendo comportamenti che portano all'autonomia desiderata.

La visualizzazione creativa può anche essere utilizzata per superare ostacoli e sfide lungo il cammino verso l'autonomia. Immaginare se stesse superare situazioni difficili o risolvere problemi può rafforzare la fiducia nelle proprie capacità e fornire una guida mentale per affrontare con successo le sfide che si presenteranno.

È importante che le immagini mentali siano realistiche e positive. Questo significa immaginare se stesse in modo realistico, tenendo conto delle proprie capacità, dei punti di forza e delle risorse disponibili. La visualizzazione creativa non è una forma di auto-illusione, ma piuttosto un potente strumento per concentrarsi sulle possibilità e sul potenziale di crescita personale.

La pratica costante della visualizzazione creativa può aiutare a mantenere la motivazione e la determinazione nel perseguire l'autonomia. Quando le donne hanno una chiara immagine mentale dei loro obiettivi e sanno che possono raggiungerli, sono più propense a fare scelte che le avvicinano all'autonomia desiderata.

È importante sottolineare che la visualizzazione creativa è un complemento alle azioni concrete che si intraprendono per raggiungere l'autonomia. È necessario combinare la visualizzazione con l'impegno attivo, la pianificazione e l'azione per ottenere risultati tangibili.

- Il cambiamento di linguaggio è un potente strumento per sviluppare l'autonomia. Le donne possono identificare i modelli di linguaggio negativo o limitante che utilizzano nei confronti di se stesse e sostituirli con affermazioni positive e potenzianti. Questo processo implica il prendere coscienza delle parole che utilizziamo per descriverci e per parlare dei nostri obiettivi e delle nostre capacità.

Sostituire frasi come "non sono abbastanza" con affermazioni positive come "sono competente e capace" aiuta a creare una mentalità di successo. Il cambiamento del linguaggio ci permette di focalizzarci sulle nostre qualità, sui nostri punti di forza e sulle possibilità che abbiamo di raggiungere l'autonomia desiderata.

Il linguaggio che utilizziamo ha un impatto diretto sulla nostra percezione di noi stessi e sulla nostra realtà. Le parole che scegliamo influenzano il modo in cui pensiamo a noi stessi e al nostro potenziale. Il linguaggio positivo e potenziante ci aiuta a sviluppare una maggiore fiducia in noi stessi e a concentrarci sulle soluzioni anziché sui problemi.

Il cambiamento di linguaggio richiede pratica e consapevolezza. Le donne possono iniziare con l'osservare il modo in cui si parlano e riflettere sulle parole che utilizzano per descriversi. Possono poi impegnarsi a sostituire le frasi negative o limitanti con affermazioni positive e potenzianti. Questo processo richiede tempo e dedizione, ma i risultati possono essere sorprendenti.

Il cambiamento di linguaggio va oltre le parole che utilizziamo con gli altri, si tratta anche di come ci parliamo a noi stesse. È importante utilizzare un linguaggio gentile, compassionevole e motivante quando ci rivolgiamo a noi stesse. Questo contribuisce a costruire una relazione positiva con noi stesse e ad alimentare la fiducia in noi stesse.

- La riprogrammazione delle convinzioni limitanti è un passo importante per sviluppare l'autonomia. Le donne possono identificare i pensieri negativi e le convinzioni che limitano la loro autostima e le loro possibilità di successo. Questi pensieri possono includere affermazioni come "non sono abbastanza brava" o "non merito il successo".

Per riprogrammare queste convinzioni limitanti, è fondamentale sostituirle con affermazioni positive e potenzianti. Ad esempio, possono trasformare la convinzione "non sono abbastanza brava" in "sono competente e merito il successo". Questo processo richiede consapevolezza e impegno costante nel monitorare i propri pensieri e sostituirli con affermazioni positive.

La riprogrammazione delle convinzioni limitanti richiede tempo e pratica, ma può avere un impatto significativo sull'autostima e sul senso di fiducia in se stesse. Sostituire le convinzioni negative con pensieri positivi aiuta a costruire una mentalità di successo e a liberarsi da limitazioni autoimposte.

È importante essere pazienti e gentili con se stesse durante questo processo. Riprogrammare le convinzioni limitanti richiede un cambiamento profondo a livello mentale ed emotivo. Utilizzare tecniche come l'affermazione, la visualizzazione e la pratica dell'autocompassione può essere utile nel favorire questo cambiamento.

- L'uso di un linguaggio persuasivo è un'abilità preziosa per le donne che nascondono l'autonomia e raggiungono i propri obiettivi. Essere in grado di comunicare in modo efficace implica l'utilizzo di parole positive che ispirano fiducia e motivazione negli altri. Inoltre, la corrispondenza tra il linguaggio verbale e non verbale è cruciale per trasmettere un messaggio coerente e persuasivo. La capacità di riformulare le idee consente alle donne di presentare i loro argomenti in modo chiaro e convincente, aumentando le possibilità di ottenere i risultati desiderati. Attraverso l'apprendimento e l'uso di queste tecniche di persuasione, le donne possono sviluppare una maggiore influenza e assertività nelle loro interazioni quotidiane e lavorative.

Ecco un esempio:

"Caro collega, vorrei condividere con te un'idea che potrebbe davvero fare la differenza nel nostro progetto. Ho notato che abbiamo riscontrato alcune difficoltà recentemente, ma credo fermamente che possiamo superarle insieme. Sono convinta che se lavoriamo come squadra, sfruttando le nostre competenze complementari, possiamo raggiungere risultati eccezionali. Proprio come abbiamo ottenuto successi in passato, possiamo farlo anche questa volta. Ti prego di considerare attentamente questa prospettiva e di unirti a me nel portare avanti questa idea. risultati che desideriamo. Grazie per la tua attenzione e il tuo sostegno."

In questo caso, viene utilizzato un linguaggio persuasivo per influenzare il collegamento a considerare l'idea proposta e ad unirsi nell'implementazione. Sono presenti elementi di positività, fiducia, collaborazione e riconoscimento delle capacità del destinatario. L'intento è quello di motivare e ispirare il collegare a sostenere l'idea e lavorare insieme per ottenere i risultati desiderati.

- La gestione delle emozioni è una competenza fondamentale per raggiungere l'autonomia e il benessere. Le donne possono affrontare sfide e situazioni stressanti nella vita quotidiana, e imparare a gestire le proprie emozioni può essere un elemento chiave per il successo. Ci sono diverse tecniche che possono essere utilizzate per la gestione delle emozioni, come la pratica della consapevolezza, la regolazione emotiva e la creazione di strategie di coping. La consapevolezza emotiva implica l'abilità di riconoscere e comprendere le proprie emozioni, senza reprimere o sovraccaricare. Questo può essere fatto attraverso la pratica di osservare le emozioni senza giudizio e di prendere consapevolezza del proprio stato emotivo in determinati momenti. La regolazione emotiva è il processo di gestione delle emozioni, sia positive che negative, in modo da poterle esprimere in modo appropriato e gestire le situazioni in modo costruttivo. Questo può essere raggiunto attraverso l'uso di tecniche di rilassamento, come la respirazione profonda, la meditazione o il movimento fisico. Inoltre, creare strategie di coping può aiutare a gestire lo stress e le emozioni negative in modo più efficace. Queste strategie possono includere l'identificazione di attività piacevoli o rilassanti che possono ridurre lo stress, la ricerca di supporto sociale da parte di amici o familiari fidati, o la pratica di tecniche di problem-solving per affrontare le situazioni difficili. É un processo continuo e richiede pratica e consapevolezza costante. Quando le donne imparano a gestire le proprie emozioni in modo efficace, possono sentirsi più sicure di sé, prendere decisioni consapevoli e mantenere un senso di benessere generale. La consapevolezza delle proprie emozioni e la capacità di gestirle in modo sano ed equilibrato sono competenze preziose che contribuiscono alla crescita personale, all'autonomia e al benessere complessivo delle donne.

Manipolazione

La manipolazione nelle relazioni tra uomini e donne può assumere diverse forme e può essere dannosa per entrambe le parti coinvolte. È importante sottolineare che la manipolazione non è intrinsecamente legata al genere, ma può verificarsi in qualsiasi tipo di relazione.

Una forma comune è il controllo coercitivo o il comportamento possessivo. In questi casi, un partner può cercare di controllare le azioni, le interazioni sociali o le decisioni dell'altro, spesso utilizzando minacce, intimidazioni o violenza verbale o fisica. Questo tipo di manipolazione può portare a una perdita di autonomia e libertà per la persona manipolata.

Un altro esempio può riguardare la svalutazione o l'invalidazione delle opinioni, dei sentimenti o delle esperienze dell'altro partner. Questo può accadere attraverso critiche costanti, sarcasmo, disprezzo o riduzione dell'autostima dell'altro, facendole dubitare delle proprie capacità e della validità delle proprie esperienze.

La manipolazione emotiva può includere le emozioni dell'altro partner per ottenere ciò che si desidera o per controllare la situazione. Ad esempio, un partner potrebbe utilizzare la colpa, la pietà o la minaccia di abbandono per controllare le azioni o le decisioni dell'altro. Questo tipo di manipolazione può portare a una dipendenza emotiva e a un senso di instabilità nell'altro partner.

La manipolazione finanziaria è un altro aspetto da considerare. Un partner può cercare di controllare le risorse finanziarie dell'altro, limitando l'accesso ai soldi, impedendo l'indipendenza o utilizzando la situazione finanziaria come strumento di manipolazione. Questo può rendere la persona dipendente economicamente e limitarne la libertà di scelta e di azione.

Va sottolineato che la manipolazione è un comportamento dannoso e non accettabile in qualsiasi tipo di relazione. È importante che entrambe le persone coinvolte si impegnino a promuovere una comunicazione aperta, il rispetto reciproco e l'autonomia individuale. Se si sospetta di essere vittima di manipolazione o di una relazione manipolativa, è fondamentale cercare supporto da parte di amici, familiari o professionisti qualificati per affrontare la situazione in modo sano e sicuro. Nella società odierna, le donne possono essere soggette a varie forme di manipolazione. Ecco alcuni esempi comuni di manipolazioni che le donne potrebbero subire:

- Il gaslighting è una forma di manipolazione psicologica che coinvolge la distorsione della realtà e la manipolazione delle percezioni della vittima. Nelle relazioni intime, un partner manipolativo può utilizzare il gaslighting per negare o minimizzare le esperienze o i sentimenti delle donne, portandole a dubitare della propria sanità mentale o della validità delle proprie esperienze. Il termine "gaslighting" deriva da un vecchio film del 1944 chiamato "Gaslight", in cui il protagonista maschile manipola sua moglie fino a farla dubitare della sua sanità mentale. Il gaslighting è un modo subdolo per ottenere il controllo e il potere su qualcuno, minando la sua fiducia in se stessa e nelle proprie percezioni. Un partner che utilizza il gaslighting può negare o minimizzare gli eventi che sono accaduti, facendo sentire la vittima confusa e incerta. Possono anche mettere in discussione la memoria o la percezione della vittima, spingendola a dubitare delle proprie esperienze e a cercare la conferma del partner manipolativo. Un esempio di gaslighting potrebbe essere quando un partner nega o minimizza un'azione offensiva o dannosa, facendo sentire la vittima come se le sue esperienze non fossero valide o importanti. Ad esempio, se una donna esprime il suo disagio per un commento offensivo o una mancanza di rispetto, il partner manipolativo potrebbe rispondere con frasi come "Non sei troppo sensibile?" o "Stai fraintendendo, non intendevo quello". Il gaslighting può avere gravi conseguenze per la vittima, come la perdita di fiducia in se stessa, la confusione mentale, l'isolamento sociale e l'incapacità di riconoscere e affrontare abusi emotivi. Le donne che subiscono gaslighting possono trovarsi intrappolate in una relazione tossica in cui si sentono costantemente in colpa e insicure. È importante che le donne siano consapevoli dei segnali di gaslighting e siano in grado di riconoscerli. È fondamentale affidarsi alle proprie esperienze e fidarsi dei propri sentimenti e percezioni.

- La colpa e la vergogna sono strumenti comuni utilizzati dai manipolatori per esercitare il controllo e l'influenza sulle donne nelle relazioni. Attraverso commenti denigratori, critiche costanti o mettendo in discussione il valore e la competenza della donna, i manipolatori cercano di far sentire le donne in colpa o vergognose per le loro azioni o scelte. Il manipolatore può utilizzare la colpa per far sentire la donna responsabile di situazioni che non sono di sua competenza o per azioni che non ha commesso. Ad esempio, potrebbe dire "Se solo mi dessi più attenzione, non avrei bisogno di cercare affetto altrove" o "Se non fossi così insicura, non avrei bisogno di controllarti così tanto". Questi commenti mirano a far sentire la donna colpevole per la situazione problematica nella relazione, anche se non ha alcuna responsabilità diretta. La vergogna è un'altra tattica utilizzata per mettere in dubbio la dignità e il valore della donna. Il manipolatore può fare commenti denigratori sul suo aspetto, sulle sue abilità o sulla sua personalità, cercando di farle sentire inadeguata o inferiore. Ad esempio, potrebbe dire "Non sei abbastanza attraente per farmi geloso" o "Sei così stupida, non capisci mai niente". Questi commenti mirano a minare l'autostima e la fiducia della donna, facendole sentire vergognosa delle proprie caratteristiche o delle proprie azioni. La colpa e la vergogna hanno un forte impatto sul benessere emotivo e psicologico delle donne. Possono indebolire la loro autostima, generare insicurezza e creare dipendenza emotiva dal manipolatore.

- L'isolamento sociale è una tattica comune utilizzata dai manipolatori per controllare e indebolire le donne nelle relazioni. Questo viene fatto cercando di isolare la donna dai suoi amici, familiari o supporti sociali, creando così dipendenza e rendendo più difficile per la donna cercare aiuto o supporto esterno. Il manipolatore può manipolare le relazioni della donna, cercando di minare la fiducia e il rapporto con le persone a lei care. Ad esempio, potrebbe fare commenti denigratori sugli amici o sulla famiglia della donna, mettendo in dubbio la loro lealtà o il loro intento. Inoltre, potrebbe diffondere informazioni false o distorte su di loro, cercando di danneggiare la reputazione o creare tensioni nelle relazioni. Oltre alla manipolazione delle relazioni, il manipolatore può imporre limitazioni sulla libertà di interazione sociale della donna. Ad esempio, potrebbe cercare di controllare i contatti telefonici o i profili social media della donna, limitando così i suoi legami sociali. Potrebbe anche cercare di limitare il tempo che la donna può trascorrere con gli amici o la famiglia, facendo pressioni per passare più tempo esclusivamente con lui. L'isolamento sociale ha gravi conseguenze per la donna coinvolta. Può portare a una diminuzione dell'autostima, della fiducia e dell'indipendenza emotiva. La donna può trovarsi sempre più dipendente dal manipolatore per il sostegno emotivo e la compagnia, rinunciando alle proprie relazioni e supporti sociali.

- La coercizione sessuale è una forma di abuso in cui un partner cerca di controllare o costringere una donna a impegnarsi in attività sessuali contro la sua volontà o senza consenso. Questa forma di manipolazione può essere molto dannosa e può portare a gravi conseguenze per la salute fisica, emotiva e psicologica della donna coinvolta. I partner manipolatori possono utilizzare diverse tattiche per costringere una donna sessualmente. Questo può includere l'uso di pressioni emotive, come l'accusa di non amare abbastanza il partner se non si acconsente a fare sesso o minacciando di lasciarla se non si concede alle loro richieste. Possono anche utilizzare minacce o coercizione fisica, mettendo la donna in una posizione di paura o di pericolo se non si sottomette alle loro richieste sessuali. La coercizione sessuale è una grave violazione dei diritti e della dignità di una donna. Può portare a traumi fisici, emotivi e psicologici duraturi. La donna coinvolta può sperimentare sentimenti di colpa, vergogna, rabbia e confusione. Può influire negativamente sulla sua autostima, sul suo benessere emotivo e sulle sue relazioni intime future. È importante che le donne che si trovano in una situazione di coercizione sessuale cercano supporto e assistenza. Ci sono risorse disponibili, come linee telefoniche di aiuto e centri di assistenza per le vittime di violenza sessuale, che possono fornire supporto emotivo, consulenza e informazioni su come proteggersi e trovare sicurezza.

- La manipolazione delle decisioni è una tattica utilizzata dai partner manipolatori per controllare le scelte e le decisioni delle donne al fine di soddisfare i propri desideri e mantenere un senso di potere e controllo. Questa forma di manipolazione può influenzare molteplici aspetti della vita di una donna, compresi i suoi obiettivi personali, le relazioni interpersonali e le scelte professionali. I manipolatori possono utilizzare diverse strategie per influenzare le decisioni delle donne. Ad esempio, possono utilizzare il silenzio come forma di coercizione emotiva, creando un clima di tensione e incertezza che spinge la donna a prendere decisioni in base alle aspettative del manipolatore. Possono anche manipolare le informazioni a loro vantaggio, presentando solo i dati che supportano le loro posizioni o distorcendo la realtà per ottenere ciò che desiderano. Un'altra forma di manipolazione delle decisioni è la creazione di una dipendenza emotiva, in cui il manipolatore cerca di rendere la donna dipendente da lui per validazione, supporto emotivo o senso di sicurezza. Questo può rendere difficile per la donna prendere decisioni autonome, poiché teme di perdere l'approvazione o l'amore del manipolatore se agisce in modo indipendente. La manipolazione delle decisioni può avere conseguenze significative per la vita di una donna. Può portare a una perdita di autonomia e di fiducia nelle proprie capacità decisionali. Può anche minare le relazioni interpersonali, creando disaccordi e conflitti basati su scelte manipolate. Inoltre, può limitare le opportunità di crescita personale e professionale, impedendo alla donna di perseguire i suoi obiettivi e realizzare il suo pieno potenziale.

- Il controllo dell'immagine e dell'aspetto è una forma di manipolazione in cui il manipolatore cerca di esercitare un controllo sull'aspetto e sull'immagine delle donne. Questo può includere l'imposizione di standard irrealistici di bellezza, critiche costanti sul loro aspetto o addirittura la promozione di un senso di insicurezza riguardo all'aspetto fisico. I manipolatori che cercano di controllare l'immagine e l'aspetto delle donne spesso cercano di farle sentire insicure riguardo alla loro bellezza e a come vengono percepiti dagli altri. Possono fare commenti denigratori sul loro aspetto, enfatizzare i difetti o criticare costantemente la loro scelta di abbigliamento o di trucco. Questo può portare a una diminuzione dell'autostima e a una dipendenza dal manipolatore per la validazione e l'approvazione. Il controllo dell'immagine e dell'aspetto può avere gravi conseguenze per la salute mentale e l'autostima delle donne. Può creare un senso di insicurezza costante e portare a una perdita di fiducia nella propria bellezza e nel proprio valore come individuo. Le donne possono sviluppare una dipendenza dal manipolatore per ricevere l'approvazione e la validazione riguardo al loro aspetto, rinunciando alla loro autonomia e alla loro capacità di prendere decisioni indipendenti. Per contrastare il controllo dell'immagine e dell'aspetto, è fondamentale che le donne sviluppino una sana autostima e una forte fiducia in sé stesse. Devono imparare a valutare se stesse in base ai propri standard di bellezza e a rifiutare gli standard irrealistici imposti dalla società o dal manipolatore. Inoltre, è importante cercare il sostegno di persone fidate e di professionisti, come terapeuti o counselor, per affrontare le insicurezze legate all'aspetto e all'immagine di sé. La consapevolezza del controllo dell'immagine e dell'aspetto è essenziale per riconoscere quando si è vittime di questa forma di manipolazione. Le donne devono imparare a distinguere tra critiche costruttive e manipolazioni distruttive riguardo al loro aspetto, e prendere misure per proteggere la propria autostima e la propria identità. Rafforzare l'autostima e coltivare una mentalità positiva riguardo all'aspetto personale può aiutare a resistere al controllo e a costruire una relazione sana con se stesse basata sull'amore e l'accettazione.

- Le minacce e le intimidazioni sono un'arma potente utilizzata dai manipolatori per ottenere il controllo sulle donne. Questa forma di manipolazione si basa sulla paura e sull'intimidazione, e può includere minacce di violenza fisica, minacce di divulgazione di informazioni personali o minacce di danneggiare le persone care alla donna. Quando un manipolatore utilizza minacce e intimidazioni, l'obiettivo è costringere la donna a fare ciò che il manipolatore desidera o a sottomettersi al suo controllo. Questo può creare un ambiente di terrore e paura costante per la donna, portandola a sentirsi impotente e priva di controllo sulla sua vita. Le minacce e le intimidazioni possono avere conseguenze devastanti sulla salute mentale e fisica delle donne. Possono causare alti livelli di stress, ansia e depressione. Le donne possono sentirsi intrappolate in una relazione tossica, temendo le conseguenze di disobbedire alle richieste del manipolatore. Per contrastare le minacce e le intimidazioni, è fondamentale per le donne cercare aiuto e supporto. Parlarne con persone di fiducia, come amici, familiari o professionisti, può essere il primo passo per rompere il silenzio e mettere in luce la situazione. Le donne devono anche valutare la propria sicurezza e, se necessario, cercare aiuto da organizzazioni specializzate o dalle autorità competenti. È importante sottolineare che le minacce e le intimidazioni sono forme di abuso e non devono essere tollerate. Nessuna persona merita di essere minacciata o intimidita. Le donne devono essere incoraggiate a riconoscere i segni di questa forma di manipolazione e ad agire per proteggere se stesse e i propri cari. La consapevolezza delle minacce e delle intimidazioni è essenziale per riconoscere quando si è vittime di questa forma di abuso. Le donne devono essere educate sui loro diritti e sulle risorse disponibili per proteggersi. Inoltre, devono essere incoraggiate a sviluppare una rete di supporto solida e a prendere misure per garantire la propria sicurezza.

- La manipolazione attraverso la lusinga e i complimenti eccessivi è una tattica utilizzata dai manipolatori per ottenere il controllo sulle donne. Questi individui cercano di influenzare le donne elogiandole in modo esagerato e costante, facendo sì che si sentano dipendenti dal manipolatore per l'approvazione e l'autostima. La lusinga e i complimenti sono spesso usati come un mezzo per ottenere ciò che il manipolatore desidera. Attraverso la lusinga e i complimenti eccessivi, il manipolatore cerca di creare un senso di gratitudine e obbligo nella donna, facendole credere di essere dipendenti dal suo sostegno e dalla sua approvazione. Questo può portare la donna a sentirsi indebitata nei confronti del manipolatore e a cedere alle sue richieste o desideri. La manipolazione attraverso la lusinga e i complimenti può essere dannosa per la salute mentale e l'autostima delle donne. La dipendenza dall'approvazione e dall'attenzione del manipolatore può far sì che le donne mettano da parte i propri bisogni e desideri, cercando costantemente l'approvazione del manipolatore. Questo può portare a una diminuzione dell'autostima e a una perdita del senso di identità indipendente.

- L'isolamento emotivo è una forma di manipolazione utilizzata dai manipolatori per controllare e indebolire le donne. Questa tattica mira a creare dipendenza emotiva dal manipolatore facendo loro credere che solo lui possa comprendere e apprezzare appieno i loro sentimenti e le loro esperienze. L'obiettivo è quello di allontanare la donna dalle sue reti di supporto esterne e di ridurre la sua capacità di ricevere sostegno e prospettive diverse. Attraverso l'isolamento emotivo, il manipolatore instaura un senso di dipendenza emotiva nella donna, facendole credere che solo lui possa soddisfare i suoi bisogni emotivi. Questo può portare la donna a cercare costantemente l'approvazione e l'attenzione del manipolatore, mettendo da parte le sue relazioni personali e gli altri importanti sistemi di supporto nella sua vita. L'isolamento emotivo può avere conseguenze negative sulla salute mentale e sul benessere delle donne. Essere prive di un supporto emotivo esterno può portare a un senso di solitudine, isolamento e depressione. Inoltre, la dipendenza emotiva dal manipolatore può rendere difficile per la donna riconoscere e difendere i propri confini, mettendo a rischio il suo benessere emotivo e la sua autonomia. Per contrastare l'isolamento emotivo, le donne devono cercare di mantenere una connessione con le proprie reti di supporto esterne, come amici, familiari o professionisti. È importante riconoscere che il manipolatore non è l'unico in grado di comprendere e apprezzare i propri sentimenti e le proprie esperienze. Cercare il supporto e la prospettiva di altre persone può fornire una visione più ampia e un sostegno emotivo significativo.

- La manipolazione delle informazioni è una tattica comune utilizzata dai manipolatori per controllare e distorcere la percezione delle donne sulla realtà. Questo viene fatto fornendo informazioni incomplete, distorte o addirittura false, al fine di creare confusione e far dubitare delle intuizioni e delle percezioni delle donne. I manipolatori possono scegliere attentamente quali informazioni condividere, quali nascondere o quali manipolare al fine di ottenere il risultato desiderato. Possono presentare una prospettiva distorta dei fatti o selezionare solo gli elementi che supportano la loro narrativa, ignorando deliberatamente le prove o le opinioni che potrebbero sfidarla. Questo crea una realtà distorta in cui la donna si trova a dubitare della sua stessa percezione della verità. La manipolazione delle informazioni può avere un impatto significativo sulla fiducia delle donne in se stesse e sulla loro capacità di prendere decisioni informate. Può portarle a sentirsi confusi, insicuri e a dubitare delle proprie intuizioni. Inoltre, può portare a una dipendenza emotiva dal manipolatore, poiché la donna può credere erroneamente che solo lui detenga la verità e che abbia il potere di fornire le informazioni corrette. Per contrastare la manipolazione delle informazioni, le donne devono essere consapevoli della possibilità di distorsioni e cercare attivamente fonti di informazione affidabili e diverse prospettive. È importante sviluppare una sana dose di scetticismo e imparare a valutare criticamente le informazioni che ci vengono presentate. La verifica delle fonti, la ricerca indipendente e il confronto delle opinioni possono aiutare a formare una comprensione più completa e oggettiva della realtà.

- La svalutazione e il disprezzo sono strategie manipolative utilizzate da alcuni individui per minare l'autostima e la fiducia delle donne. Attraverso commenti denigratori, invalidazione dei loro sentimenti, idee o contributi, i manipolatori cercano di far sentire le donne inferiori e insignificanti. Questa forma di manipolazione psicologica può portare a una diminuzione dell'autostima e a una dipendenza emotiva dal manipolatore per ottenere validazione e accettazione. Quando una donna viene svalutata e disprezzata, può iniziare a dubitare di se stessa, delle proprie competenze e del proprio valore. I manipolatori cercano di minare la fiducia delle donne nelle loro capacità, facendo loro credere di essere incapaci o inferiori. Questo crea un senso di dipendenza dal manipolatore, in cui la donna si affida a lui per il proprio senso di valore e di autostima. La svalutazione e il disprezzo possono manifestarsi attraverso commenti umilianti, derisione, critiche costanti o minimizzazione delle realizzazioni delle donne. Il manipolatore può cercare di far sentire la donna inadeguata, incapace o inefficace in modo da poter mantenere il controllo e l'equilibrio di potere nella relazione. Per contrastare la svalutazione e il disprezzo, le donne devono innanzitutto riconoscere questa forma di manipolazione e prendere consapevolezza della propria autostima e del proprio valore intrinseco. È fondamentale comprendere che il disprezzo del manipolatore non riflette la verità sulla propria persona, ma è solo un tentativo di mantenere il controllo e il potere. Inoltre, le donne devono cercare di costruire una rete di supporto solida e sana. Circondarsi di persone che apprezzano e rispettano le loro capacità e che forniscono un ambiente di sostegno ed empowerment può contribuire a rafforzare l'autostima e a contrastare l'effetto della svalutazione e del disprezzo.

- La manipolazione delle responsabilità è una tattica utilizzata dai manipolatori per evitare di assumere le proprie responsabilità e far sì che le donne si sentano colpevoli o responsabili per i problemi o le difficoltà nella relazione. Questo può creare un senso di colpa e responsabilità nelle donne, impedendo loro di esprimere le proprie esigenze e desideri. I manipolatori possono cercare di scaricare le proprie responsabilità attribuendo la colpa alla donna per le difficoltà o i conflitti nella relazione. Possono utilizzare la manipolazione verbale o il sabotaggio emotivo per far sentire la donna responsabile per i problemi che sorgono. Questa strategia serve a creare un senso di colpa e obbligo nelle donne, facendo loro credere che devono fare tutto il possibile per risolvere i problemi o per mantenere l'armonia nella relazione. La manipolazione delle responsabilità può anche impedire alle donne di esprimere le proprie esigenze e desideri, poiché si sentono responsabili del benessere emotivo del manipolatore. Le donne possono sentirsi vincolate a soddisfare le richieste o le aspettative del manipolatore, anche se ciò significa sopprimere le proprie esigenze o sacrificare la propria felicità. Per contrastare la manipolazione delle responsabilità, le donne devono imparare a riconoscere questa dinamica manipolativa e a stabilire confini sani nelle relazioni. È importante capire che ognuno è responsabile delle proprie azioni e che non è giusto far gravare sulle spalle di una sola persona tutte le responsabilità della relazione

- L'inversione dei ruoli è una tattica manipolativa utilizzata da alcuni manipolatori per far sì che le donne si sentano colpevoli o responsabili per il comportamento manipolativo del manipolatore stesso. Questo avviene attraverso la manipolazione delle emozioni e delle percezioni della donna, portandola a credere di essere la causa dei problemi o delle difficoltà nella relazione. Il manipolatore può utilizzare vari metodi per invertire i ruoli, come attribuire la colpa alla donna per le proprie azioni o comportamenti manipolativi. Possono sminuire o negare la propria responsabilità e far sentire la donna come se fosse la vera responsabile dei problemi nella relazione. Inoltre, possono sfruttare la sensibilità o la preoccupazione della donna per farla sentire in colpa o responsabile per il proprio comportamento. Questa tattica manipolativa crea confusione nella donna, facendole dubitare della propria sanità mentale o della validità delle proprie esperienze. Può portare a una presa di responsabilità non meritate e a una sensazione di impotenza e disorientamento. Per contrastare l'inversione dei ruoli, è importante che le donne sviluppino una solida consapevolezza di sé e delle proprie esperienze. Devono essere in grado di riconoscere le dinamiche manipolative e distinguere tra ciò che è veramente responsabilità loro e ciò che è manipolazione da parte del partner. È fondamentale affidarsi alle proprie intuizioni e cercare supporto esterno per ottenere una prospettiva obiettiva. Le donne devono anche imparare a stabilire confini sani e a comunicare in modo assertivo le proprie esigenze e desideri. Devono resistere alla tentazione di prendere su di sé responsabilità non meritate e mettere in discussione la manipolazione del partner. Infine, è importante cercare sostegno da parte di amici, familiari o professionisti di fiducia. Queste persone possono offrire un sostegno emotivo, una prospettiva esterna e una guida per affrontare la manipolazione e ripristinare un senso di controllo e autonomia.

Quando le donne riconoscono segnali di manipolazione nelle loro relazioni personali o professionali, è importante che abbiano tecniche efficaci per neutralizzare queste dinamiche nocive. Di seguito, esploreremo alcune di queste strategie.

1. La tecnica del fogging è un approccio comunicativo che può essere utilizzato per affrontare critiche non costruttive in modo efficace e assertivo, ciò consiste nel rispondere con calma e senza difesa, cercando di trovare un punto di accordo o una verità parziale nella critica stessa. Quando una donna viene accusata di comportarsi in modo egoista, invece di reagire in modo difensivo o negare completamente l'accusa, può scegliere di accettare una parte della critica e trovare un punto di connessione con l'altra persona. Potrebbe così rispondere con frasi come "Capisco che potresti pensarlo, ma cerco sempre di bilanciare le mie esigenze con quelle altrui". Questa risposta permette di dimostrare un atteggiamento aperto, non combattivo e di essere disposta a considerare il punto di vista dell'altro senza rinunciare alla propria autenticità, evitando conflitti

inutili. Importante è mantenere la propria integrità senza lasciarsi coinvolgere nella dinamica manipolativa. Rispondere in modo calmo e ragionevole mostra che si è aperti al dialogo, ma non si permette all'altra sminuire la propria autostima.

2. La tecnica dell'inquinamento dell'aria, consiste nel parlare apertamente di comportamenti manipolativi in presenza di altre persone, condividendo le proprie esperienze e preoccupazioni. Questo aiuta a creare consapevolezza e mette in luce le dinamiche, smascherando il manipolatore e rendendo più difficile per lui o per lei continuare a influenzare. Può scegliere di condividere le sue esperienze con persone di fiducia, come amici, familiari o colleghi, che possono offrire sostegno e un punto di vista obiettivo. Inoltre, potrebbe essere utile parlare con una figura autoritaria, come un superiore o un consulente, che possa fornire orientamento e supporto nella gestione della situazione. Condividere le proprie esperienze con altre persone può avere diversi effetti positivi. Innanzitutto, crea un ambiente di supporto in cui la donna si sente ascoltata e compresa. L'inquinamento dell'aria può aiutare a creare un fronte unito contro il manipolatore e a neutralizzare il suo potere di influenza, quando le altre persone sono a conoscenza dei comportamenti manipolativi, è più probabile che si schierino dalla parte della donna e la sostengano nel mettere fine le intenzioni. È importante sottolineare che deve essere utilizzato con cautela e valutando attentamente le circostanze. La sicurezza e il benessere devono sempre essere la priorità. Parlando

apertamente, si crea un ambiente in cui è possibile affrontare il problema in modo assertivo e risoluto.

3. La tecnica del disco rotto consiste nel ripetere con calma e invariabilità la propria posizione o i propri limiti senza lasciarsi coinvolgere in discussioni o negoziati inutili. Quando il manipolatore cerca di convincerla a fare qualcosa che non desidera o a cambiare idea, invece di essere influenzata dalle pressioni o dalle tattiche manipolative, mantiene la sua posizione ferma e risoluta, senza lasciarsi coinvolgere in un dibattito senza fine o in compromessi che potrebbero mettere a rischio il suo benessere o i suoi valori. Rispondere con decisione e fermezza può essere un modo efficace per far comprendere all'altra persona che la manipolazione non funzionerà. Ripetere la propria posizione senza cedere alle pressioni è un segnale di confidenza e autostima. Questa tecnica mette in chiaro che la donna è sicura delle sue scelte e non sarà influenzata da tentativi di persuasione. È importante saper rimanere fermi e coerenti nella propria posizione senza lasciarsi influenzare dalle pressioni esterne.

4. La pratica della consapevolezza emotiva, consiste nell'essere consapevoli delle proprie emozioni, riconoscendo e accettando ciò che si prova in determinati momenti. Questa consapevolezza le consente di non essere sopraffatta dagli stati d'animo, ma di osservare in modo distaccato e oggettivo. La respirazione profonda può aiutare a rilassare il corpo e a ridurre la tensione. Inspirare profondamente attraverso il naso, trattenere il

respiro per un paio di secondi e poi espirare lentamente attraverso la bocca può favorire una sensazione di calma e stabilità. La riflessione, invece, implica prendersi un momento per riflettere su ciò che si sta vivendo, valutare le proprie reazioni e pensare in modo razionale alla situazione.

5. L'affermazione dei propri confini è un elemento essenziale, ciò significa riconoscere e rispettare i propri limiti personali, emotivi, fisici e mentali. Le donne devono essere in grado di identificare ciò che è accettabile per loro e comunicarlo agli altri. Questo implica la consapevolezza delle proprie esigenze e dei propri desideri, così come il riconoscimento dei propri limiti. Affermare i propri confini può richiedere coraggio e determinazione, ma è fondamentale per proteggere la propria integrità e autonomia. Le donne devono essere in grado di stabilire limiti chiari e respingere richieste o situazioni che non sono congruenti con i loro valori o benessere. Questo richiede fiducia in sé stesse e la consapevolezza che dire "no" non è un segno di egoismo, ma piuttosto una forma di auto-rispetto e auto-cura.
È importante sottolineare che affermare i propri confini può suscitare reazioni negative da parte di manipolatori o individui che non rispettano l'autonomia delle donne. Potrebbero cercare di minacciare, colpevolizzare o manipolare per far sì che la donna si conformi ai loro desideri. Tuttavia, è essenziale rimanere salde e mantenere la propria posizione, non permettendo che le manipolazioni indeboliscano la determinazione. Ad esempio, quando una donna viene invitata a partecipare

a un evento sociale che non le interessa o che le crea disagio, invece di acconsentire solo per evitare conflitti o ferire i sentimenti degli altri, potrebbe dire: "Apprezzo l'invito, ma in questo momento preferisco dedicare del tempo a me stessa e alle mie esigenze personali. Grazie per la comprensione. "Affermare i propri confini richiede pratica e determinazione. Le donne possono sviluppare questa capacità attraverso la riflessione sui propri valori, la consapevolezza delle proprie esigenze e la pratica di comunicazione autentica.

6. Le donne possono trarre beneficio da un'educazione sulle tattiche manipolative più comuni utilizzate dagli individui manipolatori, in modo da riconoscere i segnali e reagire in modo appropriato. Un primo passo per sviluppare la consapevolezza è l'educazione, informarsi sulle diverse strategie utilizzate, come la colpevolizzazione, la minaccia velata, l'intimidazione o il silenzio punitivo. La colpevolizzazione è utilizzata dai manipolatori per far sentire la persona responsabile per le proprie azioni o per farle sentire inadeguate. Può essere identificata quando qualcuno cerca di far sentire la donna in colpa per qualcosa che non ha fatto o percepisce come un fallimento. Le minacce velate utilizzate per ottenere il controllo o il consenso, possono essere mascherate come avvertimenti o avvisi, ma in realtà mirano a manovrare le scelte della donna. L'intimidazione mira a far sentire la donna vulnerabile o spaventata. Questo può avvenire attraverso l'uso di minacce, aggressività verbale o fisica, o il controllo coercitivo. Il silenzio punitivo è una tattica in cui il manipolatore si rifiuta di comunicare o di dare risposte per punire la donna o per farla sentire in colpa.

Questo può creare una sensazione di incertezza e insicurezza. Riconoscerle consente alle donne di prendere decisioni informate, evitando di cadere nelle trappole. Quando si è consapevoli, si può rispondere in modo più efficace e assertivo. Ciò potrebbe includere l'affermazione dei propri confini, l'utilizzo di tecniche di comunicazione assertiva o il cercare supporto da persone di fiducia. Sviluppare la consapevolezza delle tattiche manipolative richiede tempo, studio e pratica. Le donne possono trarre beneficio dalla lettura di libri, partecipare a workshop o cercare il supporto di professionisti che possano fornire strumenti e strategie per riconoscere e affrontare la manipolazione nelle relazioni.

7. La ricerca di supporto è un elemento fondamentale per le donne. È importante che non si sentano sole e che trovino persone di fiducia con cui condividere le proprie esperienze, ricevere consigli e ottenere sostegno. Affrontare la manipolazione da soli può essere estremamente difficile e può avere un impatto negativo sulla salute mentale e emotiva. Un sistema di supporto solido può fornire un ambiente sicuro in cui esprimere le proprie preoccupazioni, ricevere consigli obiettivi e sentirsi ascoltate e comprese. Amici di fiducia e familiari possono offrire un sostegno incondizionato e un punto di vista esterno, aiutando a vedere la situazione in modo più chiaro. Un consulente esperto può fornire una guida obiettiva e strategie specifiche per affrontare la manipolazione e ricostruire la propria autonomia.

Questo può includere sessioni di consulenza individuali o di coppia, a seconda delle circostanze. Un consulente può offrire uno spazio sicuro per esplorare le emozioni, acquisire strumenti di comunicazione assertiva e sviluppare un piano d'azione. I gruppi di supporto, offrono un ambiente in cui le donne possono condividere le proprie esperienze con persone che hanno vissuto situazioni simili. È un'opportunità per sentirsi ascoltate, comprendere che non sono sole e imparare da altre donne che hanno affrontato tali sfide. Possono fornire sostegno, condivisione di consigli pratici e un senso di comunità che aiuta le donne a ricostruire la propria forza e resilienza.

Capitolo 3: Sconfiggere la Dipendenza: Libertà da Vincoli

La dipendenza emotiva è un termine che descrive una condizione in cui una persona dipende eccessivamente dalle altre per il proprio benessere emotivo e per la soddisfazione dei propri bisogni affettivi, per ottenere gratificazione, sicurezza e senso di identità. La persona dipendente emotivamente tende a mettere il benessere e la felicità nelle mani degli altri, facendo affidamento su di loro per il proprio senso di valore e autostima.

Può manifestarsi in diverse forme e può coinvolgere sia le relazioni romantiche che quelle familiari o amicali. Le persone dipendenti possono sviluppare una paura irrazionale di essere abbandonate o respinte, temendo di perdere l'affetto o l'approvazione delle persone di cui dipendono emotivamente. Questo può portarle a compiere sacrifici personali, a subordinare i propri bisogni e desideri, e a dedicare una quantità eccessiva di tempo ed energia per soddisfare gli altri.

La dipendenza può derivare da una serie di fattori, tra cui esperienze passate di abbandono o trauma emotivo, mancanza di autostima e fiducia in sé stesse, paura dell'incertezza e dell'autonomia, e modelli di relazione disfunzionali appresi durante l'infanzia. Le persone dipendenti emotivamente spesso cercano di riempire un vuoto interiore attraverso l'attenzione e l'affetto degli altri, in un tentativo di sentirsi complete e amate.

Tuttavia, può essere dannosa per la persona coinvolta e per le relazioni stesse. Può creare uno squilibrio di potere, in cui la persona dipendente si sente impotente e sottomessa alle volontà degli altri. Inoltre, può portare a una perdita auto identità, in quanto la persona dipendente tende a conformarsi alle aspettative degli altri e a mettere da parte i propri bisogni e desideri.

Riconoscere la dipendenza emotiva è un passo importante per preservare l'autonomia e la salute delle donne nelle relazioni interpersonali. Può manifestarsi in vari modi e può avere un impatto significativo sulla capacità di prendere decisioni autonome e di mantenere un senso di benessere individuale. Esaminare i segnali e i sintomi può aiutare a identificare queste dinamiche e ad adottare misure per affrontarle.

Uno dei segnali è l'incapacità di stare da soli. Le persone che sono emotivamente dipendenti dal loro partner tendono a sentirsi insicure e incompleti quando sono da soli. Hanno bisogno costante di conferma e attenzione dal partner per sentirsi apprezzati e amati. Questo può portare a una mancanza di autonomia e a una costante ricerca di approvazione.

Un altro segnale è la paura eccessiva di perdere il partner, possono vivere una grande ansia e preoccupazione riguardo alla possibilità di perdere l'affetto o l'approvazione del loro partner. Questa paura può portarle a sacrificare i propri bisogni e desideri al fine di mantenere la relazione, anche se a scapito della propria felicità e benessere.

La subordinazione dei propri bisogni e desideri a quelli del partner è un altro segnale. Le persone dipendenti possono mettere sempre al primo posto i bisogni e i desideri del partner, mettendo da parte i propri. Possono perdere di vista i propri valori e interessi personali, concentrandosi esclusivamente sul soddisfacimento delle esigenze del partner.

Un altro sintomo è l'attribuzione di un'eccessiva responsabilità al partner per il proprio benessere emotivo. Le persone dipendenti possono aspettarsi che il partner sia responsabile del loro stato emotivo e del loro senso di felicità. Mettono sul partner un carico eccessivo di responsabilità per soddisfare le loro esigenze emotive, senza assumersi la responsabilità di gestire le proprie emozioni in modo autonomo.

Sviluppare una sana autostima e un senso di auto-valore è essenziale per rompere il ciclo della dipendenza emotiva. Le donne possono impegnarsi in attività che favoriscono la loro crescita personale e il benessere emotivo. Ciò può includere la pratica dell'autocura, come il dedicare del tempo a sé stesse, perseguire i propri interessi e obiettivi personali, e creare una rete di supporto sociale al di fuori della relazione di coppia.

Inoltre, cercare il supporto di uno psicologo o di un terapeuta specializzato in questioni di dipendenza emotiva può essere di grande aiuto. Questi professionisti possono offrire un ambiente sicuro in cui esplorare le dinamiche della dipendenza emotiva, sviluppare strategie di coping e acquisire abilità per migliorare l'autonomia emotiva e il benessere personale.

È importante sottolineare che affrontare la dipendenza emotiva richiede tempo e impegno. È un processo di crescita personale che può comportare sfide e momenti di vulnerabilità. Tuttavia, il risultato finale è la possibilità di vivere relazioni più equilibrate e appaganti, basate sulla libertà individuale e sul rispetto reciproco.

La dipendenza emotiva può avere gravi conseguenze negative sia per l'individuo che per le relazioni interpersonali. Esplorare queste conseguenze può aiutare a comprendere l'importanza di affrontare e superare la dipendenza emotiva per il proprio benessere e la salute delle relazioni.

L'insicurezza è una delle cause principali della dipendenza emotiva. Le persone che sperimentano un senso di insicurezza tendono a cercare conferma e rassicurazione dagli altri per sentirsi valorizzate e accettate. L'insicurezza può essere alimentata da diverse circostanze e esperienze nella vita di una persona.

Uno dei fattori che contribuisce all'insicurezza è l'esperienza di abbandono. Se una persona ha vissuto un abbandono emotivo o fisico nel passato, può sviluppare una paura profonda di essere abbandonata di nuovo. Questa paura si radica nell'insicurezza, spingendo la persona a cercare costantemente conferma e affetto dagli altri per evitare il dolore dell'abbandono. Si instaura così una dipendenza emotiva, in cui la persona si aggrappa alle relazioni come un'ancora di sicurezza.

I traumi emotivi, come esperienze di violenza, abuso o negligenza, possono anche contribuire all'insicurezza. Queste esperienze traumatiche possono minare profondamente la fiducia in se stessi e negare alle persone la capacità di sviluppare una sana autostima. Le persone che hanno vissuto traumi emotivi possono cercare costantemente la conferma e l'approvazione dagli altri per sentirsi valide e amate, poiché il trauma ha minato la loro autostima e fiducia nel proprio valore.

Inoltre, una scarsa fiducia in se stessi può essere il risultato di modelli di educazione e interazioni sociali che hanno messo in dubbio la propria autostima. Ad esempio, una persona cresciuta in un ambiente in cui veniva costantemente criticata o in cui le sue opinioni e i suoi bisogni venivano ignorati, può sviluppare un senso di insicurezza e una mancanza di fiducia nelle proprie capacità e nel proprio valore. Questo può portare alla dipendenza emotiva, cercando costantemente l'approvazione e la conferma degli altri per sentirsi accettati e validati.

Esempi di casi di insicurezza possono variare ampiamente e dipendono dalle esperienze e dalle sfide personali di ogni individuo. Ecco alcuni esempi comuni di situazioni che possono alimentare l'insicurezza:

- Le esperienze di bullismo possono avere un impatto significativo sulla fiducia in se stessi e sull'autostima di una persona. Chi è stato vittima di bullismo subisce continue critiche, umiliazioni e discriminazioni, che possono minare profondamente la sua sicurezza e autostima. Le persone che hanno subito bullismo possono sviluppare insicurezza a causa della paura di essere giudicate o ridicolizzate dagli altri.

  Il bullismo crea un ambiente ostile e negativo in cui la persona viene costantemente attaccata e svalutata. Queste esperienze negative possono lasciare cicatrici emotive profonde, generando un senso di inadeguatezza e una mancanza di fiducia nelle proprie capacità e qualità personali. La vittima di bullismo può iniziare a credere alle parole e alle azioni dei bulli, mettendo in dubbio il proprio valore e la propria autostima.

  La paura di essere giudicati o criticati può influire negativamente sulle relazioni personali e sulle opportunità di crescita personale e professionale. Le persone che hanno subito bullismo possono evitare situazioni in cui si sentono vulnerabili o in cui temono di essere giudicate, rinunciando a nuove esperienze o sfide che potrebbero portare alla crescita personale.

Per superare le esperienze di bullismo e ricostruire l'autostima, è importante che la persona si sottoponga a un processo di guarigione emotiva. Ciò può comportare la ricerca di supporto da parte di professionisti, come psicologi o consulenti, che possono aiutare a elaborare e superare le esperienze traumatiche del passato.

- I fallimenti passati possono avere un impatto significativo sull'autostima e sull'insicurezza di una persona. Quando si sperimenta una serie di delusioni o fallimenti significativi, come la fine di una relazione, il fallimento di un progetto lavorativo o un insuccesso accademico, si possono sviluppare dubbi sulle proprie capacità e sulla possibilità di avere successo in futuro. Le esperienze di fallimento possono minare la fiducia in se stessi e portare a un senso di insicurezza riguardo alle proprie abilità e alle proprie capacità. La persona può iniziare a dubitare delle proprie capacità di prendere decisioni, di gestire situazioni complesse o di ottenere risultati positivi. Questi dubbi possono trasformarsi in una paura costante di ripetere i fallimenti passati, impedendo alla persona di affrontare nuove sfide o di perseguire i propri obiettivi. L'insicurezza derivante dai fallimenti passati può manifestarsi attraverso l'autocritica e l'autosabotaggio. La persona può iniziare a dubitare delle proprie capacità e a sabotare le proprie opportunità di successo, temendo di affrontare nuovi fallimenti o delusioni. Questo ciclo negativo può creare una sorta di spirale discendente in cui l'insicurezza alimenta ulteriori fallimenti, rafforzando l'idea che non si è in grado di raggiungere il successo desiderato.

Tuttavia, è importante comprendere che i fallimenti sono parte integrante della vita e che possono essere occasioni di apprendimento e crescita personale. Superare i fallimenti passati richiede un processo di riflessione e di autovalutazione, al fine di identificare le lezioni apprese e di adottare un approccio più resiliente verso le sfide future.

Per superare l'insicurezza derivante dai fallimenti passati, è importante lavorare sulla consapevolezza di sé e sull'accettazione delle proprie esperienze.

Bisogna ricordarsi che i fallimenti non definiscono la nostra intera identità e che siamo capaci di apprendere, adattarci e crescere.

- La comparazione sociale è un fattore significativo che contribuisce all'insicurezza personale. Molte persone tendono a confrontarsi con gli altri e a valutare se stesse in base a standard esterni o a ideali irrealistici. Questo confronto costante può portare a un senso di inferiorità e di insicurezza riguardo al proprio aspetto fisico, alle proprie abilità o ai propri risultati.

  Nell'era dei social media e della costante esposizione alle vite degli altri, la comparazione sociale può diventare ancora più intensa. Le persone spesso vedono solo il lato migliore e più curato degli altri, senza tener conto delle loro imperfezioni o delle sfide che possono affrontare. Questo può creare un divario tra l'immagine ideale che si vede negli altri e la propria realtà, generando sentimenti di inadeguatezza e insicurezza.

  È importante comprendere che il confronto con gli altri è spesso ingiusto e inutile. Ogni individuo è unico, con le proprie esperienze, talenti e percorsi di vita. Concentrarsi sulle proprie qualità, punti di forza e traguardi personali è essenziale per costruire una sana autostima e superare l'insicurezza generata dalla comparazione sociale.

Un modo per affrontare la comparazione sociale è praticare la gratitudine e l'autocompassione. Riconoscere e apprezzare le proprie qualità e successi, anche quelli apparentemente piccoli, può aiutare a spostare l'attenzione dalle insicurezze verso un atteggiamento più positivo verso se stessi. Inoltre, è importante ricordare che la comparazione con gli altri è spesso superficiale e non tiene conto della complessità della vita di ciascuno. Ogni individuo ha le proprie sfide e difficoltà nascoste, che potrebbero non essere visibili esternamente. Concentrarsi sul proprio percorso e sul proprio benessere emotivo anziché sul paragone con gli altri può favorire una maggiore sicurezza e contentezza personale.

- Le relazioni passate tossiche possono avere un impatto significativo sull'insicurezza personale. Le esperienze negative come il tradimento, l'abuso o la manipolazione emotiva possono minare la fiducia in se stessi e nelle relazioni future. Quando si è stati coinvolti in relazioni tossiche, è comune sviluppare un senso di insicurezza riguardo agli altri e una paura di essere feriti di nuovo.

  Le esperienze di tradimento o abuso possono far sorgere dubbi sul proprio valore e sulla capacità di fidarsi degli altri. Si può iniziare a dubitare delle proprie capacità di fare scelte relazionali sane e di essere amati in modo autentico. L'insicurezza può radicarsi nel timore costante di essere feriti o delusi, rendendo difficile aprirsi e fidarsi completamente di un nuovo partner o di una nuova relazione.

Superare l'insicurezza derivante da relazioni passate tossiche richiede tempo, auto-riflessione e cura personale. È importante prendersi il tempo per guarire dalle ferite emotive del passato, lavorando con un professionista o partecipando a gruppi di sostegno se necessario. Questo processo permette di affrontare le esperienze negative, elaborarle e rafforzare la fiducia in se stessi.

Inoltre, è essenziale imparare a stabilire confini sani nelle relazioni future. Imparare a riconoscere i segnali di un comportamento tossico e ad evitare relazioni che potrebbero ripetere schemi dannosi può essere una misura preventiva per proteggere la propria sicurezza emotiva.

Sviluppare una maggiore consapevolezza di sé e delle proprie esigenze aiuta a identificare relazioni che possono portare a un senso di insicurezza e a prendere decisioni più consapevoli riguardo alle persone con cui si sceglie di stabilire legami affettivi.

Lavorare sulla propria autostima è un altro aspetto importante per superare l'insicurezza derivante da relazioni passate tossiche. Rafforzare la fiducia in se stessi e coltivare un senso di valore personale aiuta a costruire una base solida per relazioni future più sane e appaganti. Ciò può essere fatto attraverso la pratica dell'autocura, l'affermazione di sé e la valorizzazione delle proprie qualità e competenze.

Infine, essere pazienti con se stessi è fondamentale durante questo processo di guarigione. Superare l'insicurezza derivante da relazioni passate tossiche richiede tempo e dedizione. È importante concedersi il permesso di prendersi cura di sé stessi e di affrontare le emozioni e i traumi del passato. Con il tempo e il sostegno adeguato, è possibile superare l'insicurezza e aprire la porta a relazioni future più positive e soddisfacenti.

- Le aspettative irrealistiche possono giocare un ruolo significativo nell'insicurezza personale. Quando ci si aspetta di essere perfetti in ogni aspetto della propria vita o si ha l'aspettativa che gli altri soddisfino ogni bisogno emotivo, è facile sentirsi inadeguati e insicuri quando queste aspettative non vengono soddisfatte.
Le aspettative irrealistiche possono derivare da pressioni sociali, media, modelli di ruolo o esperienze passate. Ad esempio, la società o i media possono promuovere immagini di perfezione che non corrispondono alla realtà. Inoltre, le esperienze passate possono influenzare la formazione di aspettative irrealistiche, come ad esempio l'aver avuto modelli di ruolo che cercavano sempre la perfezione.
Queste aspettative irrealistiche possono mettere una pressione eccessiva su di noi stessi e sugli altri, creando una sensazione di inadeguatezza e insicurezza quando non riusciamo a soddisfare queste aspettative. È importante riconoscere e sfidare queste aspettative, cercando di adottare un approccio più realistico e compassionevole verso se stessi e gli altri.
Coltivare l'autocompassione e l'accettazione di sé è un passo importante per affrontare le aspettative irrealistiche e ridurre l'insicurezza. Imparare a riconoscere i propri limiti, a celebrare i successi e a trattarsi con gentilezza e comprensione può contribuire a

creare un senso di autostima basato sulla realtà piuttosto che su aspettative irrealistiche.

Inoltre, è utile mettere in discussione le aspettative imposte dalla società o dal proprio ambiente sociale. Riconoscere che nessuno è perfetto e che ogni persona ha i propri punti di forza e di debolezza può aiutare a ridurre la pressione per essere sempre al massimo.

Sviluppare una maggiore consapevolezza di sé e delle proprie esigenze può anche aiutare a individuare le aspettative irrealistiche e a sostituirle con obiettivi più realistici. Imparare a definire i propri valori e a concentrarsi su ciò che è davvero importante per sé stessi può guidare verso un senso di autenticità e di soddisfazione personale.

Ricorda che le aspettative irrealistiche sono spesso basate su ideali irraggiungibili e che l'autostima non dovrebbe dipendere dalla loro realizzazione. Accettarsi per chi si è, con i propri punti di forza e di debolezza, può contribuire a costruire una solida base per la sicurezza personale.

- Ricevere critiche costanti o essere costantemente sottoposti a un ambiente critico può avere un impatto significativo sull'autostima e sull'insicurezza di una persona. Le critiche negative possono penetrare profondamente nella psicologia di un individuo, portando a una percezione negativa di sé stessi e alle proprie capacità.

  Quando si è costantemente criticati, si può sviluppare un senso di insicurezza riguardo alle proprie abilità e al proprio valore come individui. Si può cominciare a dubitare delle proprie capacità e a vivere con l'ansia costante di essere giudicati o di deludere gli altri. Questo può portare a un atteggiamento difensivo o a evitare di intraprendere nuove sfide per paura di fallire o di essere criticati.

Le critiche costanti possono avere origine da diverse fonti, come familiari, amici, partner o colleghi di lavoro. Queste critiche possono essere esplicite, come commenti diretti o confronti negativi, o implicite, come sguardi disapprovatori o toni di voce arroganti. Indipendentemente dalla forma che assumono, le critiche costanti possono minare la fiducia in se stessi e alimentare l'insicurezza.

È importante riconoscere che le critiche non sempre riflettono la nostra reale valutazione come individui. Spesso, le persone che criticano gli altri hanno i propri insicurezze e cercano di compensarle attaccando gli altri. Pertanto, è essenziale sviluppare una consapevolezza di sé e una sicurezza interiore che possano aiutare a filtrare le critiche negative e a non lasciarle influenzare la nostra autostima.

Per affrontare l'insicurezza causata dalle critiche costanti, è importante praticare l'autocompassione e l'accettazione di sé. Imparare a riconoscere i propri punti di forza e a valorizzarli può aiutare a bilanciare gli effetti negativi delle critiche. Inoltre, cercare il sostegno di persone che ci supportano e ci apprezzano può contribuire a ridurre l'insicurezza e a ricostruire la fiducia in se stessi.

Un altro approccio utile è quello di sviluppare una mentalità di apprendimento e di crescita. Invece di vedere le critiche come attacchi personali, è possibile considerarle come opportunità per migliorare e per acquisire nuove competenze. Imparare a gestire le critiche in modo costruttivo e a utilizzarle come motivazione per raggiungere obiettivi personali può contribuire a ridurre l'insicurezza e a promuovere la crescita personale. Infine, è importante sviluppare una consapevolezza delle proprie qualità e successi. Tenere traccia dei propri progressi e celebrare i successi, anche quelli piccoli, può contribuire a rafforzare l'autostima e a bilanciare gli effetti delle critiche costanti. Imparare a fidarsi delle proprie valutazioni e a ricordare che siamo degni di amore, rispetto e apprezzamento può aiutare a superare l'insicurezza derivante dalle critiche esterne.

- La mancanza di sostegno emotivo durante la crescita può avere un impatto significativo sull'insicurezza di una persona. Crescere in un ambiente in cui le emozioni non vengono riconosciute o valide può portare a una mancanza di fiducia nel proprio valore e nell'espressione delle proprie emozioni.
Quando le emozioni non vengono accettate o comprese, le persone possono sentirsi confuse riguardo ai propri sentimenti e iniziano a dubitare della loro legittimità. Potrebbero anche sviluppare una tendenza a reprimere o negare le emozioni, temendo il giudizio o il rifiuto degli altri. Ciò può portare a una mancanza di fiducia nelle proprie capacità di gestire le emozioni e di comunicarle in modo sano e efficace.
La mancanza di sostegno emotivo può anche limitare la capacità di una persona di sviluppare relazioni intime e significative. Quando le emozioni non vengono riconosciute o validate, può essere difficile per una persona aprirsi e condividere le proprie esperienze

emotive con gli altri. Questo può creare una barriera nell'instaurazione di legami profondi e significativi, aumentando così l'insicurezza nelle relazioni interpersonali.

Per affrontare l'insicurezza derivante dalla mancanza di sostegno emotivo, è importante cercare risorse esterne per soddisfare il bisogno di supporto emotivo. Ciò potrebbe includere cercare l'aiuto di un consulente o di uno psicologo, che può fornire un ambiente sicuro e accogliente in cui esplorare le proprie emozioni e imparare strategie per affrontarle in modo sano. Inoltre, cercare il sostegno di amici fidati o di gruppi di sostegno può aiutare a creare una rete di supporto emotivo e a ridurre l'insicurezza.

È anche importante sviluppare la consapevolezza delle proprie emozioni e imparare a riconoscerle e a validarle internamente. Ciò significa accettare che le proprie emozioni sono legittime e che hanno un ruolo importante nella nostra esperienza di vita. Imparare a comunicare in modo assertivo le proprie emozioni agli altri può aiutare a creare relazioni più autentiche e significative.

Un'altra causa comune della dipendenza emotiva è la paura dell'abbandono. Le persone che temono l'abbandono possono sviluppare una dipendenza emotiva come meccanismo di difesa per cercare di mantenere il controllo e la vicinanza nelle relazioni. Questa paura profonda può avere radici nella storia personale di una persona, come esperienze di abbandono o perdita significative.

Le persone che temono l'abbandono spesso vivono con l'ansia costante di essere lasciate o respinte. Questo timore può essere alimentato da esperienze passate di separazione o perdita, come il divorzio dei genitori, la morte di una persona cara o la fine di una relazione significativa. Queste esperienze possono creare una ferita emotiva profonda che rende difficile fidarsi degli altri e aprire il cuore alle relazioni.

Per cercare di evitare l'abbandono, le persone che temono questa eventualità possono adottare comportamenti dipendenti. Possono mettere le esigenze degli altri al di sopra delle proprie, cercando di soddisfare ogni desiderio o richiesta per mantenere il partner o le persone significative vicine. Questo può portare a un costante sacrificio dell'autonomia e del benessere personale.

La dipendenza emotiva diventa un modo per cercare di garantire l'affetto e l'attenzione costante degli altri, anche a costo della propria felicità e benessere. Le persone dipendenti emotivamente possono vivere nella costante paura di perdere la persona di cui dipendono, rendendo difficile per loro prendere decisioni autonome o mantenere confini sani nelle relazioni. La dipendenza emotiva diventa una prigione emotiva in cui la persona si sente intrappolata e incapace di essere se stessa.

È importante comprendere che la paura dell'abbandono può essere profondamente radicata e richiede un lavoro personale significativo per essere superata. Affrontare questa paura richiede il coraggio di esplorare le ferite emotive del passato e di costruire una fiducia di base in se stessi e nella possibilità di relazioni sane e appaganti.

La terapia può essere un prezioso strumento per affrontare la paura dell'abbandono e superare la dipendenza emotiva. Un terapeuta può aiutare a esplorare le radici della paura e fornire supporto durante il processo di guarigione. Attraverso la terapia, le persone possono imparare a costruire una sana autostima, a sviluppare una maggiore consapevolezza di sé stesse e delle proprie esigenze, e a imparare strategie per stabilire confini sani nelle relazioni.

Un'altra causa della dipendenza emotiva è la mancanza di competenze emotive e di autoregolazione. Le persone che non hanno imparato a gestire in modo sano le proprie emozioni possono cercare negli altri una fonte di stabilità e conforto. La dipendenza emotiva diventa un modo per cercare un sollievo immediato dal disagio emotivo, permettendo alle persone di evitare di affrontare e gestire le proprie emozioni in modo autonomo. Questo può portare a una dipendenza continua dagli altri per il proprio benessere emotivo.

Le competenze emotive includono la capacità di riconoscere, comprendere e regolare le proprie emozioni. Le persone che hanno difficoltà in queste aree possono sperimentare un senso di confusione e instabilità emotiva. Di conseguenza, possono cercare costantemente il sostegno e l'approvazione degli altri per stabilizzare le proprie emozioni. Questo può manifestarsi attraverso una dipendenza emotiva in cui le persone cercano di soddisfare i propri bisogni emotivi attraverso le relazioni, piuttosto che sviluppare le proprie abilità di autoregolazione.

La mancanza di competenze emotive può derivare da diverse cause, tra cui un'educazione poco attenta alle emozioni, traumi passati o esperienze di invalidazione emotiva. Ad esempio, una persona che è cresciuta in un ambiente in cui le emozioni erano ignorate o mal gestite potrebbe sviluppare una dipendenza emotiva come un modo per cercare la validazione e l'attenzione emotiva da parte degli altri.

La dipendenza emotiva causata dalla mancanza di competenze emotive può portare a una serie di conseguenze negative. Le persone possono diventare dipendenti emotivamente dalle relazioni, mettendo un'enorme pressione sugli altri per soddisfare le proprie esigenze emotive. Questo può portare a uno squilibrio e una tensione nelle relazioni, mettendo a rischio la stabilità e la felicità delle stesse.

Inoltre, la dipendenza emotiva può portare a una perdita dell'identità personale. Le persone possono sacrificare i propri interessi, valori e obiettivi per mantenere una relazione o per ottenere l'approvazione degli altri. Questo può portare a una mancanza di autenticità e alla sensazione di essere intrappolati in una dinamica di dipendenza.

La dipendenza emotiva può anche contribuire al deterioramento della salute mentale. Le persone che dipendono emotivamente dagli altri possono sperimentare un senso di vuoto, depressione e ansia quando si trovano da sole o quando le relazioni diventano instabili. La dipendenza emotiva può anche rendere le persone più vulnerabili all'abuso e allo sfruttamento emotivo.

Per affrontare la dipendenza emotiva causata dalla mancanza di competenze emotive, è importante imparare a riconoscere, comprendere e gestire le proprie emozioni in modo autonomo. Ciò può richiedere l'aiuto di uno psicologo o di un terapeuta specializzato nel lavoro sulle competenze emotive e nell'autoregolazione. Attraverso il lavoro terapeutico, le persone possono imparare a sviluppare una maggiore consapevolezza emotiva, a identificare le proprie esigenze e a trovare modi sani per soddisfarle senza dipendere dagli altri.

Casi studio

È importante notare che i nomi utilizzati nei casi di studio sono stati inventati per proteggere la privacy delle persone coinvolte. Tuttavia, le situazioni descritte sono basate su esperienze comuni che possono essere riscontrate nella realtà.

Caso studio 1: Alice lottava con la dipendenza emotiva dalle relazioni romantiche, era costantemente alla ricerca di conferme e approvazione dagli uomini con cui era coinvolta, temendo costantemente di essere abbandonata. Questa dipendenza emotiva era alimentata dalla sua profonda insicurezza e dalla paura di essere sola.

Così ha deciso di affrontare la sua dipendenza attraverso il supporto di uno psicoterapeuta. Durante la terapia, ha lavorato per sviluppare una maggiore consapevolezza di sé stessa e delle sue emozioni. Ha imparato a riconoscere i suoi bisogni e a prendersi cura di sé stessa senza dipendere dagli altri per il suo benessere emotivo.

Inoltre, ha imparato tecniche di autoregolazione emotiva come la pratica della mindfulness e la respirazione profonda, strategie che le hanno permesso di connettersi con le sue emozioni in modo sano e di gestirle senza cercare costantemente il supporto esterno.

Con il tempo, ha acquisito una maggiore sicurezza in se stessa e ha iniziato a costruire una base di autostima solida. Ha imparato a stabilire confini sani nelle sue relazioni e a comunicare i suoi bisogni in modo assertivo. Ha superato la sua dipendenza emotiva, trovando fiducia in se stessa e nella sua capacità di soddisfare le sue esigenze emotive.

Caso studio 2: Sara lottava con una profonda paura dell'abbandono , che la portava a mettere costantemente le esigenze degli altri al di sopra delle proprie e a sacrificare la sua autonomia per mantenere le relazioni. La dipendenza emotiva le impediva di sviluppare una sana autostima e di prendere decisioni autonome.

Ha iniziato un percorso di terapia focalizzata sulla dipendenza emotiva e sulla gestione della paura dell'abbandono. Durante il percorso, ha esplorato le origini della sua paura dell'abbandono e ha imparato a riconoscerla come un'emozione legata alle sue esperienze passate.

Ha lavorato per sviluppare una maggiore fiducia in se stessa e una maggiore consapevolezza delle sue esigenze e dei suoi valori. Ha imparato, a stabilire confini sani nelle sue relazioni e a comunicare i suoi bisogni senza paura di essere abbandonata, a gestire le sue emozioni in modo autonomo attraverso la pratica della regolazione emotiva. Ha sviluppato strategie di autoregolazione come l'identificazione delle emozioni, la valutazione delle situazioni e l'adozione di azioni adeguate per gestire le emozioni negative.

Attraverso il lavoro terapeutico e l'impegno personale, è riuscita a superare la sua dipendenza emotiva e la paura dell'abbandono. Ha costruito una solida autostima e una maggiore fiducia nelle sue capacità di prendere decisioni autonome. Ha iniziato a vivere relazioni più equilibrate, basate sulla reciprocità e sul rispetto reciproco.

Caso studio 3: Laura, 40 anni, ha vissuto una dipendenza emotiva nei confronti dei suoi superiori nel contesto lavorativo. Aveva una grande paura di deluderli e di essere giudicata negativamente. Questo l'ha portata a mettere costantemente le esigenze degli altri al di sopra delle proprie, lavorando in modo eccessivamente diligente e sacrificando il proprio benessere.

Laura ha intrapreso un percorso di crescita personale attraverso la consulenza professionale. Ha esplorato le radici della sua dipendenza emotiva, scoprendo che era legata alla sua insicurezza e al bisogno di approvazione esterna. Attraverso il lavoro terapeutico, ha sviluppato una maggiore consapevolezza di sé stessa e ha imparato a identificare i suoi limiti ea difendere i suoi bisogni in modo assertivo.

Ha iniziato a praticare l'affermazione di sé nel contesto lavorativo, imparando a dire "no" quando necessario ea mettere dei confini chiari con i suoi superiori. Ha sviluppato una maggiore fiducia nelle sue competenze e ha iniziato a riconoscere il proprio valore indipendentemente dal giudizio degli altri.

Inoltre, ha cercato il sostegno di un mentore nel suo campo lavorativo, una figura che l'ha supportata nel suo sviluppo professionale e l'ha aiutata a riconoscere il proprio valore e le proprie capacità. Questo le ha dato una prospettiva più ampia e l'ha incoraggiata a colpire i suoi obiettivi professionali in modo indipendente.

Con il tempo, ha iniziato a costruire relazioni di lavoro più sane ed equilibrate, basate sulla collaborazione e sul rispetto reciproco. Ha imparato a riconoscere i segnali di manipolazione o sfruttamento ea porre fine a dinamiche disfunzionali. Ha stabilito un equilibrio tra il suo lavoro e la sua vita personale, dando priorità al suo benessere e al suo sviluppo personale.

Caso studio 4: Sara aveva un'amicizia molto stretta con Marta da diversi anni. Tuttavia, negli ultimi tempi, Sara si era resa conto che questa relazione era diventata estremamente disfunzionale e dipendente. Si sentiva sempre in ansia per il giudizio di Marta e metteva sempre le sue esigenze al di sopra delle proprie. Questa dipendenza stava influenzando negativamente la sua autostima e la sua capacità di prendere decisioni autonome.

Sara ha deciso di affrontare questa dipendenza emotiva e ha iniziato a lavorare su se stessa con l'aiuto di uno psicoterapeuta specializzato nelle dinamiche delle amicizie. Durante le sessioni di terapia, ha esplorato le sue paure e le sue insicurezze, scoprendo che la dipendenza emotiva derivava da una paura profonda di essere abbandonata e di non essere accettata.

Attraverso il percorso, ha imparato ad affermare i suoi bisogni e i suoi confini in modo assertivo. Ha sviluppato una maggiore consapevolezza dei suoi sentimenti e delle sue emozioni, e ha imparato a comunicare in modo aperto e onesto con Marta. Ha imparato anche a prendere decisioni indipendenti, senza dipendere sempre dall'approvazione di Marta.

Inoltre, Sara ha ampliato la sua rete sociale, cercando nuove amicizie e partecipando a attività che le interessavano. Questo le ha permesso di allargare i suoi orizzonti e di sperimentare nuove prospettive, riducendo la dipendenza emotiva da Marta. Ha sviluppato una maggiore fiducia in se stessa e nella sua capacità di costruire relazioni sane e bilanciate.

Sara ha affrontato momenti di paura e incertezza, ma con l'aiuto del suo terapeuta e del suo impegno personale, è riuscita a superare la dipendenza emotiva. Ha imparato a distinguere tra amicizie sane e tossiche, e ha scelto di allontanarsi da dinamiche dannose per la sua autostima e il suo benessere emotivo.

Oggi, Sara ha una visione più equilibrata delle sue amicizie. Ha imparato a riconoscere i segnali di dipendenza emotiva e a prendere provvedimenti tempestivi per proteggere la sua salute mentale e il suo benessere. Ha creato relazioni più sane, basate sulla reciproca comprensione, il rispetto e l'indipendenza emotiva.

In conclusione, i casi studio presentati mostrano diverse situazioni di dipendenza emotiva in vari contesti, come relazioni romantiche, familiari, lavorative e amicali. In ognuno di questi casi, le persone coinvolte hanno affrontato sfide legate all'insicurezza, alla mancanza di autoregolazione, alla paura dell'abbandono e all'insicurezza personale.

Tuttavia, attraverso l'impegno personale, il supporto di professionisti e l'adozione di strategie specifiche, queste persone sono state in grado di superare la dipendenza emotiva e recuperare la loro autonomia e il loro benessere.

Le tecniche utilizzate per superare la dipendenza emotiva includono la terapia cognitivo-comportamentale, l'auto-riflessione, l'affermazione di sé e lo sviluppo di relazioni più sane ed equilibrate. Queste strategie hanno aiutato le persone a sviluppare una maggiore consapevolezza di sé stesse, a migliorare la gestione delle emozioni, a stabilire confini sani e a comunicare in modo assertivo.

Attraverso il processo di guarigione, le persone hanno imparato a riconoscere i segnali della dipendenza emotiva, a identificare le cause sottostanti e a prendere provvedimenti per proteggere la propria salute mentale e il proprio benessere. Hanno sviluppato una maggiore fiducia in se stesse e una migliore comprensione dei propri bisogni e desideri, prendendo decisioni autonome e costruendo relazioni più equilibrate.

Questi casi studio dimostrano che superare la dipendenza emotiva richiede tempo, impegno e sostegno. È un processo di crescita personale che può comportare sfide e momenti di vulnerabilità, ma che alla fine porta a una maggiore autonomia, autostima e benessere emotivo.

È fondamentale ricordare che ogni persona è unica e che il percorso verso la guarigione può essere diverso per ognuno. Tuttavia, con il giusto sostegno e l'impegno personale, è possibile superare la dipendenza emotiva e vivere relazioni più sane, basate sulla libertà individuale, il rispetto reciproco e il benessere emotivo.

Dopo aver esplorato le tecniche di superamento della dipendenza emotiva, il prossimo passo di questo viaggio, è imparare a padroneggiare il proprio corpo per esprimere e comunicare la propria indipendenza. Il capitolo "La Seduzione attraverso la Padronanza del Corpo" affronta l'importanza del linguaggio del corpo, mostrando come può essere usato per sedurre, ma anche per esprimere confidenza, stabilità e autonomia.

Capitolo 4: La Seduzione attraverso la Padronanza del Corpo

Il linguaggio del corpo è un aspetto fondamentale della comunicazione umana. Oltre alle parole che usiamo per esprimere i nostri pensieri e sentimenti, il nostro corpo parla attraverso gesti, espressioni facciali, posture e movimenti. Questo tipo di comunicazione non verbale può essere altrettanto potente e significativo delle parole stesse, se non di più.

Introdurre i fondamenti del linguaggio del corpo e comprenderne l'importanza nella comunicazione non verbale può fornire un'ulteriore chiave per comprendere gli altri e per comunicare in modo più efficace. Quando siamo consapevoli di come usiamo il nostro corpo per esprimere emozioni, intenzioni e stati d'animo, possiamo diventare più abili nell'interpretare anche il linguaggio del corpo degli altri.

Il linguaggio del corpo è universale e trascende le barriere culturali e linguistiche. Ad esempio, un sorriso può indicare gioia e felicità in molte culture, mentre una postura rigida può suggerire tensione o disagio. Comprendere questi segnali può aiutarci a cogliere i sottintesi di una conversazione e a reagire in modo adeguato.

Le espressioni facciali sono uno strumento potente per comunicare e interpretare le emozioni umane. Il volto umano è in grado di esprimere una vasta gamma di emozioni attraverso diverse espressioni, e l'osservazione attenta di queste espressioni può fornire importanti indizi sullo stato emotivo delle persone con cui interagiamo.

Un sorriso sincero è una delle espressioni facciali più positive e universalmente riconosciute. Esso comunica gioia, felicità, gentilezza e apertura. Quando vediamo qualcuno sorridere, tendiamo ad essere attratti da quella persona e a sentirci più a nostro agio nel suo cospetto. Un sorriso può creare un'atmosfera positiva e favorire la connessione emotiva con gli altri.

D'altro canto, un'espressione facciale tesa o imbronciata può indicare tensione, frustrazione o insoddisfazione. Queste espressioni possono farci capire che qualcosa non va bene o che la persona che le mostra potrebbe sentirsi a disagio o in difficoltà. Osservare attentamente queste espressioni può essere utile per comprendere le emozioni degli altri e per adattare il nostro comportamento di conseguenza, offrendo sostegno o cercando di risolvere i problemi.

Oltre ai sorrisi e alle espressioni tese, il volto può trasmettere una vasta gamma di altre emozioni, come la tristezza, la rabbia, il disgusto, la paura e la sorpresa. Ogni espressione ha le sue caratteristiche distintive, come le sopracciglia aggrottate per l'ira o gli occhi spalancati per la sorpresa. Riconoscere queste espressioni e comprendere il loro significato può aiutarci a interagire con gli altri in modo più empatico e consapevole.

È importante sottolineare che le espressioni facciali possono variare da persona a persona, e che l'interpretazione corretta richiede una certa sensibilità e attenzione. Alcune persone potrebbero avere espressioni facciali più neutre o meno evidenti, mentre altre potrebbero mostrare espressioni più intense o vivaci. È quindi importante considerare anche il contesto e le altre forme di comunicazione non verbale per ottenere una comprensione completa del messaggio emotivo trasmesso.

Oltre all'osservazione delle espressioni facciali degli altri, è altrettanto importante considerare la propria espressione facciale durante le interazioni. Essere consapevoli delle proprie espressioni può aiutare a comunicare in modo coerente con le nostre emozioni e a creare un'atmosfera di autenticità e apertura. Ad esempio, se siamo felici o soddisfatti di qualcosa, un sorriso genuino può rafforzare il nostro messaggio e creare un'atmosfera positiva nell'interazione.

La postura del corpo è un aspetto cruciale del linguaggio del corpo e può trasmettere informazioni significative sulla nostra condizione emotiva, sul nostro atteggiamento e sulla nostra personalità. Una postura eretta e aperta comunica fiducia in sé stessi e assertività. Quando una persona si tiene dritta, con la testa alta e le spalle allargate, trasmette un senso di sicurezza e potere. Questa postura aperta crea un'atmosfera accogliente e facilita una comunicazione più efficace con gli altri.

D'altra parte, una postura curva o contratta può trasmettere insicurezza, timidezza o sottomissione. Una persona che si accascia, con le spalle curve e la testa abbassata, può essere interpretata come poco sicura di sé o intimorita. Questa postura può influenzare negativamente l'immagine che gli altri hanno di noi e può ostacolare la comunicazione, facendoci apparire meno autorevoli o coinvolgenti.

Essere consapevoli della nostra postura e dell'effetto che può avere sugli altri è essenziale per comunicare in modo efficace e per creare connessioni positive nelle interazioni sociali e professionali. Quando manteniamo una postura eretta e aperta, inviamo un segnale di fiducia e apertura verso gli altri, favorendo una comunicazione più chiara e assertiva. Questo può essere particolarmente importante in contesti come colloqui di lavoro, presentazioni pubbliche o negoziazioni, dove la nostra immagine e la nostra presenza possono influenzare il modo in cui siamo percepiti dagli altri.

Inoltre, la postura del corpo può anche influenzare il nostro stato emotivo e il nostro benessere generale. Numerosi studi hanno dimostrato che adottare una postura eretta può aumentare la fiducia in se stessi, migliorare l'umore e ridurre lo stress. Al contrario, assumere una postura curva o contratta può influire negativamente sul nostro stato emotivo, portando a sensazioni di tristezza o ansia.

Per migliorarla, possiamo adottare alcune pratiche e consigli pratici. Innanzitutto, è importante prendersi cura del proprio corpo, mantenendo una buona forma fisica e svolgendo esercizi per rinforzare la muscolatura del core e della schiena. Cercare di essere consapevoli della propria postura durante le diverse attività quotidiane, come camminare, sedersi o lavorare al computer, può aiutarci a correggere abitudini posturali scorrette.

L'attenzione alla respirazione può essere utile per rilassare la tensione muscolare e sostenere una postura corretta. Inspirare profondamente e sollevare il petto durante l'inspirazione può aiutare a mantenere una postura aperta e a supportare la corretta allineamento del corpo.

Infine, l'esercizio di rilassamento e stretching può essere un valido strumento per migliorare la postura. Attività come lo yoga, il pilates o il tai chi, possono aiutare a sviluppare una maggiore consapevolezza corporea, a rinforzare i muscoli posturali e a migliorare l'allineamento del corpo.

I gesti sono una componente essenziale e possono comunicare una vasta gamma di significati e intenzioni. Osservare attentamente i gesti degli altri e saperli interpretare correttamente può essere fondamentale per una comunicazione efficace e per evitare malintesi.

Un gesto amichevole, come una stretta di mano ferma e sincera, può trasmettere fiducia, cortesia e rispetto reciproco. La forza e la durata della stretta di mano possono influenzare la percezione che gli altri hanno di noi, poiché una stretta di mano debole o troppo vigorosa può essere interpretata come mancanza di fiducia o dominanza eccessiva. Un gesto di saluto come la stretta di mano può creare un'atmosfera di apertura e predisporre positivamente le interazioni future.

Allo stesso modo, un gesto di scuotimento della testa può esprimere disapprovazione o dissenso. Quando una persona scuote la testa lateralmente, può essere interpretato come un segnale di non accordo o di rifiuto verso ciò che viene detto o proposto. Questo gesto può essere importante per evitare malintesi e per garantire una comunicazione chiara e onesta.

Esistono molti altri gesti che possono comunicare informazioni non verbali, ad esempio, incrociare le braccia sul petto può indicare chiusura , mentre aprire le braccia e le mani può trasmettere apertura e accoglienza. Gesti come toccarsi il mento, pizzicarsi il naso o toccarsi l'orecchio possono indicare incertezza o dubbio. È importante saper interpretare questi segnali non verbali per comprendere meglio le intenzioni e i sentimenti degli altri nelle interazioni.

Tuttavia, è importante sottolineare che possono essere influenzati dalla cultura, dall'educazione e dall'esperienza personale. Quindi, è importante evitare generalizzazioni e considerare il contesto e le peculiarità individuali quando si interpretano i gesti degli altri.

I nostri gesti possono influenzare la percezione che gli altri hanno di noi e possono comunicare informazioni sul nostro stato emotivo e sul nostro atteggiamento. Essere consapevoli dei nostri gesti e dell'effetto che possono avere sugli altri può aiutarci a comunicare in modo più efficace e a creare connessioni più autentiche nelle interazioni.

Infine, è importante notare che la comunicazione non verbale, compresi i gesti, deve essere considerata insieme alla comunicazione verbale per una comprensione completa del messaggio. Osservare attentamente il linguaggio del corpo degli altri e utilizzare consapevolmente i propri gesti può arricchire la comunicazione e favorire una migliore comprensione reciproca.

Il linguaggio del corpo ha un ruolo cruciale nel contesto della seduzione e dell'attrazione. Attraverso gesti, espressioni facciali e postura, possiamo comunicare sensualità e fascino, creando una connessione emotiva e un'attrazione reciproca. Tuttavia, è importante sottolineare che la seduzione non si limita al contesto romantico o sessuale, ma può anche essere utilizzata come un modo per esprimere il proprio potere e la propria autonomia.

Nel contesto della seduzione romantica, il linguaggio del corpo gioca un ruolo fondamentale nel creare un'atmosfera di desiderio e intimità. L'espressione di un interesse romantico o sessuale può avvenire attraverso una serie di segnali non verbali che trasmettono un messaggio di attrazione e invitano l'altra persona a rispondere in modo positivo. Ecco alcuni esempi di come il linguaggio del corpo può essere utilizzato per suscitare interesse e creare una connessione emotiva:

Mantenere una postura eretta e aperta può trasmettere fiducia in sé stessi e apertura all'interazione. Mantenere le spalle indietro, il petto aperto e la testa alta può suggerire sicurezza .Lo sguardo diretto e intenso può trasmettere un senso di connessione e desiderio. Mantenere il contatto visivo con l'altra persona, senza sfuggire o evitare lo sguardo, può indicare un interesse sincero e invitare una risposta positiva.

Un sorriso caldo e seducente può comunicare un'energia positiva e un'attrazione reciproca. Un sorriso sincero e coinvolgente può essere un potente strumento di seduzione, poiché mostra un'apertura emotiva e invita all'avvicinamento. I gesti possono essere utilizzati per creare un contatto fisico sottile, ma significativo. Ad esempio, una leggera spinta o un tocco gentile sul braccio dell'altra persona possono trasmettere un senso di intimità e interesse.

La sincronia nel linguaggio del corpo può creare un senso di connessione e attrazione. Ad esempio, adottare posture o movimenti simili a quelli dell'altra persona può creare una sensazione di sintonia e complicità. Le espressioni facciali possono trasmettere una gamma di emozioni, incluso il desiderio. Un'occhiata intensa o un sorriso giocoso possono suggerire un'attrazione fisica e creare un'atmosfera di seduzione.

Tuttavia, è importante sottolineare che la seduzione consapevole richiede sempre il consenso e il rispetto reciproco. È fondamentale comunicare chiaramente le intenzioni e rispettare i limiti dell'altra persona. La seduzione può essere un modo divertente ed emozionante per esplorare la chimica tra due persone, ma deve essere basata sulla sincerità e sulla consapevolezza delle reciproche volontà.

Al di là del contesto romantico, il linguaggio del corpo può anche essere utilizzato come un potente strumento di potere e autonomia. La capacità di comunicare sicurezza e assertività attraverso la postura, il contatto visivo e l'uso appropriato dello spazio può influenzare la percezione che gli altri hanno di noi e la nostra capacità di influenzare le situazioni.

Tuttavia, è importante sottolineare che la seduzione non dovrebbe mai essere intesa come un mezzo per manipolare o sfruttare gli altri, ma come un modo per sviluppare relazioni positive e influenzare gli altri in modo etico e consensuale.

La seduzione nel contesto professionale può riguardare la capacità di comunicare in modo persuasivo, di creare un impatto duraturo e di costruire connessioni significative con i colleghi, i clienti o i partner commerciali. Alcuni modi in cui una donna può adottare per raggiungere obiettivi elevati nel suo ambito lavorativo.

Una comunicazione chiara, assertiva e persuasiva è fondamentale per ottenere risultati nel mondo del lavoro. Una donna può utilizzare il linguaggio del corpo, il tono della voce e le abilità di ascolto attivo per creare un'atmosfera di fiducia e coinvolgimento. La capacità di adattare il proprio stile comunicativo alle esigenze degli interlocutori può aiutare a persuadere e influenzare gli altri in modo positivo.

La seduzione può riguardare anche il carisma e il magnetismo personale. Una donna che emana fiducia, positività ed energia può attirare l'attenzione e il rispetto degli altri. Il modo in cui si presenta, si muove e si comporta può trasmettere un senso di autorevolezza e leadership, facendo sì che gli altri siano più inclini a seguire le sue idee o a collaborare con lei.

Essere in grado di stabilire connessioni autentiche e di creare un clima di fiducia e rispetto reciproco può favorire la collaborazione, l'accesso a opportunità professionali e il raggiungimento di obiettivi comuni. La capacità di ascoltare attentamente, di mostrare interesse genuino e di nutrire le relazioni può portare a vantaggi significativi.

Una donna può utilizzare abilmente il suo linguaggio del corpo, la sua capacità di comunicare in modo persuasivo e il suo carisma per influenzare le decisioni e ottenere risultati favorevoli. La fiducia in se stessa, l'abilità di presentare i propri punti di vista in modo convincente e di trovare soluzioni vantaggiose per entrambe le parti possono essere elementi chiave nel processo negoziale.

La seduzione può essere alimentata da una forte autonomia e autostima. Una donna che si conosce bene, che ha fiducia nelle sue capacità e che ha un senso di autodeterminazione può affrontare le sfide professionali con sicurezza e determinazione. Questa sicurezza personale può influenzare positivamente le interazioni con gli altri e contribuire al raggiungimento di obiettivi elevati.

È importante sottolineare che la seduzione nel contesto lavorativo deve essere intesa come una strategia etica, basata sulla rispettosa interazione tra le persone. La manipolazione, l'uso di tattiche sleali o l'approccio non consensuale non sono accettabili e possono portare a conseguenze negative per la reputazione e la carriera professionale. La seduzione deve essere utilizzata in modo etico e responsabile, puntando a creare rapporti autentici e a raggiungere obiettivi con integrità.

Esploreremo adesso esempi di comunicazione seduttiva, focalizzandoci sia sul linguaggio verbale che sulla padronanza di gesti che trasmettono fascino e attrazione. I seguenti nomi sono stati creati per proteggere la privacy delle persone menzionate.

Primo esempio: Luca:" Amore, non riesco a smettere di pensarti. Ogni volta che ti vedo, il mio cuore batte più forte. Mi perdo nel tuo sguardo magnetico che mi cattura e mi affascina." (Si avvicina lentamente a Sara, fissandola intensamente negli occhi).

Sara: "Grazie, Luca. Mi fai sentire desiderata e amata in un modo unico. Mi piace come mi guardi, come mi tocchi, come riesci a farmi sentire davvero speciale." (Si morde il labbro inferiore, esprime un sorriso malizioso e gioca con i capelli in modo sensuale).

Luca: "Non posso fare a meno di ammirare la tua bellezza. Ogni dettaglio di te è come un'opera d'arte che mi incanta. Voglio scoprire ogni centimetro del tuo corpo e della tua anima, perché sei un mistero che desidero svelare." (Accarezza delicatamente il braccio di Sara, creando un contatto fisico intimo).

Sara: "Quando ti avvicini, sento il calore del tuo corpo che mi avvolge. È un segnale del desiderio e della passione che bruciano dentro di me per te. Voglio che tu sappia quanto mi attiri, quanto mi fai sentire viva ed eccitata." (Si avvicina ancora di più a Luca, sfiorando leggermente la sua mano con la sua).

Luca: "I nostri baci sono come scintille che accendono un fuoco dentro di me. Mi piace l'intensità e la passione che si sprigiona tra noi quando ci avviciniamo. Siamo come magneti che si attraggono inesorabilmente". (Sussurra all'orecchio di Sara con voce bassa e seducente).

Sara: "Desidero esplorare nuovi orizzonti insieme a te. Voglio che ogni momento che trascorriamo insieme sia un'avventura emozionante, un viaggio nell'intimità e nella connessione profonda. Voglio che tu sia il mio complice, il mio confidente, il mio amante. "(Muove lentamente le labbra verso quelle di Luca, creando un momento di anticipazione e desiderio).

Luca: "Non vedo l'ora di scoprire i segreti nascosti del tuo corpo e della tua anima. Voglio conoscerti a fondo, senza limiti né tabù. La nostra intimità sarà un'oasi di piacere, di complicità e di totale apertura. Insieme, esploreremo tutte le sfumature dell'amore e del desiderio". (Risponde al bacio di Sara, approfondendo l'intensità e la passione).

Sara: (Mordicchia leggermente il labbro inferiore di Luca durante il bacio, intensificando la connessione emotiva e fisica).

Questi dialoghi seduttivi, nell'ambito di una relazione romantica, sono espressione di attrazione reciproca e di un'intesa profonda. Tuttavia, è importante ricordare che ogni relazione ha bisogno di rispetto, consenso e comunicazione aperta e sincera.

I gesti seduttivi durante la conversazione aggiungono un elemento di intimità e attrazione. Sono un modo per comunicare il desiderio e l'interesse reciproci in modo non verbale. L'uso del contatto fisico leggero, dei sorrisi maliziosi e dei movimenti sensuali contribuisce a creare una tensione seducente tra i due partner. Questi gesti sono espressioni del desiderio di avvicinarsi e di creare un'atmosfera intima e appassionata. Tuttavia, è importante ricordare che l'interazione deve sempre avvenire nel rispetto dei confini e del consenso reciproco.

Nel secondo esempio tratta una comunicazione tra due colleghi a lavoro .

Sara: "Mi ha colpito la tua competenza e il tuo modo sicuro di esporre le tue idee in quella riunione. Hai una presenza carismatica che attrae l'attenzione di tutti." (Sara si avvicina a

Luca lentamente, muovendo leggermente le spalle in modo sinuoso e mantenendo un contatto visivo intenso).

Luca: "Grazie, Sara. Mi piace il tuo approccio deciso e assertivo nel lavoro. Hai una grande capacità di influenzare gli altri con le tue parole e il tuo modo di presentare le idee." (Luca si allunga leggermente verso Sara, facendo un cenno di approvazione con il capo e sorridendo).

Sara:" Sai, Luca, il tuo modo di gestire le situazioni difficili è davvero impressionante. Hai una calma e una fiducia in te stesso che trasmettono sicurezza e serenità anche agli altri".(Sara corrisponde al sorriso, rispondendo in maniera calma e sicura)

Luca: "Apprezzo il tuo supporto e le tue parole di incoraggiamento. Siamo una squadra formidabile, Sara. Insieme possiamo raggiungere grandi obiettivi e lasciare un'impronta positiva nel nostro campo di lavoro". (Luca si avvicina a Sara, porgendogli la mano)

Sara: "Mi piace come collaboriamo insieme. Abbiamo una sinergia unica e riusciamo a superare le sfide con creatività e determinazione. Non vedo l'ora di vedere cosa possiamo realizzare ancora di più." (Sara in maniera decisa, allunga la mano corrispondendo alla stretta, aumentando la fiducia e la collaborazione del rapporto).

Luca:" Siamo una forza motivante l'uno per l'altro. La tua presenza e il tuo contributo sono fondamentali per il successo del nostro team. Non smetterò mai di apprezzare il tuo valore." (stringe la mano di Sara, concludendo la conversazione con un sorriso sincero e uno sguardo deciso)

La seduzione, quando utilizzata in modo consapevole e autentico, può essere un'efficace espressione di autonomia per le donne. Contrariamente alla concezione tradizionale, in cui la seduzione è spesso vista come un mezzo attraverso il quale le donne vengono manipolate dagli uomini, la seduzione consapevole permette alle donne di assumere il controllo delle proprie relazioni e di guidarle secondo i propri desideri e bisogni.

La seduzione come espressione di autonomia implica la consapevolezza di sé stesse, dei propri desideri e della propria sessualità. Le donne che si sentono sicure e consapevoli del proprio potere seduttivo sono in grado di stabilire limiti chiari, prendere decisioni autonome e comunicare in modo assertivo ciò che desiderano. Utilizzano la seduzione come una forma di autoespressione e come strumento per creare connessioni autentiche con gli altri.

Attraverso la seduzione, le donne possono comunicare il loro interesse e il loro desiderio senza compromettere la propria integrità o autonomia. Sono in grado di manifestare il loro potere personale e la loro sicurezza, senza dipendere dall'approvazione o dal controllo degli altri. La seduzione consapevole permette alle donne di essere protagoniste delle proprie relazioni, di definire i propri confini e di mantenere un senso di controllo.

Per essere in grado di sedurre con successo, è importante avere fiducia nelle proprie capacità, credere nel proprio valore e sentirsi a proprio agio con la propria sessualità. Quando una persona ha un'alta autostima, è più propensa a esprimere sé stessa in modo autentico, senza timori o insicurezze, e questo si riflette positivamente nella sua capacità di sedurre gli altri.

Quando una persona viene desiderata e apprezzata da un'altra persona, questo può aumentare il senso di autostima e di valore personale. L'esperienza di essere considerati attraenti e desiderabili può alimentare un senso di sicurezza in se stessi e consolidare l'immagine positiva che si ha di sé.

La seduzione, quando praticata in modo consapevole e rispettoso, offre un'opportunità per esprimere la propria sessualità in modo sano e gratificante. Questo può portare a una maggiore consapevolezza del proprio corpo, delle proprie preferenze e dei propri desideri, contribuendo a un senso di benessere personale. La consapevolezza della propria sessualità e la capacità di esprimerla in modo positivo possono rafforzare l'autostima e creare una base solida per le relazioni intime e soddisfacenti.

Tuttavia, è importante sottolineare che la seduzione non dovrebbe mai essere utilizzata come unico mezzo per aumentare l'autostima o per compensare una bassa autostima. Una sana autostima si basa su molteplici fattori, tra cui la conoscenza di sé, la consapevolezza delle proprie qualità e capacità, l'accettazione di sé e il rispetto di sé stessi. La seduzione può essere un'aggiunta positiva per rafforzare l'autostima esistente, ma non può essere la sola fonte di autostima.

Per utilizzare la seduzione in modo efficace per rafforzare l'autostima, è importante sviluppare una consapevolezza delle proprie qualità e punti di forza. Conoscere i propri punti di forza fisici, mentali ed emotivi permette di sfruttarli in modo positivo durante la seduzione. Inoltre, è importante ascoltarsi e rispettare i propri limiti personali, evitando di compromettere la propria integrità o di mettere in pericolo il proprio benessere emotivo o fisico.

La connessione tra seduzione e padronanza corporea risiede nella consapevolezza e nel controllo che si ha sul proprio corpo e nel modo in cui si esprime attraverso il linguaggio del corpo.

Quando si possiede una buona padronanza corporea, si è in grado di utilizzare il proprio corpo in modo consapevole, intenzionale e seducente per comunicare desiderio, attrazione e sicurezza.

La padronanza corporea implica la conoscenza e l'abilità di controllare i movimenti, la postura, gli sguardi e i gesti del proprio corpo. Questo può essere raggiunto attraverso la consapevolezza e l'allenamento. Una persona che ha una buona padronanza corporea è in grado di comunicare in modo efficace e attraente, attirando l'attenzione e suscitando interesse negli altri. E' una pratica che implica l'attenzione e la consapevolezza delle sensazioni fisiche, dei movimenti e delle reazioni del proprio corpo. Ci aiuta a entrare in contatto con noi stessi in modo più profondo e consapevole, permettendoci di vivere il presente e di connettervi.

Ci aiuta a riconoscere le sensazioni fisiche, le tensioni muscolari, le emozioni che si manifestano nel corpo e a comprendere il loro significato. Questa consapevolezza ci permette di identificare e affrontare lo stress, l'ansia o il dolore fisico in modo più efficace.

Nella seduzione, diventa uno strumento potente per trasmettere un messaggio di sicurezza, fiducia e desiderio. Una persona che ha padronanza corporea sa come muoversi in modo elegante e armonioso, come mantenere un contatto visivo intenso e come utilizzare il proprio sorriso e i gesti in modo seducente. Questo le permette di creare una connessione emotiva e un'attrazione magnetica con l'altra persona.

La padronanza corporea consente anche di trasmettere una sensazione di controllo e sicurezza in sé stessi. Quando si è consapevoli del proprio corpo e si ha fiducia nelle proprie capacità di comunicazione non verbale, si crea un'aura di autostima e sicurezza che può essere estremamente attraente per gli altri. La padronanza corporea diventa quindi uno strumento per proiettare un'immagine di indipendenza e autenticità.

Uno degli approcci più comuni per sviluppare la consapevolezza corporea è la pratica della meditazione. Questa tecnica coinvolge l'attenzione consapevole alle sensazioni fisiche del corpo, come la respirazione, le sensazioni tattili e le tensioni muscolari. Concentrandosi sulle sensazioni fisiche senza giudizio, semplicemente osservandole e accettandole.

Un altro metodo è attraverso il training di postura e movimento, che si concentra sull'allineamento del corpo, sulla corretta postura e sul movimento consapevole. Attraverso esercizi specifici, come lo stretching, lo yoga o la ginnastica posturale, possiamo migliorare la nostra postura, aumentare la flessibilità e la forza muscolare e sviluppare una maggiore consapevolezza dei movimenti del nostro corpo. Questo ci permette di muoverci in modo più fluido ed efficiente, riducendo il rischio di tensioni e dolori muscolari.

La pratica della consapevolezza corporea può anche coinvolgere l'uso di strumenti come il body scan, che consiste nel portare l'attenzione in modo consapevole a diverse parti del corpo, riconoscendo le sensazioni e le tensioni presenti. Questo aiuta a individuare eventuali aree di tensione o disagio e a rilassarle attraverso la respirazione e il rilascio delle tensioni. Durante il body scan, ci si sdraia in posizione comoda e si inizia a portare l'attenzione al corpo, partendo dai piedi e procedendo gradualmente verso l'alto, fino alla testa. Durante questo processo, si presta attenzione alle sensazioni fisiche, alle tensioni e ai segnali di disagio presenti in diverse parti del corpo.

Favorisce inoltre, il rilassamento e il rilascio delle tensioni accumulate nel corpo. Molte persone vivono uno stato di stress cronico e tensione muscolare a causa dello stile di vita frenetico e delle preoccupazioni quotidiane. Consente di diventare consapevoli di queste tensioni e di scioglierle gradualmente, favorendo una sensazione di rilassamento profondo.

Spesso siamo così immersi nelle nostre attività quotidiane che perdiamo il contatto con le sensazioni fisiche e le esigenze del nostro corpo. Il body scan ci consente di riconnetterci con le sensazioni fisiche, di ascoltare i segnali che il corpo ci invia e di prendersi cura di esso in modo adeguato.

Questa pratica eseguita in modo regolare può anche aiutare a ridurre l'ansia e lo stress. Quando siamo consapevoli delle sensazioni fisiche e del respiro nel momento presente, siamo meno inclini a lasciarci trascinare dai pensieri ansiosi riguardanti il futuro o dalle preoccupazioni del passato. Permette di ancorarci nel presente e di coltivare uno stato mentale di calma e tranquillità.

Molte persone soffrono di disturbi del sonno a causa di tensioni accumulate nel corpo o di una mente iperattiva. La pratica del body scan prima di coricarsi può favorire il rilassamento e la distensione, aiutando a creare un ambiente interno favorevole per un sonno rigenerante.

L'esplorazione del movimento consapevole è un'altra tecnica utile per sviluppare la consapevolezza corporea. Questo coinvolge l'esplorazione del corpo attraverso movimenti lenti e deliberati, prestare attenzione a come il corpo si muove nello spazio e alle sensazioni associate. Può includere attività come la danza, il qigong, che consentono di connettersi con il proprio corpo e di sperimentare il piacere del movimento.

Il Qigong è una pratica millenaria cinese che combina movimenti fluidi, respirazione profonda e concentrazione mentale per coltivare l'energia vitale (Qi) all'interno del corpo. La parola "Qigong" è composta da due caratteri cinesi: "Qi", che significa "energia" o "forza vitale", e "Gong", che si riferisce al lavoro o alla pratica dedicata a un fine specifico.

Si basa sui principi della medicina tradizionale cinese, che sostiene che il corpo sia attraversato da canali energetici chiamati meridiani, e che il flusso armonioso dell'energia vitale all'interno di questi meridiani sia essenziale per la salute e il benessere. Attraverso la pratica del Qigong, si cerca di bilanciare e armonizzare l'energia del corpo, migliorando così la salute fisica, mentale ed emotiva.

Le tecniche comprendono una serie di movimenti lenti e fluidi, respirazione consapevole, meditazione, visualizzazioni e posture specifiche. Queste pratiche mirano a rafforzare e regolare l'energia vitale, promuovendo il flusso armonioso del qi e rimuovendo gli ostacoli energetici che possono causare squilibri e disturbi nel corpo.

Uno degli aspetti fondamentali è la consapevolezza del corpo e della respirazione. Durante la pratica, si presta attenzione alla sensazione del corpo, all'allineamento posturale e al respiro profondo e ritmico. Ciò favorisce la consapevolezza del momento presente e aiuta a calmare la mente e ad entrare in uno stato di rilassamento profondo.

I benefici sono molteplici, può migliorare la circolazione sanguigna, la flessibilità e l'equilibrio, ridurre lo stress e l'ansia, aumentare la resistenza e l'energia, e favorire una maggiore consapevolezza e stabilità mentale. Inoltre, può essere utilizzato come parte di un approccio integrato per affrontare una serie di disturbi fisici e psicologici, come il dolore cronico, l'ipertensione, l'insonnia, la depressione e l'ansia.

Può essere praticato da persone di tutte le età e livelli di fitness, poiché i movimenti sono lenti, morbidi e non richiedono una grande resistenza fisica. È una pratica che può essere adattata alle esigenze individuali, consentendo a ciascuno di progredire a proprio ritmo.

Può essere svolta individualmente o in gruppo, con l'accompagnamento di un insegnante esperto. Molti stili sono disponibili, ognuno con le proprie sequenze di movimenti e focus specifici. È importante trovare uno stile che risuoni con le proprie esigenze e preferenze personali.

In conclusione, le pratiche svolte in maniera regolare hanno numerosi benefici. Oltre a sviluppare una maggiore consapevolezza del proprio corpo, può aiutare a ridurre lo stress, a migliorare la concentrazione e la presenza mentale, a promuovere il rilassamento e a migliorare la qualità del sonno. Inoltre, può coltivare una maggiore autostima e una migliore relazione con il proprio corpo, favorendo un atteggiamento positivo verso se stessi e una maggiore accettazione del proprio aspetto fisico.

Capitolo 5: Astuzia, Furbizia e Scaltrezza: L'Arte della Strategia

Astuzia, furbizia e scaltrezza sono concetti che si riferiscono a strategie e comportamenti che coinvolgono l'intelligenza, l'ingegno e la capacità di adattarsi alle situazioni sociali in modo strategico. Sebbene questi termini siano spesso usati in modo intercambiabile, esistono delle sfumature e delle differenze sottili tra di loro.

L'astuzia è una qualità che spesso viene associata a una mente acuta e creativa. Una persona astuta ha la capacità di pensare in modo rapido e intelligente, trovando soluzioni creative e innovative ai problemi che si presentano. Questa caratteristica si basa sulla capacità di pensiero laterale, ovvero la capacità di pensare fuori dagli schemi e di cogliere opportunità che altri potrebbero non vedere.

Una persona astuta è in grado di affrontare situazioni complesse in modo efficace, trovando vie d'uscita e soluzioni che potrebbero essere non convenzionali ma altamente efficaci. Questa abilità viene spesso esercitata attraverso la capacità di analisi e il pensiero critico, permettendo di esaminare una situazione da diverse prospettive e di individuare soluzioni inaspettate.

L'astuzia è strettamente legata alla creatività. Una persona è in grado di combinare idee e concetti in modi nuovi e innovativi, aprendo nuove possibilità e trovando soluzioni che possono sorprendere gli altri. Questo richiede una mente aperta e flessibile, che sia disposta a mettere in discussione le convenzioni e ad esplorare nuovi approcci.

Un altro aspetto importante è la capacità di cogliere le opportunità che si presentano. Una persona è in grado di identificare i momenti in cui possono sorgere opportunità o vantaggi, e di agire prontamente per sfruttarle. Questo richiede un alto livello di attenzione e sensibilità verso l'ambiente circostante, nonché una mentalità orientata alla ricerca di possibilità.

L'astuzia può essere una qualità preziosa in molti contesti, come nel mondo degli affari, nelle relazioni interpersonali e nel risolvere problemi complessi. Nell'ambito professionale, una persona astuta può essere in grado di individuare opportunità di crescita o di innovazione, prendere decisioni strategiche e gestire situazioni complesse. Nelle relazioni interpersonali, l'astuzia può aiutare a navigare in modo efficace attraverso dinamiche sociali complesse, capire le motivazioni degli altri e agire di conseguenza.

Siamo così in grado di affrontare le sfide in modo proattivo e di trovare alternative creative a problemi complessi, ci consente di vedere le situazioni da diverse prospettive, di cogliere le opportunità nascoste e di trovare nuove vie d'uscita. In questo modo, siamo in grado di prendere il controllo della nostra vita e di prendere decisioni consapevoli, senza dover dipendere da altri per la risoluzione dei problemi.

Un elemento chiave è la capacità di pensare fuori dagli schemi e di adottare approcci non convenzionali. Questo ci consente di superare gli ostacoli e di trovare soluzioni innovative che potrebbero non essere state considerate inizialmente. L'astuzia ci aiuta a superare la paura dell'ignoto e ad abbracciare il cambiamento come opportunità di crescita e di miglioramento.

L'astuzia promuove anche la capacità di adattamento, siamo in grado di affrontare situazioni impreviste e di far fronte alle sfide in modo flessibile. Siamo in grado di modificare i nostri piani, di adattarci alle circostanze e di trovare soluzioni alternative quando le cose non vanno come previsto. Questa capacità di adattamento ci permette di essere resilienti e di navigare con successo in situazioni complesse.

Inoltre, ci aiuta a sviluppare una mentalità orientata al problem-solving. Siamo in grado di analizzare le situazioni in modo critico, di identificare i problemi e di formulare strategie per risolverli. Questo ci permette di essere attivi protagonisti delle nostre vite, anziché subire passivamente le circostanze. L'astuzia ci dà il potere di prendere iniziative, di sperimentare nuove strade e di raggiungere i nostri obiettivi.

Nell'ambito dell'autonomia, offre anche la possibilità di prendere decisioni consapevoli e di assumere la responsabilità delle nostre azioni. Essere astuti significa considerare tutte le opzioni disponibili, valutare i rischi e i benefici, e prendere decisioni che siano in linea con i nostri valori e i nostri obiettivi. Questo ci permette di mantenere il controllo sulla nostra vita e di vivere in accordo con le nostre autentiche aspirazioni.

Per sviluppare l'astuzia come strumento di autonomia, è importante esercitare la mente in modo attivo e curioso. Possiamo coltivare la nostra creatività attraverso l'esplorazione di nuove esperienze, la lettura di libri stimolanti, l'apprendimento di nuove abilità e l'incontro con persone diverse da noi. Inoltre, possiamo praticare il pensiero laterale, cercando soluzioni alternative ai problemi e sfidando le nostre convinzioni consolidate.

La furbizia è una qualità che combina intuizione, osservazione e adattabilità. Una persona furba ha un'intuizione acuta che le consente di cogliere le sfumature di una situazione o di una persona in modo rapido e preciso. Questa intuizione può derivare da una combinazione di esperienza, conoscenza e sensibilità verso gli altri.

La furbizia implica anche un forte senso dell'osservazione. Una persona furba è in grado di cogliere dettagli e segnali non verbali che possono passare inosservati ad altri. Questa abilità di osservazione le permette di comprendere meglio le dinamiche sociali, i desideri e le motivazioni degli altri, e di agire di conseguenza.

Tuttavia, non si limita solo all'intuizione e all'osservazione. Includendo anche un certo grado di manipolazione, una persona furba può adattarsi alle situazioni in modo strategico per ottenere vantaggi personali. Questo può implicare l'utilizzo di tattiche persuasive, la capacità di influenzare gli altri e di gestire le situazioni in modo da ottenere risultati favorevoli.

La furbizia è una qualità che può svolgere un ruolo importante nella difesa personale. Essa si riferisce alla capacità di agire in modo intelligente e rapido per proteggersi e difendersi in situazioni difficili o potenzialmente pericolose. La furbizia coinvolge l'uso dell'ingegno, della prontezza di spirito e della capacità di adattarsi alle circostanze per garantire la propria sicurezza.

Nella difesa personale, può essere applicata in vari modi. Innanzitutto, la furbizia implica una consapevolezza della propria sicurezza e un atteggiamento di cautela nell'ambiente circostante. Una persona furba è attenta agli indizi e ai segnali che potrebbero indicare un potenziale pericolo, come comportamenti sospetti o situazioni rischiose. Questa consapevolezza permette di prendere precauzioni, evitare situazioni pericolose e adottare misure preventive per proteggersi.

Inoltre, la furbizia include l'abilità di valutare rapidamente le situazioni e di prendere decisioni efficaci. In una situazione di pericolo, una persona furba è in grado di valutare le opzioni disponibili e di scegliere la strategia migliore per difendersi. Ciò può includere l'utilizzo di mezzi di autodifesa, come tecniche di combattimento o strumenti di protezione personale, ma può anche riguardare l'adozione di strategie non violente, come la negoziazione.

La furbizia può anche coinvolgere l'uso dell'inganno e della dissimulazione come strumenti di difesa. In determinate situazioni, può essere necessario ingannare o confondere un potenziale aggressore per guadagnare tempo e creare una finestra di opportunità per sfuggire o chiedere aiuto. Questo può includere l'uso di tecniche di bluff, come simulare sicurezza o confidenza, o l'utilizzo di strategie di distrazione per sviare l'attenzione dell'aggressore.

Tuttavia, è importante sottolineare che l'uso della furbizia nella difesa personale deve essere sempre finalizzato alla protezione e alla sicurezza personale, e non all'aggressione o al comportamento manipolativo. La furbizia non dovrebbe essere utilizzata per scopi negativi o per danneggiare gli altri, ma piuttosto per preservare la propria integrità e garantire la propria incolumità.

La pratica della furbizia nella difesa personale richiede una combinazione di consapevolezza, abilità di valutazione delle situazioni, capacità decisionale rapida e intuizione. Queste abilità possono essere sviluppate attraverso la formazione specifica in autodifesa e la partecipazione a corsi di autodifesa o arti marziali. Tuttavia, è importante ricordare che la difesa personale non si limita solo alla furbizia, ma coinvolge anche la consapevolezza di sé, la gestione dello stress e la prevenzione attraverso misure di sicurezza adeguate.

La scaltrezza è una qualità che combina l'osservazione acuta, l'analisi strategica e la comprensione delle dinamiche umane. Una persona scaltra è in grado di cogliere gli interessi, i desideri e le motivazioni degli altri, e utilizza queste informazioni per influenzare le loro decisioni o per raggiungere i propri obiettivi.

La scaltrezza richiede una grande capacità di osservazione e analisi delle situazioni. Una persona scaltra è in grado di cogliere i dettagli e i segnali non verbali che possono rivelare i veri intenti delle persone o le dinamiche nascoste all'interno di un contesto sociale. Questa abilità di osservazione le permette di raccogliere informazioni preziose e di formulare strategie efficaci.

Inoltre, la scaltrezza implica una profonda comprensione delle motivazioni e degli interessi degli altri. Una persona scaltra è in grado di mettersi nei panni degli altri e di comprendere le loro prospettive e le loro esigenze. Questa capacità di empatia le permette di stabilire connessioni più profonde e di adattare la propria comunicazione e le proprie azioni in modo da influenzare gli altri in modo positivo.

La scaltrezza è una qualità che può essere utilizzata strategicamente nelle relazioni interpersonali per prevenire manipolazioni e promuovere dinamiche più sane ed equilibrate.

Essa implica la capacità di comprendere le dinamiche di potere, riconoscere le intenzioni degli altri e agire in modo consapevole per proteggere i propri interessi e garantire il rispetto reciproco.

Nelle relazioni può essere applicata in vari modi. Innanzitutto, implica una buona dose di osservazione e ascolto attivo. Una persona scaltra è in grado di rilevare i segnali non verbali, cogliere gli indizi nascosti nelle parole e nei comportamenti degli altri, e utilizzare queste informazioni per comprendere meglio le loro intenzioni. Questa capacità permette di evitare trappole emotive o manipolative e di gestire le relazioni in modo più consapevole.

Inoltre, la scaltrezza include la capacità di valutare le situazioni in modo strategico. Una persona scaltra è in grado di anticipare le conseguenze delle proprie azioni e di pianificare le proprie mosse in modo da massimizzare i risultati desiderati. Ciò significa considerare le implicazioni a lungo termine delle proprie decisioni e agire in modo coerente con i propri valori e obiettivi.

La scaltrezza può anche essere utilizzata per promuovere dinamiche più sane ed equilibrate nelle relazioni. Una persona scaltra sa come stabilire confini chiari e comunicare i propri bisogni in modo assertivo. Sa anche come negoziare e trovare compromessi che soddisfino entrambe le parti coinvolte. Questo permette di creare relazioni basate sulla reciprocità, in cui entrambe le persone si sentono rispettate e valorizzate.

Tuttavia, è importante sottolineare che la scaltrezza non dovrebbe essere confusa con la manipolazione o la malizia. Mentre la scaltrezza implica una certa abilità nell'interpretare le dinamiche relazionali e proteggere i propri interessi, essa dovrebbe essere guidata da principi etici e rispettosi degli altri. La scaltrezza non dovrebbe essere utilizzata per ottenere un vantaggio egoistico a spese degli altri, ma per favorire una comunicazione aperta, la collaborazione e la creazione di relazioni positive.

Per sviluppare la scaltrezza nelle relazioni, è importante lavorare sulla consapevolezza di sé e sugli schemi di pensiero. Questo può essere fatto attraverso l'auto-riflessione, la pratica dell'empatia e la ricerca di strategie di comunicazione efficaci. Inoltre, l'apprendimento continuo e l'apertura al feedback possono aiutare a migliorare le abilità relazionali e a sviluppare una maggiore scaltrezza.

Sebbene astuzia, furbizia e scaltrezza abbiano delle connotazioni positive nella sfera dell'intelligenza e dell'ingegno, è importante notare che possono essere utilizzate sia in modo etico che in modo manipolativo. La linea tra l'utilizzo positivo e quello negativo di queste caratteristiche è spesso sottile e dipende dal contesto e dalle intenzioni dell'individuo.

Nelle interazioni sociali, l'astuzia, la furbizia e la scaltrezza possono essere utilizzate strategicamente per raggiungere obiettivi personali o per gestire le dinamiche di potere. Ad esempio, una persona potrebbe utilizzare l'astuzia per risolvere un conflitto o trovare un compromesso in una negoziazione. La furbizia potrebbe essere utilizzata per leggere le reazioni e i sentimenti degli altri e agire di conseguenza. La scaltrezza potrebbe essere impiegata per influenzare le decisioni di una persona o per ottenere una posizione di vantaggio in una situazione lavorativa.

Tuttavia, è importante sottolineare che l'utilizzo di queste caratteristiche dovrebbe avvenire nel rispetto degli altri e degli obiettivi condivisi. La manipolazione e l'uso sleale di astuzia, furbizia e scaltrezza possono danneggiare le relazioni e minare la fiducia reciproca. È fondamentale utilizzare queste qualità con responsabilità ed etica, cercando di creare interazioni positive e costruttive con gli altri.

Sviluppare astuzia, furbizia e scaltrezza richiede un impegno costante nel migliorare le proprie competenze sociali e interpersonali. Ci sono vari esercizi e tecniche che possono aiutare a sviluppare queste abilità e ad affinarle nel tempo. Di seguito sono riportati alcuni suggerimenti pratici che possono essere utili:

1. L'osservazione e l'analisi delle persone e delle situazioni intorno a te sono abilità fondamentali per sviluppare astuzia, furbizia e scaltrezza. Questo tipo di consapevolezza permette di cogliere i dettagli e le sfumature delle interazioni sociali, e di trarre informazioni preziose per agire in modo efficace. Praticare l'osservazione delle espressioni facciali, dei gesti e del linguaggio del corpo delle persone durante le interazioni. Inoltre, puoi analizzare i modelli comportamentali ricorrenti nelle persone con cui interagisci e prestare attenzione alle parole e ai discorsi utilizzati. Notare i dettagli dell'ambiente circostante può anche offrire ulteriori informazioni. Man mano che si sviluppa queste abilità, si è in grado di cogliere indizi significativi e interpretare meglio le dinamiche sociali, migliorando così la tua astuzia, furbizia e scaltrezza nelle interazioni con gli altri.

2. Il pensiero laterale svolge un ruolo cruciale nello sviluppo dell'astuzia, della furbizia e della scaltrezza. Questo tipo di pensiero implica la capacità di pensare in modo creativo e fuori dagli schemi, aprendo nuove prospettive

e cercando soluzioni non convenzionali ai problemi. Un modo per sviluppare il pensiero laterale è impegnarsi in enigmi e rompicapi che richiedono di trovare soluzioni originali. Questi giochi mentali ti sfidano a guardare le cose da diverse prospettive, a collegare idee apparentemente non correlate e a trovare soluzioni non convenzionali. Un'altra strategia è l'associazione di idee, cercare di collegare concetti apparentemente distanti tra loro, cercando connessioni inaspettate e trovando nuovi modi di pensare alle situazioni. Questo aiuta a sviluppare una mente aperta e flessibile, pronta ad adattarsi alle diverse circostanze. Inoltre, la pratica dell'immaginazione cercando di immaginare scenari diversi, inventando storie o sperimentando con nuove idee, aiuta a ampliare i confini del tuo pensiero e ad esplorare nuove possibilità.

- Enigma dei cerchi: Hai un puzzle con tre cerchi disposti uno di fronte all'altro. L'obiettivo è spostare un solo cerchio in modo che tutti e tre i cerchi siano disposti in linea retta. La soluzione coinvolge il pensiero laterale, che consiste nel capovolgere uno dei cerchi in modo che si trasformi in una "D". In questo modo, i tre cerchi formano la parola "DOG" in linea retta.
- La scimmia nell'ascensore: Immagina di essere in un ascensore con una scimmia. Il pavimento dell'ascensore è in vetro, quindi puoi vedere tutto ciò che accade sotto di te. Ad un certo punto, l'ascensore si ferma e la scimmia salta fuori. Come faresti a far salire la scimmia di nuovo nell'ascensore? La soluzione coinvolge il pensiero

laterale: basta premere il pulsante dell'ascensore per farlo tornare a prendere la scimmia.

- Il problema dei tre cappelli: Tre persone sono in una stanza e indossano un cappello: uno rosso e due verdi. Le persone non possono vedere il proprio cappello, ma possono vedere quelli degli altri. Devono indovinare il colore del proprio cappello, ma non possono comunicare tra di loro. La soluzione coinvolge il pensiero laterale: se una persona vede che gli altri due indossano cappelli verdi, allora deduce che il proprio cappello deve essere rosso. Questo perché se avesse un cappello verde, gli altri avrebbero immediatamente capito di avere un cappello rosso, poiché solo un cappello rosso sarebbe rimasto.

3. Ascoltare gli altri in modo attivo e empatico è una competenza fondamentale per una comunicazione efficace e relazioni di successo. Dedicare tempo ed energie per essere completamente presente quando interagisci con gli altri. Fare attenzione a ciò che dicono e cercare di mettere da parte distrazioni o preoccupazioni che potrebbero interferire con l'attenzione.

Mostrare rispetto per l'altra persona e lasciare che finisca di esprimere il suo punto di vista senza interrompere. Se si sente il bisogno di rispondere o condividere la propria opinione, si aspetta un momento opportuno senza interrompere il flusso della conversazione.

Utilizzare domande aperte per approfondire la comprensione e invitare l'altra persona a condividere ulteriori dettagli o riflessioni. Le domande aperte iniziano solitamente con "come", "cosa", "perché" e richiedono risposte più elaborate rispetto alle domande chiuse. Per dimostrare che si sta effettivamente ascoltando e comprendendo l'altra persona, riformula ciò che ha detto utilizzando le proprie parole, ripetendo alcuni punti chiave per mostrare che si sta prestando attenzione.

Mostrare all'altra persona che ci si interessa per ciò che sta dicendo, sia attraverso il linguaggio del corpo che attraverso piccole affermazioni come "capisco", "mi sembra interessante" o "posso immaginare come ti senti". Rende evidente che si è aperto a ciò che sta condividendo e che si è pronto ad offrire sostegno se necessario.

Durante l'ascolto attivo, bisogna essere consapevole delle proprie reazioni emotive. Rimanere calmo e aperto, evitando che le emozioni interferiscano con la comprensione dell'altra persona. Se si prova una forte reazione emotiva, prendere del tempo aiuta per elaborarla la risposta.

4. La flessibilità mentale è un tratto importante da sviluppare per ampliare la visione del mondo e migliorare le interazioni sociali. Essere aperto a nuove idee, prospettive e opinioni. Riconoscere che ci sono molte vie per interpretare una situazione e che la propria prospettiva potrebbe non essere l'unica verità. Cercare di vedere le cose da diverse angolazioni e considerare come potrebbero influenzare il proprio modo di pensare. Sfidare le convinzioni e assumendo il ruolo di "ricercatore". Cercare attivamente punti di vista contrastanti e cercare di capire le ragioni e le motivazioni dietro di essi. Questo aiuterà a sviluppare una mente aperta e a considerare una vasta gamma di opinioni.

Sviluppare la capacità di valutare in modo obiettivo le informazioni e di esaminare le argomentazioni in modo critico. Non accettare semplicemente ciò che ci viene presentato, ma fare domande, esaminare le evidenze e valutare i ragionamenti. Questo aiuterà a evitare il pensiero rigido e ad adattare le opinioni in base alle nuove informazioni. Praticare il "pensiero laterale", trovare soluzioni creative e non convenzionali ai problemi. Allenarsi a pensare fuori dagli schemi, a considerare opzioni alternative e a esplorare nuove possibilità, aiuterà a sviluppare una mente flessibile e adattabile.

5. Espandere il proprio orizzonte e sperimenta nuove attività, luoghi e culture, esporrà a diverse prospettive e aiuterà a comprendere meglio la complessità del mondo. Aprire la mente all'incertezza e abbracciare la varietà di esperienze che la vita ha da offrire. Riconoscere che gli altri possono avere tempi, punti di vista e modi di fare diversi dai tuoi. Essere paziente e tollerante nei confronti delle differenze e cercare di comprendere le ragioni dietro il comportamento degli altri, permetterà di essere più aperto e flessibile nelle interazioni. La flessibilità mentale è una competenza preziosa per affrontare le sfide della vita e per migliorare le relazioni con gli altri. Essere disposti ad adattarsi, considerare prospettive diverse e mettere in discussione le proprie convinzioni permetterà di crescere come individuo e di aprirti a nuove opportunità di apprendimento e di connessione con gli altri.

6. Le abilità comunicative sono fondamentali per instaurare relazioni significative e per esprimere efficacemente pensieri e sentimenti. Fare pratica nell'usare un linguaggio chiaro, evitando ambiguità e confusione. Essere diretto ed esprimere i pensieri in modo conciso ed efficace. Evitando l'utilizzo di gergo eccessivamente tecnico o complesso quando si parla con persone che potrebbero non essere familiari con il settore o il contesto. Fare attenzione a ciò che gli altri dicono, mostrando interesse e rispettando il loro punto di vista. Porre domande pertinenti per approfondire la comprensione e riflettere ciò che hai sentito per dimostrare che stai veramente ascoltando. Evitando di interrompere o giudicare prematuramente. Prendere consapevolezza del proprio linguaggio del corpo, delle espressioni facciali e dei gesti che si utilizzano durante le interazioni. Mantenere un contatto visivo adeguato, usando gesti aperti e sincronizzati con le parole e adattando la tua postura e il tono di voce in base al contesto. Mettersi nei panni degli altri e comprendere il loro punto di vista e le loro emozioni. Praticare l'empatia, cercando di comprendere le esperienze altrui e rispondere in modo sensibile alle loro necessità e sentimenti. Questa capacità di connessione emozionale migliorerà la comunicazione e costruirà relazioni più profonde e significative. Sviluppare la capacità di esprimere le opinioni e i bisogni in modo chiaro, rispettoso e diretto. Essere consapevole dei propri diritti e imparando a difenderci in modo assertivo senza essere aggressivi o passivi. L'assertività aiuterà a comunicare i confini, a negoziare efficacemente e a mantenere relazioni sane ed equilibrate. L'esercizio costante è

fondamentale per migliorare le abilità comunicative. Cercare opportunità per mettere in pratica le abilità comunicative in situazioni reali, come presentazioni, conversazioni informali o negoziazioni.

7. L'apprendimento dall'esperienza è un elemento chiave per migliorare le abilità comunicative. Riflettere sulle interazioni passate consente di acquisire consapevolezza delle proprie abilità sociali e di identificare i punti di forza e di debolezza. Prendere tempo per riflettere sulle interazioni passate e chiedersi se si è fatto bene o cosa si avrebbe potuto fare diversamente. Valutare come si aveva comunicato, gestito le emozioni e come si erano stabilite connessioni con gli altri. Identificare i comportamenti o gli approcci che hanno portato a risultati positivi e quelli che potrebbero essere stati meno efficaci. Riconoscere i tuoi punti di forza aiuta a sfruttarli e ad applicarli in modo consapevole nelle future interazioni. Identificare i punti di miglioramento aiuta a concentrarti su quelle abilità specifiche e a svilupparle nel tempo. Basandoti sulle esperienze passate e sulle aree di miglioramento identificate, sperimenta nuovi approcci nelle interazioni. Ad esempio, se si desidera essere più assertivi, bisognerebbe provare ad esprimere le opinioni in modo più diretto e a stabilire confini chiari. Osserva come queste nuove strategie influenzano le tue interazioni e adatta di conseguenza il tuo approccio. Cercare riscontri e feedback dagli altri. Chiedere ad amici, colleghi o persone di fiducia un'opinione sincera sulle abilità comunicative. Chiedendo loro consigli su come si potrebbe migliorare o su cosa si potrebbe fare in modo

diverso. Accogliere il feedback in modo aperto e utilizzalo come opportunità per crescere e svilupparsi.

In conclusione, sviluppare astuzia, furbizia e scaltrezza richiede un impegno costante nel migliorare le competenze sociali e interpersonali. L'utilizzo degli esercizi e le tecniche descritte sopra sviluppa una maggiore consapevolezza di se stessi e degli altri, migliorare le abilità di comunicazione e padroneggiare le dinamiche relazionali in modo strategico. Con la pratica costante e la volontà di crescere, si sarà in grado di affinare queste abilità e utilizzarle in modo efficace nelle interazioni sociali ed interpersonali.

Capitolo 6: Decifrare il Linguaggio Maschile

La comunicazione tra uomini e donne è spesso oggetto di studio e riflessione a causa delle differenze di genere e delle influenze culturali che possono influenzare le dinamiche comunicative. La comprensione del linguaggio maschile può essere un passo importante per instaurare una comunicazione efficace e costruttiva tra i sessi. Questo capitolo si propone di esplorare i principi di base del linguaggio maschile al fine di favorire una maggiore consapevolezza e comprensione reciproca.

Le differenze di genere possono manifestarsi nella comunicazione in vari modi. Le aspettative sociali e culturali, insieme a fattori biologici ed educativi, possono influire sul modo in cui gli uomini si esprimono e interpretano il linguaggio. Comprendere queste differenze può essere fondamentale per evitare fraintendimenti e favorire una comunicazione più efficace.

Un aspetto distintivo del linguaggio maschile è la sua natura assertiva e orientata agli obiettivi. Gli uomini tendono a comunicare in modo diretto e conciso, concentrati sulla risoluzione dei problemi e sull'azione. Questo stile di comunicazione può differire notevolmente dalla tendenza delle donne a privilegiare la condivisione delle emozioni e l'empatia nelle interazioni sociali. Vediamo alcuni esempi concreti per comprendere meglio questa differenza comunicativa:

Esempio 1:

Donna: "Sono preoccupata per il nostro amico che è in difficoltà. Dobbiamo fare qualcosa per aiutarlo e fargli sentire il nostro supporto emotivo."

Uomo: "Hai ragione. Possiamo organizzare una cena e fare in modo che si senta circondato da persone che si preoccupano per lui. Inoltre, potremmo suggerirgli di cercare un consulente professionista per affrontare le sue difficoltà."

In questo esempio, la donna esprime la sua preoccupazione emotiva per il loro amico e suggerisce di offrire supporto emotivo. L'uomo, invece, si focalizza sulla risoluzione pratica del problema e propone un'azione concreta che potrebbe aiutare l'amico, come organizzare una cena di supporto e suggerire l'aiuto di un professionista.

Esempio 2:

Donna: "Mi sento così triste e delusa per quello che è successo. Vorrei solo essere consolata e capita."

Uomo: "Capisco che ti senti triste, ma dobbiamo trovare una soluzione per evitare che accada di nuovo. Dobbiamo analizzare cosa è andato storto e cercare di correggere gli errori."

Qui, la donna esprime la sua necessità di conforto e comprensione emotiva. L'uomo, invece, passa immediatamente alla ricerca di una soluzione e all'analisi razionale del problema, trascurando il bisogno di supporto emotivo della donna.

Un aspetto distintivo del linguaggio maschile è la sua natura assertiva e orientata agli obiettivi. Gli uomini tendono a comunicare in modo diretto e conciso, concentrati sulla risoluzione dei problemi e sull'azione. Questo stile di comunicazione può differire notevolmente dalla tendenza delle donne a privilegiare la condivisione delle emozioni e l'empatia nelle interazioni sociali. Vediamo alcuni esempi concreti per comprendere meglio questa differenza comunicativa:

Esempio 1:

Donna: "Sono preoccupata per il nostro amico che è in difficoltà. Dobbiamo fare qualcosa per aiutarlo e fargli sentire il nostro supporto emotivo."

Uomo: "Hai ragione. Possiamo organizzare una cena e fare in modo che si senta circondato da persone che si preoccupano per lui. Inoltre, potremmo suggerirgli di cercare un consulente professionista per affrontare le sue difficoltà."

In questo esempio, la donna esprime la sua preoccupazione emotiva per il loro amico e suggerisce di offrire supporto emotivo. L'uomo, invece, si focalizza sulla risoluzione pratica del problema e propone un'azione concreta che potrebbe aiutare l'amico, come organizzare una cena di supporto e suggerire l'aiuto di un professionista.

Esempio 2:

Donna: "Mi sento così triste e delusa per quello che è successo. Vorrei solo essere consolata e capita."

Uomo: "Capisco che ti senti triste, ma dobbiamo trovare una soluzione per evitare che accada di nuovo. Dobbiamo analizzare cosa è andato storto e cercare di correggere gli errori."

Qui, la donna esprime la sua necessità di conforto e comprensione emotiva. L'uomo, invece, passa immediatamente alla ricerca di una soluzione e all'analisi razionale del problema, trascurando il bisogno di supporto emotivo della donna.

Un aspetto importante da considerare nella comprensione del linguaggio maschile è la tendenza degli uomini a utilizzare un linguaggio più letterale e a evitare sottintesi o metafore. Questo stile di comunicazione diretta può differire dalla tendenza delle donne a utilizzare un linguaggio più sfumato e ad esprimere pensieri o sentimenti attraverso sottintesi o metafore.

Per illustrare questo punto, possiamo fornire alcuni esempi di situazioni in cui potrebbe verificarsi un malinteso dovuto all'interpretazione letterale:

Esempio 1:

Durante una conversazione tra un uomo e una donna su una possibile uscita insieme, l'uomo potrebbe dire: "Sì, potremmo uscire un giorno". La donna potrebbe interpretare questa affermazione come un impegno concreto e iniziare a pianificare l'uscita, mentre l'uomo potrebbe intendere semplicemente una risposta generica senza una data specifica. In questo caso, il malinteso potrebbe essere risolto chiedendo all'uomo di specificare una data e un'ora per l'uscita.

Esempio 2:

Durante una discussione su un problema al lavoro, un uomo potrebbe esprimere la sua opinione in modo diretto e concreto, affermando: "Penso che questa soluzione sia la migliore". La donna potrebbe interpretare questa affermazione come un atteggiamento di chiusura e mancanza di considerazione per le opinioni degli altri. In realtà, l'uomo potrebbe semplicemente esporre la sua opinione senza intenzione di disconoscere le idee altrui. In questa situazione, la donna potrebbe chiedere all'uomo di spiegare meglio il suo ragionamento o esprimere le sue preoccupazioni in modo più esplicito.

Per evitare malintesi nella comunicazione tra uomini e donne, può essere utile che entrambi i sessi si adattino al proprio stile di comunicazione. Le donne possono cercare di esprimersi in modo più chiaro e diretto quando comunicano con gli uomini, evitando sottintesi o metafore che potrebbero non essere comprese in modo letterale. Allo stesso modo, gli uomini possono fare uno sforzo per considerare il contesto emotivo e interpretativo delle parole delle donne, senza prendere tutto alla lettera.

Un aspetto essenziale per una comunicazione efficace con gli uomini è l'ascolto attivo. Ciò implica dare attenzione e dimostrare interesse genuino alle parole e ai sentimenti dell'uomo durante una conversazione.

Durante una conversazione con un uomo che sta condividendo una sfida o un problema che sta affrontando, puoi dimostrare l'ascolto attivo rispondendo con empatia e mostrando interesse sincero. Ad esempio, puoi utilizzare frasi come: "Capisco che questa situazione può essere frustrante per te" o "Mi piacerebbe sentire di più su come ti senti riguardo a questa situazione".

Quando un uomo sta esprimendo le sue opinioni su un determinato argomento, puoi dimostrare l'ascolto attivo riformulando ciò che ha detto per confermare la tua comprensione e mostrare che stai prestando attenzione. Ad esempio, puoi dire: "Quindi, se ho capito bene, tu pensi che...". Questo dimostra all'uomo che stai facendo uno sforzo per comprendere ciò che sta comunicando.

Evita di interrompere l'uomo durante la sua espressione. Permettigli di esprimere completamente le sue idee e sentimenti prima di rispondere. L'ascolto attivo richiede di evitare di interrompere o completare le frasi al posto suo. Questo mostra rispetto e apre la porta a una comunicazione più fluida e aperta.

L'ascolto attivo è un elemento chiave per una comunicazione efficace con gli uomini. Dimostrare un genuino interesse per ciò che dicono e ascoltare senza giudicare crea un ambiente in cui gli uomini si sentiranno più confortevoli nel condividere i loro pensieri e sentimenti. Questo facilita la comprensione reciproca e può contribuire a costruire relazioni più forti e significative.

È importante sottolineare che l'ascolto attivo non riguarda solo gli uomini, ma è una competenza essenziale per interagire con successo con qualsiasi individuo. Comprendere e mettere in pratica l'ascolto attivo nelle nostre interazioni quotidiane può promuovere una comunicazione più autentica, profonda e significativa con gli altri.

Riconoscere e apprezzare queste differenze comunicative può favorire una maggiore comprensione reciproca tra uomini e donne. Le donne possono imparare a formulare le loro richieste in modo più diretto e chiaro, concentrandosi anche sulla risoluzione dei problemi. Gli uomini, d'altra parte, possono sviluppare una maggiore sensibilità verso i bisogni emotivi delle donne e sforzarsi di fornire un supporto empatico quando necessario.

L'obiettivo non è creare una divisione rigida tra i due stili di comunicazione, ma piuttosto cercare un punto di equilibrio che favorisca una comunicazione efficace e rispettosa tra uomini e donne. Riconoscere le differenze e adattare il proprio stile comunicativo in base al contesto e alla persona con cui si sta interagendo può promuovere una maggiore comprensione e ridurre i possibili conflitti comunicativi legati alle differenze di genere.

Decodificare il Linguaggio Verbale Maschile è un'abilità preziosa per comprendere appieno ciò che gli uomini dicono e, talvolta, ciò che non dicono esplicitamente. In questo capitolo, esploreremo le particolarità del linguaggio verbale maschile e forniremo strumenti pratici per interpretarlo in modo più accurato.

Una delle caratteristiche distintive del linguaggio verbale maschile è la tendenza a essere più diretto e conciso. Gli uomini tendono a comunicare in modo lineare, fornendo informazioni essenziali senza tanti dettagli o sfumature emotive. Questo stile di comunicazione può essere influenzato dalla socializzazione di genere e dalla pressione culturale per essere assertivi e focalizzati sugli obiettivi.

Per comprendere meglio il linguaggio verbale maschile, è importante tener conto di alcune caratteristiche chiave:

1. La caratteristica della concisione nel linguaggio verbale maschile è spesso evidente nelle risposte dirette e brevi che gli uomini danno alle domande. Rispondere con un semplice "Sì" o "No" senza ulteriori spiegazioni può essere interpretato come un modo efficace per comunicare in modo chiaro e senza ambiguità.
   Questa tendenza alla concisione può essere influenzata da vari fattori, tra cui la socializzazione di genere, le aspettative culturali e il desiderio di risolvere rapidamente una questione o un problema. Gli uomini spesso preferiscono andare dritti al punto senza dilungarsi su dettagli superflui o considerazioni emotive.
   Tuttavia, è importante notare che la concisione nel linguaggio maschile non implica necessariamente una mancanza di interesse o coinvolgimento emotivo. Gli uomini possono comunque essere coinvolti emotivamente in una conversazione, anche se la loro espressione verbale potrebbe essere più focalizzata sulla risoluzione dei problemi o sull'obiettivo da raggiungere.

Per comprendere meglio il linguaggio verbale maschile e adattarsi ad esso, è consigliabile evitare di sovraccaricare la comunicazione con troppe parole o dettagli superflui. Invece, è possibile concentrarsi sulle informazioni essenziali e sui punti salienti della conversazione. Fare domande specifiche e dirette può aiutare a ottenere risposte concise e mirate.

Ad esempio, se si chiede a un uomo se è disponibile per una riunione, potrebbe rispondere con un semplice "No, mi dispiace, non posso". Invece di cercare ulteriori spiegazioni o dettagli sul motivo del suo impedimento, è importante rispettare la sua risposta diretta e accettarla come valida.

2. La focalizzazione sugli obiettivi è un tratto comune nel linguaggio verbale maschile. Gli uomini tendono a essere orientati all'azione e alla risoluzione dei problemi, piuttosto che concentrarsi sulle emozioni o sulle sfumature delle situazioni. Questo approccio può riflettere la predisposizione maschile a cercare soluzioni pratiche e a ottenere risultati concreti.

Quando un uomo condivide un problema o una sfida, potrebbe aspettarsi suggerimenti o soluzioni concrete da parte degli altri. È importante essere pronti a offrire un supporto pratico e a fornire spazi per la risoluzione dei problemi. Ad esempio, anziché concentrarsi su un'analisi approfondita delle emozioni associate al problema, potrebbe essere più efficace suggerire delle strategie o delle azioni specifiche per affrontare la situazione.

Tuttavia, è essenziale tenere conto che non tutti gli uomini seguono questo modello comunicativo e che ci possono essere variazioni individuali. Alcuni uomini potrebbero preferire una discussione più approfondita sulle emozioni e sul contesto delle situazioni. Pertanto, è importante adattarsi al singolo individuo e alla sua preferenza comunicativa.

Per comprendere meglio la focalizzazione sugli obiettivi nel linguaggio maschile, può essere utile sviluppare la capacità di offrire suggerimenti pratici e soluzioni concrete quando richiesto. Essere pronti a fornire indicazioni o a condividere esperienze simili che hanno portato a una risoluzione positiva di una situazione può essere apprezzato dagli uomini. Tuttavia, è altrettanto importante creare uno spazio di ascolto empatico, nel quale l'uomo si senta libero di esprimere le proprie emozioni se ne ha il bisogno.

3. Nel linguaggio verbale maschile, l'uso di dichiarazioni dirette è una caratteristica comune. Gli uomini tendono ad esprimere le proprie idee e opinioni in modo chiaro, assertivo e senza ambiguità. Questo stile di comunicazione si basa sulla tendenza a essere più sintetici e a evitare sottintesi o espressioni ambigue.

   Quando si interagisce con gli uomini, è importante ascoltare attentamente ciò che dicono e prendere le loro parole alla lettera. Evitare di cercare sottintesi o significati nascosti può favorire una migliore comprensione reciproca e ridurre il rischio di fraintendimenti. Ad esempio, se un uomo afferma chiaramente di non essere interessato a un'attività o a un evento, è importante rispettare la sua dichiarazione e non cercare di interpretare le sue parole in modo diverso. Prendere le parole degli uomini alla lettera è un modo per dimostrare rispetto per la loro espressione diretta e per evitare equivoci o incomprensioni.

Tuttavia, è importante sottolineare che non tutti gli uomini seguono lo stesso stile comunicativo e che ci possono essere variazioni individuali. Alcuni uomini possono utilizzare uno stile di comunicazione più indiretto o utilizzare sottintesi. Pertanto, è fondamentale adattarsi al singolo individuo e considerare anche il contesto comunicativo.

Per comprendere meglio il linguaggio maschile, è utile praticare l'ascolto attivo e sviluppare la capacità di prendere le parole degli uomini alla lettera. Evitare di cercare interpretazioni o significati nascosti può contribuire a una comunicazione più chiara e a una maggiore comprensione reciproca.

Inoltre, è importante creare uno spazio di dialogo aperto e accogliente in cui gli uomini si sentano liberi di esprimere le proprie idee e opinioni in modo diretto e senza timori di giudizio. Valorizzare e rispettare la comunicazione assertiva degli uomini può promuovere una comunicazione più autentica e costruttiva tra i sessi.

Il linguaggio del corpo è un aspetto fondamentale della comunicazione umana ed è particolarmente rilevante nel contesto delle interazioni tra uomini e donne. Comprendere il linguaggio non verbale maschile può fornire preziose informazioni sulle intenzioni, gli stati emotivi e le relazioni interpersonali degli uomini. Esaminiamo quindi alcune delle caratteristiche chiave del linguaggio del corpo maschile e come possono essere interpretate per una migliore comprensione.

Il contatto visivo è un potente strumento di comunicazione non verbale che può trasmettere molti messaggi durante una conversazione. Nel linguaggio del corpo maschile, il contatto visivo svolge un ruolo significativo nel segnalare interesse e coinvolgimento. Gli uomini tendono ad avere una maggiore propensione a mantenere un contatto visivo diretto e stabile rispetto alle donne.

Un contatto visivo diretto e stabile indica solitamente fiducia e determinazione. Quando un uomo mantiene il contatto visivo con l'interlocutore durante una conversazione, sta dimostrando interesse e attenzione nei confronti di ciò che viene detto. Questo tipo di contatto visivo può stabilire una connessione più forte e facilitare una comunicazione efficace tra le persone.

D'altra parte, un contatto visivo sfuggente o evitante può suggerire insicurezza o disagio. Se un uomo evita lo sguardo diretto o sposta lo sguardo altrove durante una conversazione, potrebbe indicare un senso di disagio o mancanza di fiducia. Questo tipo di comportamento può essere influenzato da fattori come l'ansia sociale, la timidezza o la mancanza di sicurezza nelle proprie abilità comunicative.

Tuttavia, è importante notare che la durata e l'intensità del contatto visivo possono variare a seconda del contesto culturale e individuale. In alcune culture, un contatto visivo prolungato può essere considerato invadente o irrispettoso, mentre in altre può essere interpretato come segno di rispetto e fiducia. È quindi fondamentale considerare il contesto e gli altri segnali non verbali per una corretta interpretazione.

Ad esempio, un uomo che mantiene un contatto visivo diretto con il pubblico mentre parla può trasmettere sicurezza e autorevolezza; un uomo che mantiene un contatto visivo stabile con l'intervistatore può indicare interesse e fiducia nelle proprie competenze; un uomo che mantiene un contatto visivo intenso con il proprio partner può esprimere amore, intimità e connessione emotiva; durante una discussione accesa, se evita lo sguardo o rompe il contatto visivo può indicare disagio o un desiderio di evitare il confronto diretto.

La postura è un elemento significativo nel linguaggio del corpo maschile e può fornire molti indizi sullo stato emotivo e l'atteggiamento di un uomo durante una conversazione. Gli uomini tendono ad assumere una postura più eretta e aperta rispetto alle donne, segnalando sicurezza e presenza.

Una postura eretta, con la schiena dritta e le spalle larghe, può suggerire fiducia in sé stessi e autostima. Questo atteggiamento aperto e assertivo può trasmettere un senso di leadership e potere. Quando un uomo si tiene in piedi con una postura eretta, dimostra una certa sicurezza in se stesso e nel suo ruolo sociale.

D'altra parte, una postura contratta o curva può indicare insicurezza o disagio. Se un uomo si piega in avanti o restringe la postura, può indicare che si sente a disagio o che è nervoso. Questo può essere influenzato da vari fattori, come l'insicurezza personale, la mancanza di fiducia o l'ansia sociale.

Osservare la postura degli uomini durante una conversazione può fornire indicazioni sul loro livello di fiducia e coinvolgimento emotivo. Ad esempio, un uomo che si tiene eretto e aperto può indicare fiducia in se stesso e un alto livello di coinvolgimento nella conversazione. Al contrario, un uomo che assume una postura contratta o curva può suggerire che si sente insicuro o emotivamente distante.

Ecco alcuni esempi, Quando durante una presentazione, un uomo si tiene eretto, con le spalle larghe e il petto aperto, trasmette un senso di fiducia e competenza nella materia che sta presentando; mentre un uomo che si china in avanti o incrocia le braccia sul petto può indicare una difesa o un atteggiamento difensivo, suggerendo una certa resistenza o disagio nella situazione.

I gesti sono un aspetto rilevante nel linguaggio del corpo maschile e possono offrire preziose informazioni sul coinvolgimento emotivo e sull'espressività di un uomo durante una conversazione. Gli uomini tendono ad utilizzare gesti ampi e decisi, che riflettono la loro assertività e determinazione. Questi gesti possono includere movimenti delle braccia estesi o gesti enfatici per sottolineare un punto durante il discorso.

Ad esempio, un uomo potrebbe utilizzare gesti ampi delle braccia per indicare l'ampiezza di un concetto o fare movimenti decisi delle mani per sottolineare l'importanza di ciò che sta dicendo. Questi gesti possono trasmettere un senso di sicurezza in sé stessi e autorevolezza nella comunicazione.

Tuttavia, è importante sottolineare che i gesti possono variare in base alla personalità e al contesto culturale. Alcuni uomini possono essere più contenuti nei loro gesti, utilizzando movimenti più sottili o gesti meno evidenti. Questo può dipendere da fattori come l'educazione, l'ambiente sociale e le preferenze individuali.

Per comprendere appieno il linguaggio dei gesti maschili, è importante osservare attentamente il contesto e gli altri segnali non verbali. Ad esempio, i gesti ampi possono essere accompagnati da un tono di voce deciso e un'espressione facciale determinata, indicando un forte coinvolgimento emotivo. D'altra parte, i gesti più contenuti possono essere associati a un approccio più riflessivo o ad una personalità più introspettiva.

Osservare i gesti degli uomini durante una conversazione può offrire preziose informazioni sul loro coinvolgimento emotivo e la loro espressività. Ad esempio, se un uomo utilizza gesti ampi e decisi, potrebbe suggerire un livello di fiducia in sé stesso e un forte coinvolgimento nella discussione. D'altra parte, se un uomo utilizza gesti più sottili o contenuti, potrebbe indicare una personalità più riservata o un atteggiamento riflessivo.

In aggiunta, l'espressione facciale è un elemento cruciale da prendere in considerazione nel linguaggio non verbale maschile. Gli uomini tendono a mostrare un'espressione facciale più neutra o contenuta rispetto alle donne. Questo non significa che gli uomini non provino emozioni, ma piuttosto che potrebbero manifestarle in modo diverso rispetto alle donne.

Gli uomini potrebbero avere una ridotta attività muscolare facciale, il che rende le loro espressioni meno evidenti o meno intense rispetto alle donne. Ad esempio, potrebbero sorridere meno frequentemente o avere un sorriso più sottile. Questo stile di espressione facciale può essere influenzato da fattori culturali, di genere e individuali.

Tuttavia, è importante sottolineare che l'espressione facciale non verbale può variare ampiamente da persona a persona. Alcuni uomini possono essere più espressivi e mostrare un'ampia gamma di espressioni facciali, mentre altri possono essere più riservati e mantenere una faccia più neutra.

Per interpretare correttamente le emozioni degli uomini attraverso l'espressione facciale, è consigliabile considerare il contesto e gli altri segnali non verbali. Ad esempio, è possibile osservare il linguaggio del corpo generale, per ottenere un quadro più completo delle emozioni che l'uomo sta provando.

Anche il tono di voce e le parole utilizzate possono fornire indizi importanti sulla sua esperienza emotiva.

Un esempio concreto potrebbe essere quando un uomo sta raccontando una storia divertente. Nonostante la sua espressione facciale possa sembrare neutra, potrebbe essere evidente dalla sua postura, gesti e tono di voce che sta provando gioia o divertimento. In questo caso, è fondamentale prendere in considerazione tutti gli elementi del linguaggio non verbale per comprendere appieno le emozioni che sta trasmettendo.

Tuttavia, è importante sottolineare che la comunicazione non verbale può variare da individuo a individuo. Ogni persona ha il proprio stile di comunicazione e potrebbe manifestare segnali non verbali in modo diverso. Pertanto, è fondamentale evitare di trarre conclusioni precipitose o generalizzazioni e prendere in considerazione il contesto specifico e l'individualità di ogni persona.

Per migliorare la comprensione del linguaggio non verbale maschile, è consigliabile esercitarsi nell'osservazione attenta e nell'interpretazione dei segnali non verbali durante le interazioni quotidiane. L'empatia e l'apertura mentale sono anche fondamentali per una comunicazione efficace tra uomini e donne, poiché ciò permette di comprendere e apprezzare le differenze individuali nel modo di comunicare.

La comunicazione emotiva maschile è un aspetto fondamentale nelle interazioni umane, poiché le emozioni giocano un ruolo significativo nella comprensione reciproca e nella costruzione di relazioni significative. Tuttavia, gli uomini possono sperimentare sfide uniche nel comunicare le proprie emozioni, spesso a causa di influenze culturali e di genere che promuovono una certa rigidità emotiva.

Un aspetto importante da considerare è la tendenza degli uomini a minimizzare o evitare l'espressione aperta delle emozioni. A causa di stereotipi culturali che li incoraggiano a essere "forti" o "maschili", gli uomini possono ritrovarsi a reprimerle le proprie emozioni per paura di essere giudicati o percepiti come vulnerabili. Questo può portare a una comunicazione meno diretta riguardo alle emozioni, facendo sì che gli uomini utilizzino mezzi indiretti o codificati per esprimersi.

Per decifrare i segnali emotivi degli uomini, le donne possono essere attente a sfumature nel linguaggio e nei comportamenti. Ad esempio, gli uomini potrebbero utilizzare parole più neutre o generiche per descrivere le loro emozioni, come "sto bene" o "non mi sento al meglio", invece di esprimere direttamente le emozioni specifiche. È importante essere sensibili a questi indizi sottili e riconoscere che gli uomini potrebbero avere una modalità di espressione emotiva diversa da quella delle donne.

Inoltre, gli uomini possono manifestare le loro emozioni attraverso il linguaggio non verbale, come la postura, i gesti e l'espressione facciale. Anche se potrebbero essere meno espliciti o intensi nelle espressioni facciali rispetto alle donne, i segnali non verbali possono offrire indicazioni preziose sulle emozioni degli uomini. Un'espressione facciale leggermente contratta o un tono di voce più teso potrebbero suggerire una certa preoccupazione o disagio emotivo. Osservare attentamente il linguaggio del corpo complessivo durante una conversazione può fornire una migliore comprensione delle emozioni che gli uomini stanno provando.

Un altro aspetto importante della comunicazione emotiva maschile è la gestione delle emozioni attraverso l'azione o il silenzio. Gli uomini potrebbero preferire risolvere le loro emozioni attraverso attività fisiche, come lo sport o il lavoro manuale, piuttosto che parlarne apertamente. Inoltre, potrebbero essere più inclini a rifugiarsi nel silenzio o a chiudersi emotivamente quando si sentono sopraffatti o stressati. Le donne possono essere pazienti e rispettose di queste modalità di gestione delle emozioni, offrendo spazi di ascolto non giudicante o proponendo attività condivise che possono facilitare la comunicazione e la condivisione emotiva.

Per creare una migliore comprensione reciproca, è importante per le donne creare un ambiente sicuro e accogliente in cui gli uomini si sentano a proprio agio ad esprimere le proprie emozioni.

Capitolo 7: "Predatrice o Preda: Strategie di Anticipazione"

In termini metaforici, il concetto di "predatrice" si riferisce a una persona che agisce con determinazione e spregiudicatezza per perseguire i propri obiettivi, a volte senza considerare gli effetti sulle altre persone coinvolte. Una predatrice è abile nel manipolare gli altri per ottenere ciò che desidera, utilizzando strategie di persuasione e influenzando le dinamiche relazionali a proprio vantaggio.

Una predatrice può essere caratterizzata da comportamenti egoistici e manipolativi, che spesso mettono gli interessi personali al di sopra degli altri. Questo tipo di comportamento può creare una dinamica disuguale e coercitiva nelle relazioni, in cui la predatrice sfrutta il potere e l'influenza per ottenere ciò che vuole, senza preoccuparsi degli effetti negativi che può avere sugli altri.

Le strategie utilizzate possono includere la manipolazione emotiva, il controllo delle informazioni, la creazione di dipendenza emotiva e l'uso della lusinga e dei complimenti per ottenere ciò che desidera. Questo tipo di comportamento può essere dannoso per le persone coinvolte, minando la fiducia e l'autostima e creando una dinamica di potere squilibrata.

È importante sottolineare che il concetto di "predatrice" è utilizzato in senso metaforico e non si riferisce a una caccia fisica o a un atto di violenza. Si tratta piuttosto di un modo di descrivere un modello di comportamento che può essere dannoso per le relazioni interpersonali e che sottolinea l'importanza di promuovere dinamiche relazionali basate sul rispetto reciproco, sulla comunicazione aperta e sull'empatia.

Riconoscere l'esistenza di comportamenti che ricadono nel ruolo di "predatrice" può aiutare a prevenire situazioni di manipolazione e abuso nelle relazioni. È importante sviluppare una maggiore consapevolezza delle dinamiche relazionali e delle proprie esigenze e confini personali, in modo da poter riconoscere e affrontare situazioni in cui si rischia di cadere in ruoli di predatrice o di essere vittime di manipolazione.

D'altra parte, la figura della "preda" si riferisce a colui o colei che viene preso di mira o oggetto delle azioni di una predatrice. Nelle dinamiche interpersonali, la preda è solitamente una persona che si trova in una posizione di vulnerabilità o che viene sfruttata da una persona più dominante o manipolativa.

La preda può essere influenzata, controllata o sottomessa dalle azioni della predatrice, spesso a scapito del proprio benessere emotivo o delle proprie aspirazioni personali. Può essere costretta a fare scelte che non rispecchiano i propri desideri o a sopprimere i propri bisogni per accontentare la predatrice. La preda può subire manipolazioni emotive, abuso psicologico o coercizione per mantenere la predatrice al centro della relazione.

Può sperimentare una diminuzione della propria autostima e fiducia in sé stessa, poiché le azioni manipolatorie della predatrice possono farla sentire inadeguata o priva di valore. Può vivere una sensazione di impotenza o dipendenza dalla predatrice, temendo le conseguenze negative che potrebbero derivare dal tentativo di ribellarsi o allontanarsi.

È importante sottolineare che il ruolo di preda non implica una colpa o responsabilità da parte della persona coinvolta. La preda può essere attratta dalla predatrice a causa della sua abilità manipolatrice, ma ciò non significa che la preda abbia causato o meriti di essere sfruttata. Al contrario, è fondamentale riconoscere che le azioni della predatrice sono responsabili delle dinamiche negative presenti nella relazione.

Riconoscere di essere nella posizione di preda è il primo passo per liberarsi da una relazione manipolativa o dannosa. È importante cercare il sostegno di amici, familiari o professionisti qualificati per ottenere supporto emotivo e trovare strategie per proteggersi e porre fine alla situazione. La preda deve imparare a rafforzare la propria autostima, a definire i propri confini e a perseguire il proprio benessere emotivo e personale.

Quando si parla di "cambiare il gioco" nelle dinamiche relazionali, si intende trasformare il modo in cui ci si impegna nelle relazioni, passando da un ruolo passivo a un ruolo attivo. Questo significa assumere la responsabilità delle proprie azioni, delle proprie emozioni e dei propri desideri, piuttosto che subire passivamente le dinamiche che si verificano nelle relazioni.

Cambiare il gioco non implica adottare il comportamento manipolativo o egoista di una predatrice, ma piuttosto sviluppare un senso di autostima, fiducia e consapevolezza di sé per creare relazioni sane e gratificanti. Significa mettersi al centro della propria vita e prendere decisioni consapevoli che riflettano i propri valori, bisogni e desideri.

Invece di aspettare che gli altri agiscano o prendano decisioni al posto nostro, diventare una protagonista significa assumere il controllo della propria vita e delle proprie relazioni. Significa esprimere in modo chiaro e rispettoso ciò che si desidera e ciò che si aspetta dagli altri, ma anche ascoltare attivamente e rispettare i bisogni e i desideri degli altri.

Essere una protagonista richiede anche la capacità di porre confini sani nelle relazioni. Ciò implica riconoscere i propri limiti e comunicarli in modo assertivo, senza paura di essere giudicate o respinte. Avere confini chiari permette di mantenere un senso di autenticità e integrità, evitando di essere sfruttate o sopraffatte nelle relazioni.

Cambiare il gioco richiede anche di sviluppare una maggiore consapevolezza di sé stesse e delle proprie emozioni. Significa essere disposte ad affrontare i propri sentimenti e ad esprimerli in modo sano e rispettoso. Questo permette di creare un dialogo aperto e onesto nelle relazioni, facilitando la comprensione reciproca e la risoluzione dei conflitti.

Inoltre, diventare una protagonista richiede il coraggio di fare scelte difficili, se necessario, per il proprio benessere emotivo e personale. Ciò può comportare la fine di relazioni tossiche o poco soddisfacenti, o il perseguimento di nuove opportunità che portano crescita e felicità. Significa anche sviluppare un senso di autonomia e indipendenza, in modo da poter prendere decisioni che riflettano il proprio benessere e la propria felicità.

È importante ricordare che cambiare il gioco non è un processo immediato o facile. Richiede tempo, impegno e autocoscienza. È un percorso di crescita personale che può portare a una maggiore fiducia in sé stesse, autenticità e gratificazione nelle relazioni. Cambiare il gioco è una scelta che ogni donna può fare per creare una vita piena di amore, rispetto e realizzazione personale.

I seguenti casi studio illustrano come le donne possano trasformare le dinamiche di "preda" in una di "predatrice" in vari contesti della vita, sia nella sfera personale che professionale. Essi forniscono esempi concreti di donne che, consapevoli delle dinamiche negative in cui si trovavano, hanno intrapreso un percorso di cambiamento per diventare attori attivi e autonomi nelle loro relazioni e ambiti di vita.

Attraverso l'analisi di queste storie, vedremo come le donne abbiano affrontato le sfide specifiche che incontravano e le strategie che hanno adottato per cambiare le dinamiche poco salutari.

Questi casi studio testimoniano l'importanza di sviluppare una consapevolezza dei propri diritti, delle proprie capacità e di prendere il controllo delle proprie relazioni e ambiti di vita.

Caso Studio 1: Contesto Professionale

Sara è una giovane professionista che lavora in un'azienda dinamica. Nonostante le sue capacità e competenze, si sente spesso trattata come una "preda" dai colleghi più dominanti e manipolativi. Vuole cambiare questa dinamica e assumere un ruolo più attivo e assertivo nel suo ambiente di lavoro.

Passo 1: Consapevolezza e autoriflessione

Sara inizia il suo percorso di trasformazione identificando le situazioni in cui si sente sminuita o manipolata. Riflette sulle sue reazioni e sulle possibili cause di questa dinamica.

Passo 2: Migliorare la comunicazione

Sara decide di migliorare la sua comunicazione assertiva. Impara a esprimere chiaramente le sue idee, i suoi bisogni e le sue aspettative senza paura di essere giudicata. Inizia a parlare con sicurezza durante le riunioni e a difendere le sue opinioni.

Passo 3: Stabilire confini sani

Sara comprende l'importanza di stabilire confini sani nel suo ambiente di lavoro. Impara a dire "no" quando necessario e a comunicare in modo assertivo i suoi limiti. Non permette più agli altri di approfittare della sua gentilezza e disponibilità.

Passo 4: Sviluppare un network di supporto

Sara cerca altre donne nella sua azienda o nel suo settore che abbiano affrontato situazioni simili. Si unisce a gruppi di supporto o associazioni professionali per connettersi con persone che possono ispirarla e condividere le loro esperienze di trasformazione.

Passo 5: Affrontare le sfide con fiducia

Sara affronta le situazioni difficili con fiducia e determinazione. Applica le sue nuove abilità comunicative e si difende quando necessario, senza permettere agli altri di sminuirla o manipolarla. Sa che ha il potere di cambiare la dinamica e ottenere il rispetto che merita.

Caso Studio 2: Relazioni Interpersonali

Maria è una donna che spesso si trova coinvolta in relazioni disfunzionali o abusive. Desidera trasformarsi da una "preda" a una "predatrice" nel senso di diventare una persona consapevole, autonoma e assertiva nelle sue relazioni.

Passo 1: Autoconsapevolezza ed empowerment

Maria inizia il suo percorso di trasformazione sviluppando una maggiore consapevolezza di sé stessa, dei suoi bisogni, dei suoi valori e dei suoi limiti. Si rende conto che ha il diritto di essere trattata con rispetto e dignità in ogni relazione.

Passo 2: Imparare a riconoscere i segnali di una relazione disfunzionale

Maria studia e impara i segnali di una relazione disfunzionale o abusiva. Acquisisce conoscenze su come identificare comportamenti manipolativi, coercitivi o violenti per poterli affrontare in modo appropriato.

Passo 3: Costruire fiducia e autostima

Maria lavora per costruire la sua fiducia e autostima. Si concentra sull'ampliare le sue abilità e competenze, sviluppando un senso di autostima basato sulle sue qualità e realizzazioni personali.

Passo 4: Stabilire confini e comunicare chiaramente

Maria impara a stabilire confini sani nelle sue relazioni e a comunicare in modo chiaro e diretto i suoi bisogni, desideri e limiti. Non permette agli altri di violare i suoi confini e si esprime in modo assertivo per mantenere il rispetto di sé stessa.

Passo 5: Raggiungere il supporto e la guida necessari

Maria cerca supporto da amici, familiari o professionisti specializzati nelle dinamiche delle relazioni. Partecipa a gruppi di supporto o terapie individuali per ottenere la guida e le risorse necessarie per il suo percorso di trasformazione.

Caso Studio 3: Vita di Coppia

Laura è una donna che si trova spesso in relazioni in cui viene manipolata o controllata dal suo partner. Desidera trasformarsi da una "preda" a una "predatrice" nel senso di diventare più autonoma e assertiva nella sua vita di coppia.

Passo 1: Riconoscimento dei comportamenti nocivi

Laura inizia il suo percorso di trasformazione imparando a riconoscere i comportamenti nocivi nel suo rapporto di coppia. Si informa sulle dinamiche dell'abuso emotivo o psicologico e acquisisce consapevolezza su come questi comportamenti possono influenzare la sua autostima e benessere.

Passo 2: Costruzione di una rete di supporto

Laura si rivolge a un consulente di coppia o a un terapeuta per ottenere sostegno e guida nella trasformazione della sua dinamica relazionale. Partecipa anche a gruppi di supporto di donne che hanno affrontato situazioni simili per condividere esperienze ed emozioni.

Passo 3: Lavoro sulla fiducia in sé stessa

Laura lavora per costruire la sua fiducia in sé stessa. Partecipa ad attività che aumentano la sua autostima e il suo senso di valore, come l'esercizio fisico, la pratica della gratitudine e lo sviluppo delle sue passioni personali.

Passo 4: Comunicazione assertiva

Laura impara a comunicare in modo assertivo con il suo partner. Si esprime chiaramente riguardo ai suoi bisogni, desideri e limiti, senza permettere che venga violata la sua dignità o che venga manipolata. Impara anche a negoziare e a trovare soluzioni a problemi comuni.

Passo 5: Presa di decisioni autonoma

Laura prende il controllo delle sue decisioni nella relazione. Non permette al partner di prendere tutte le decisioni per lei e si impegna a essere responsabile delle proprie scelte. Si impegna anche a stabilire confini sani e a proteggere il suo benessere emotivo.

Caso Studio 4: Sfera Professionale

Sofia è una donna che spesso si trova a subire lo sfruttamento e la mancanza di riconoscimento nel suo ambiente di lavoro. Desidera trasformarsi da una "preda" a una "predatrice" nel senso di diventare più assertiva e autonoma nella sua carriera professionale.

Passo 1: Identificazione delle sfide

Sofia identifica le sfide specifiche che affronta nel suo ambiente di lavoro, come l'essere sottostimata o il non ricevere opportunità di crescita e sviluppo. Comprende che deve prendere il controllo della sua situazione per ottenere il riconoscimento e il successo che merita.

Passo 2: Acquisizione di competenze e conoscenze

Sofia si impegna a sviluppare le sue competenze e conoscenze professionali. Partecipa a corsi di formazione, seminari o workshop per ampliare le sue capacità e acquisire nuove competenze che la rendano più competitiva nel suo settore.

Passo 3: Networking e mentorship

Sofia crea una rete di contatti professionali e cerca mentore che possano guidarla e sostenerla nella sua crescita professionale. Partecipa a eventi del settore, si iscrive a gruppi professionali e cerca opportunità di connessione con persone influenti nel suo campo.

Passo 4: Promozione della propria immagine e valore

Sofia impara a promuovere se stessa e il suo lavoro in modo assertivo. Comunica in modo chiaro e convincente le sue competenze, i suoi risultati e il suo valore aggiunto. Si assicura di essere visibile e riconosciuta per il suo contributo.

Passo 5: Negoziazione e difesa dei propri interessi

Sofia sviluppa abilità di negoziazione e difesa dei propri interessi. Non accetta compromessi che vadano contro i suoi valori o gli obiettivi della sua carriera. Impara a negoziare condizioni di lavoro più favorevoli e a stabilire confini chiari riguardo alle sue responsabilità e ai suoi diritti.

Strategie di anticipazione

Le strategie di anticipazione sono uno strumento prezioso che può fornire alle donne una guida efficace per gestire le interazioni sociali e prendere decisioni informate. Esse si basano sull'osservazione attenta, sull'intuizione e sulla comprensione delle dinamiche sociali al fine di prevedere possibili mosse e risultati. Attraverso la pratica delle strategie di anticipazione, le donne possono prepararsi adeguatamente e agire in modo più efficace, ottenendo vantaggi sia nelle relazioni personali che nelle sfide professionali.

L'osservazione attenta è un pilastro fondamentale, prestare attenzione ai dettagli e alle sfumature delle interazioni sociali può rivelare molto più di quanto venga esplicitamente comunicato. Il linguaggio del corpo, le espressioni facciali e il tono di voce sono potenti mezzi di comunicazione che possono trasmettere emozioni, intenzioni e atteggiamenti nascosti.

Quando una donna si impegna nell'osservazione, può raccogliere informazioni preziose sullo stato emotivo degli altri e sulle loro reazioni alle diverse situazioni. Ad esempio, un cambiamento nel linguaggio del corpo può suggerire una reazione emotiva o una mancanza di interesse rispetto a ciò che viene detto. Un'occhiata fugace o un'occhiata evitante possono indicare disagio o mancanza di sincerità.

Inoltre, l'attenzione aiuta a identificare segnali di approvazione o disapprovazione, compresi i gesti, le espressioni facciali e il linguaggio del corpo che suggeriscono accordo o dissenso. Ad esempio, un uomo potrebbe annuire e mantenere un contatto visivo diretto quando è d'accordo con ciò che viene detto, mentre potrebbe incrociare le braccia o cambiare la postura se è in disaccordo.

L'osservazione attenta può rivelare informazioni sulle intenzioni e sul comportamento delle persone. Ad esempio, il modo in cui una persona si avvicina agli altri, il suo tono di voce e il modo in cui gestisce lo spazio personale possono fornire indicazioni sulla sua fiducia, sulla sua volontà di ascoltare o sulla sua propensione a dominare una conversazione.

Tuttavia, è importante sottolineare che non si dovrebbe basare solo su singoli segnali, ma sulla combinazione di diversi elementi. È necessario considerare il contesto e gli altri segnali per ottenere una comprensione più accurata. Ogni individuo è unico e può avere le proprie peculiarità quindi è importante evitare di trarre conclusioni affrettate o generalizzazioni.

Per sviluppare questa abilità, le donne possono esercitarsi a rimanere presenti e consapevoli durante le interazioni sociali. Possono praticare la focalizzazione sull'altro, evitando distrazioni e prestando attenzione, possono d'altronde esercitarsi osservando il comportamento delle persone in vari contesti sociali.

L'osservazione attenta richiede anche una mente aperta e la disponibilità ad adattare le proprie interpretazioni in base alle informazioni raccolte. È importante evitare di lasciarsi influenzare da pregiudizi o stereotipi e di essere disposti a considerare diverse prospettive. Con la pratica costante, può diventare un'abilità naturale che consente alle donne di cogliere più pienamente le sfumature della comunicazione non verbale e di anticipare meglio le mosse degli altri, migliorando così le loro interazioni sociali.

L'intuizione svolge un ruolo significativo, consentendo alle donne di cogliere aspetti sottili e non espliciti delle situazioni e delle persone coinvolte. È quella voce interiore che suggerisce una possibile direzione da seguire o un'informazione importante da considerare. Spesso, si manifesta come un senso di certezza o come una sensazione profonda che qualcosa non è come sembra.

Per sviluppare e rafforzare l'intuizione, le donne possono praticare l'auto-riflessione e l'ascolto interiore. Ciò implica dedicare del tempo a osservare e comprendere le proprie reazioni emotive e fisiche alle diverse situazioni. Ad esempio, durante una riunione, possono chiedersi: "Come mi sento in questo momento?" o "Quali sensazioni o pensieri mi vengono in mente?".

La pratica dell'auto-riflessione richiede anche di esaminare le esperienze passate e cercare di comprendere le lezioni apprese. Ciò consente di accumulare un bagaglio di conoscenze ed esperienze che possono essere utili nella valutazione di situazioni future. L'intuizione, infatti, si nutre di informazioni e di sensibilità che derivano dalle esperienze personali e dagli apprendimenti acquisiti nel corso del tempo.

Integrare l'intuizione con una valutazione razionale dei fatti può portare a decisioni più equilibrate e ben ponderate. L'intuizione può suggerire una strada da seguire, ma la razionalità permette di valutare le conseguenze e le possibili alternative.

Inoltre, per svilupparla è essenziale praticare l'ascolto interiore. Questo significa dare spazio alla quiete e alla riflessione, cercando di connettersi con il proprio sé più profondo, facilitando così l'interpretazione dei segnali sottili che emergono nelle interazioni sociali.

Va notato che l'intuizione non è infallibile e può essere influenzata da fattori personali o da pregiudizi inconsci. Pertanto, è sempre importante esaminare e valutare criticamente le informazioni raccolte attraverso l'intuizione, combinandole con una valutazione razionale dei fatti.

Nel contesto delle strategie di anticipazione, l'intuizione può offrire un vantaggio prezioso nell'interpretare le dinamiche sociali, anticipare possibili esiti e prepararsi di conseguenza. Quando le donne imparano a fidarsi della propria intuizione e ad agire in base ad essa, possono migliorare la loro capacità di navigare efficacemente le interazioni sociali e di prendere decisioni informate che rispecchiano i loro obiettivi e valori personali.

Una solida comprensione delle dinamiche sociali è fondamentale per le strategie di anticipazione. Questo richiede alle donne di acquisire conoscenze sulle convenzioni sociali, sulle norme culturali e sul funzionamento dei gruppi. Una delle prime fonti di apprendimento può essere la ricerca e l'approfondimento di libri, articoli o risorse online che esplorano i diversi aspetti della comunicazione e delle dinamiche sociali. Questo permette di avere una base di conoscenze solida su come funzionano le interazioni sociali e su come le persone si influenzano a vicenda.

Tuttavia, l'apprendimento non si limita solo alla teoria. È importante anche sperimentare direttamente le dinamiche sociali. Partecipare a eventi, riunioni o attività che coinvolgono diverse persone offre l'opportunità di osservare e interagire con gli altri in contesti reali. Queste esperienze permettono di affinare l'osservazione e di cogliere i dettagli delle interazioni sociali, come le dinamiche di potere, le regole non scritte e le dinamiche di gruppo.

Osservare attentamente come le persone si comportano, comunicano e si influenzano a vicenda fornisce un'ulteriore comprensione delle sottigliezze delle dinamiche sociali. Ciò include l'attenzione ai linguaggi del corpo, alle espressioni facciali, al tono di voce e ad altri segnali non verbali che trasmettono informazioni su come le persone si sentono e cosa stanno comunicando.

La comprensione consente alle donne di prevedere come gli altri possono comportarsi in determinate situazioni. Ad esempio, se si è a conoscenza delle norme culturali o delle aspettative sociali in un determinato contesto, si può anticipare come le persone potrebbero rispondere o come si potrebbe evolvere una conversazione. Questa consapevolezza permette di adattare le proprie azioni, i propri discorsi e il proprio comportamento in modo appropriato e in linea con gli obiettivi desiderati.

Le strategie di anticipazione si basano sulla capacità di leggere e interpretare le dinamiche sociali in modo accurato. Ciò richiede pratica e affinamento nel tempo. Più si osserva e si partecipa a interazioni sociali, più si sviluppa un'intuizione che permette di comprendere meglio le sottigliezze delle dinamiche sociali e di anticipare possibili esiti.

La preparazione è un altro elemento essenziale, prendere del tempo necessario per raccogliere informazioni, pianificare e valutare le opzioni disponibili. Le donne possono prepararsi anticipando le possibili mosse degli altri, identificando scenari potenziali e adottando una mentalità proattiva. Questo approccio permette loro di affrontare le situazioni in modo più sicuro e di reagire in modo tempestivo ed efficace.

Una delle prime fasi è la raccolta di informazioni, le donne possono cercare di ottenere dati pertinenti sul contesto, sulle persone coinvolte e sulle dinamiche sociali che potrebbero influenzare la situazione. Questo può includere la ricerca di informazioni online, la lettura di articoli o libri sul tema o l'interazione con altre persone che hanno esperienze simili. Più informazioni si hanno a disposizione, più solide saranno le basi per prendere decisioni informate.

Una volta raccolte le informazioni necessarie, le donne possono sviluppare un piano d'azione per affrontare le situazioni. Questo può includere l'identificazione di possibili scenari e la definizione di strategie alternative per affrontarli. Ad esempio, se si prevede di dover affrontare una negoziazione importante, si può pianificare in anticipo le proprie richieste, le argomentazioni da utilizzare e le possibili contro argomentazioni che potrebbero essere presentate dall'altra parte. La pianificazione consente di essere preparate per affrontare diverse situazioni e di avere un piano di riserva nel caso in cui le cose non vadano come previsto.

Inoltre, la valutazione delle opzioni disponibili è un passaggio importante nella preparazione. Significa considerare attentamente i vantaggi e gli svantaggi di diverse azioni o strategie, valutando quale potrebbe essere la più efficace in determinate circostanze. La valutazione delle opzioni consente di prendere decisioni ponderate e informate, che tengono conto delle possibili conseguenze e degli obiettivi desiderati.

La preparazione permette alle donne di affrontare le situazioni con una maggiore sicurezza e fiducia in sé stesse. Quando si è preparate, ci si sente più in controllo e si è in grado di reagire in modo più tempestivo ed efficace. Inoltre, la preparazione offre la possibilità di adattarsi e modificare il piano in base alle circostanze che si presentano.

Tuttavia, è importante notare che la preparazione non deve essere intesa come un modo per controllare o manipolare gli altri. È un mezzo per essere più consapevoli e preparate per affrontare le sfide che possono presentarsi nelle interazioni sociali. La preparazione consente di prendere decisioni informate e di agire in modo coerente con i propri valori e obiettivi.

Un aspetto fondamentale delle strategie di anticipazione è la capacità di adattarsi rapidamente ai cambiamenti delle circostanze. Le donne devono essere in grado di valutare e riconsiderare continuamente le loro strategie in base alle nuove informazioni e alle dinamiche in evoluzione. L'adattabilità consente loro di rimanere agili e reattive, adattandosi alle situazioni in tempo reale e facendo le scelte più appropriate.

Ciò richiede una mente aperta e la volontà di abbracciare il cambiamento. Significa essere disposte a modificare i propri piani o a considerare nuove soluzioni quando le circostanze richiedono una diversa approccio. Questo può richiedere flessibilità mentale e la capacità di pensare in modo creativo, al fine di trovare nuove strade o alternative valide.

Quando le situazioni cambiano rapidamente o si presentano imprevisti, è facile sentirsi sopraffatte o ansiose. Le donne che sviluppano strategie di anticipazione efficaci sono in grado di mantenere la calma e di prendere decisioni ponderate anche in momenti di pressione. Ciò richiede una buona gestione dello stress, la pratica di tecniche di rilassamento e la consapevolezza delle proprie emozioni.

Le donne possono cercare nuove opportunità di crescita e sviluppo personale, sia attraverso la formazione professionale che attraverso l'acquisizione di nuove conoscenze ed esperienze. L'apprendimento continuo permette loro di espandere il loro bagaglio di competenze e di adottare nuove prospettive, rendendole più in grado di affrontare le sfide che si presentano lungo il cammino.

Infine, l'adattabilità richiede una mentalità aperta e la volontà di imparare dagli errori. Le donne che utilizzano strategie di anticipazione efficaci sanno che ogni situazione può rappresentare una lezione e una possibilità di crescita. Sono disposte ad analizzare i risultati delle loro azioni, a trarne insegnamenti e a regolare il loro approccio di conseguenza. Questa mentalità permette loro di adattarsi e migliorare costantemente, aumentando la loro capacità di anticipare e gestire situazioni future.

La capacità di autodifesa è un elemento fondamentale nella vita di ogni individuo e, in particolare, nelle donne, date le sfide specifiche che spesso affrontano. Vivere in un mondo che non sempre è sicuro significa che l'abilità di proteggere se stesse diventa vitale. L'autodifesa non riguarda solo la capacità di difendersi fisicamente in situazioni pericolose, ma si estende a molteplici aspetti della vita, tra cui la difesa digitale e la protezione della propria salute mentale ed emotiva.

Il dominio di queste competenze offre non solo sicurezza e protezione, ma alimenta anche l'autostima e la fiducia in se stesse, aspetti fondamentali per vivere una vita autonoma e gratificante. L'autodifesa permette, inoltre, di esercitare un controllo maggiore sulla propria vita, favorendo la capacità di prendere decisioni autonome e di gestire situazioni potenzialmente difficili o pericolose con maggiore efficacia e serenità.

In questa sezione, esploreremo tre aspetti chiave dell'autodifesa: fisica, digitale ed emotiva, con l'obiettivo di fornire strumenti e strategie concrete per migliorare le proprie abilità di autodifesa e promuovere un senso di sicurezza e autonomia più forte.

Nel nostro mondo, purtroppo, le situazioni di pericolo possono presentarsi in modo inaspettato. L'autodifesa fisica diventa quindi un elemento chiave nella sicurezza personale di una donna. Attraverso l'apprendimento di tecniche di base, si può acquisire maggiore sicurezza in sé stesse e una consapevolezza più profonda del proprio corpo. L'autodifesa fisica non riguarda solo la capacità di difendersi fisicamente, ma anche la capacità di prendere decisioni rapide e consapevoli per proteggere la propria sicurezza e il proprio benessere.

Imparare l'autodifesa fisica può offrire una serie di benefici significativi. Innanzitutto, può aumentare l'autostima e la fiducia in sé stesse. Sapere di avere le competenze necessarie per proteggersi in caso di pericolo può far sentire una donna più sicura e potente, aumentando la sua sicurezza personale in generale.

Inoltre, l'autodifesa fisica può fornire una sensazione di sicurezza in situazioni potenzialmente pericolose. Con la conoscenza di tecniche di base, una donna può sentirsi più preparata nel caso si trovi in una situazione minacciosa o di attacco. Questo può influire positivamente sulle sue decisioni e sulle sue azioni, consentendole di reagire in modo efficace e rapido.

Un altro vantaggio dell'autodifesa fisica è la capacità di dissuadere potenziali aggressori. Spesso, l'aggressore sceglie le proprie vittime in base alla percezione di vulnerabilità o incapacità di difendersi. Mostrare sicurezza e competenza in autodifesa può fare sì che un potenziale aggressore ripensi al suo intento e decida di desistere dall'attaccare.

È importante sottolineare che l'autodifesa fisica non promuove la violenza, ma si concentra sulla protezione e sulla sicurezza personale. L'obiettivo principale dell'autodifesa è evitare situazioni pericolose e rimanere al sicuro, cercando sempre di evitare il conflitto quando possibile.

Per imparare l'autodifesa fisica in modo efficace, è consigliabile partecipare a corsi o lezioni specificamente progettate per donne. Questi corsi possono essere tenuti da istruttori qualificati e offrono un ambiente sicuro in cui imparare le tecniche di base, migliorare la forza e la resistenza, e praticare gli scenari di autodifesa realistici.

Ecco alcuni esempi di tecniche di autodifesa fisica di base che potrebbero essere insegnate in un corso di autodifesa:

- Un colpo alle parti sensibili, come un calcio o un pugno all'inguine, può essere un'opzione di autodifesa in situazioni estreme di pericolo. Questa tecnica mira a colpire una zona altamente sensibile e vulnerabile del corpo dell'aggressore, causando un'intensa sensazione di dolore e temporaneamente compromettendo la sua capacità di agire. È importante notare che l'uso di questa tecnica dovrebbe essere considerato solo come ultima risorsa e in situazioni di estrema necessità per la propria sicurezza.

- L'apprendimento di tecniche di blocco e parata è un aspetto importante dell'autodifesa fisica. Queste tecniche consentono di respingere gli attacchi dell'aggressore, riducendo il rischio di subire lesioni e creando opportunità per contromosse efficaci. I blocchi vengono utilizzati per difendere il corpo da colpi diretti, mentre le parate sono utilizzate per deviare gli attacchi laterali. Queste tecniche richiedono pratica e precisione per essere eseguite correttamente. L'apprendimento di blocchi e parate consente alle donne di sviluppare una maggiore consapevolezza del proprio corpo e delle proprie capacità difensive, fornendo una sensazione di sicurezza e controllo nelle situazioni potenzialmente pericolose.

- Imparare a colpire le zone vulnerabili dell'aggressore è un elemento fondamentale dell'autodifesa fisica. Conoscere le aree del corpo che sono particolarmente sensibili, come gli occhi, il naso, la gola o l'addome, consente di disorientare e immobilizzare l'attaccante in caso di pericolo. I colpi ben mirati a queste zone possono causare dolore intenso, impedendo all'aggressore di continuare l'attacco o creando una finestra di opportunità per fuggire dalla situazione di pericolo. È importante sottolineare che l'obiettivo principale dell'autodifesa fisica è proteggere se stessi e mettersi in sicurezza. Inoltre, la pratica regolare e l'allenamento fisico possono aumentare la forza e la precisione dei colpi, migliorando così l'efficacia.

- Le tecniche di sganciamento sono un'altra componente importante dell'autodifesa fisica. Imparare a liberarsi dalle prese dell'aggressore può permettere di sfuggire al suo controllo e guadagnare il tempo necessario per mettersi in sicurezza. Esistono diverse tecniche di sganciamento che possono essere apprese e praticate per rompere le prese dell'aggressore. Queste tecniche coinvolgono movimenti strategici, come rotazioni, torsioni e spinte, che sfruttano la leva e la forza del proprio corpo per liberarsi dalla presa. È importante praticare queste tecniche con regolarità, inoltre, possono aumentare la fiducia in sé stessi e la sensazione di controllo in situazioni di pericolo.

- Le tecniche di difesa dal suolo sono fondamentali per affrontare situazioni in cui la vittima si trova a terra sotto l'aggressore. Quando una persona viene portata a terra, le sue opzioni di movimento e fuga possono essere limitate, ma ci sono ancora strategie che possono essere adottate per proteggersi e cercare di ribaltare la situazione a proprio favore.

Una delle prime cose da fare è cercare di proteggere le aree vulnerabili del corpo, come il viso, il collo e l'addome, posizionando le braccia e le gambe in modo da creare una barriera di difesa. Questo può aiutare a ridurre l'impatto degli attacchi dell'aggressore e a mantenere una certa protezione.

Successivamente, è importante cercare di sfruttare al meglio la propria posizione sul terreno. Ad esempio, se si riesce a posizionarsi sul fianco, si può cercare di alzarsi rapidamente o di spingere l'aggressore lontano. L'utilizzo delle gambe per spingere o per bloccare l'aggressore può essere particolarmente efficace.

- Le tecniche di controllo sono una componente importante delle strategie di autodifesa e possono essere utilizzate quando la fuga non è un'opzione immediata o quando si desidera controllare l'aggressore per evitare ulteriori danni o per consentire l'intervento delle autorità competenti. Queste tecniche si basano sul principio di utilizzare la forza dell'aggressore contro di lui, sfruttando leve articolari o immobilizzazioni per mantenere il controllo della situazione.

  Una delle tecniche comuni di controllo è l'applicazione di leve articolari. Queste tecniche coinvolgono la manipolazione delle articolazioni dell'aggressore in modo tale da causare dolore o disagio e limitare la sua capacità di resistenza. Ad esempio, una leva articolare potrebbe coinvolgere la rotazione del polso o del gomito dell'aggressore in una posizione che gli causa dolore e lo rende meno capace di combattere o di continuare l'aggressione.

  Le immobilizzazioni sono un'altra forma di controllo che può essere utilizzata per limitare i movimenti dell'aggressore. Queste tecniche coinvolgono la presa e il controllo di parti specifiche del corpo dell'aggressore, come braccia, gambe o collo, in modo da impedirgli di muoversi o di continuare l'aggressione. L'obiettivo di queste tecniche è quello di mantenere l'aggressore sotto controllo fino all'arrivo dell'aiuto o alla risoluzione della situazione.

È importante sottolineare che l'applicazione delle tecniche di autodifesa fisica, dovrebbe essere eseguite in modo responsabile e proporzionato alla situazione. È fondamentale evitare l'uso eccessivo della forza o di prese che possano causare lesioni gravi o permanenti, ma utilizzate solo come mezzo di autodifesa e non come forma di vendetta o punizione.

L'apprendimento dovrebbe essere effettuato sotto la guida di un istruttore qualificato e in un ambiente sicuro. È importante acquisire le competenze necessarie per eseguire correttamente queste tecniche e per comprendere i principi di base della sicurezza durante la loro applicazione.

Tuttavia, è fondamentale sottolineare che la priorità principale nella situazione di autodifesa è la propria sicurezza e protezione. Sebbene possano essere utili per gestire una situazione di pericolo, è sempre consigliabile cercare di evitare o fuggire da situazioni rischiose quando possibile. L'obiettivo finale dovrebbe essere quello di raggiungere un luogo sicuro e cercare assistenza da persone di fiducia o dalle autorità competenti.

L'autodifesa digitale è diventata un aspetto fondamentale nella società moderna, in cui l'utilizzo di dispositivi digitali e la connessione online sono ormai parte integrante della nostra vita quotidiana. È importante sviluppare competenze e strategie per proteggere la propria sicurezza e privacy online.

Un aspetto cruciale dell'autodifesa digitale è la gestione della privacy sui social media. È importante essere consapevoli delle informazioni personali che si condividono sui social media e delle impostazioni di privacy disponibili per proteggere i propri dati. Ciò include l'uso di impostazioni di privacy per limitare l'accesso alle proprie informazioni da parte di estranei e la gestione delle impostazioni di condivisione per controllare chi può visualizzare i propri post e foto. Inoltre, è consigliabile evitare di condividere informazioni sensibili come l'indirizzo di casa o i dettagli finanziari sui social media.

La protezione dei dati personali è un altro aspetto importante dell'autodifesa digitale. Ciò implica l'utilizzo di software antivirus e firewall per proteggere il proprio dispositivo da malware e attacchi informatici. È fondamentale mantenere il proprio sistema operativo e le applicazioni sempre aggiornati per beneficiare delle patch di sicurezza più recenti. Inoltre, si consiglia di utilizzare password complesse e uniche per i propri account online e di abilitare l'autenticazione a due fattori quando disponibile per fornire un ulteriore livello di sicurezza.

Il riconoscimento e la prevenzione dell'harassment online sono un'altra componente importante dell'autodifesa digitale. L'harassment online può assumere diverse forme, come il cyber bullismo, il trolling, lo stalking o la diffamazione. È essenziale saper riconoscere i segni di harassment e agire prontamente per proteggersi. Ciò può includere la segnalazione delle molestie alle piattaforme online, la raccolta di prove delle interazioni negative e l'impostazione di limiti chiari e assertivi per il trattamento delle situazioni di harassment. Inoltre, è importante evitare di rispondere o ingaggiare in confronti con gli aggressori, poiché ciò potrebbe alimentare ulteriormente la situazione.

L'harassment si riferisce a un comportamento molesto, fastidioso o intimidatorio rivolto verso un individuo o un gruppo di persone. L'harassment può manifestarsi in diverse forme, sia fisiche che verbali, ed è caratterizzato da una ripetizione e persistenza nel tempo. Questo comportamento può causare disagio, stress e danni emotivi alla vittima.

L'harassment può verificarsi in diversi contesti, tra cui il luogo di lavoro, l'ambiente scolastico, la vita online o le relazioni personali. Può essere sottile o evidente, ma comunque dannoso per la persona coinvolta. L'harassment può includere azioni come il bullismo, l'invio di messaggi offensivi, l'intimidazione, la discriminazione, l'insulto, la diffamazione, la molestia sessuale, il ricatto o la persecuzione costante.

È importante sottolineare che l'harassment è un comportamento negativo e non accettabile. Violenta i diritti e la dignità delle persone e può avere conseguenze psicologiche, emotive e fisiche significative sulla vittima. L'harassment crea un ambiente ostile, insicuro e negativo per la persona che lo subisce.

Le leggi e le politiche contro l'harassment variano da paese a paese, ma in molti contesti l'harassment è considerato illegale e può comportare conseguenze legali per l'aggressore. Inoltre, molte organizzazioni, istituzioni e piattaforme online hanno politiche e procedure per affrontare l'harassment e offrire supporto alle vittime.

Per combattere l'harassment online, è essenziale promuovere una cultura di rispetto e consapevolezza digitale. Le piattaforme online devono adottare politiche rigorose per contrastare l'harassment, fornire strumenti di segnalazione e adottare misure per proteggere la privacy e la sicurezza degli utenti. Inoltre, è importante educare le persone su come proteggersi online, diffondere conoscenze sulle migliori pratiche di sicurezza digitale e promuovere la gentilezza e il rispetto nelle interazioni online.

Nel caso in cui qualcuno sia vittima di harassment online, è fondamentale segnalare l'incidente alle autorità competenti o alle piattaforme interessate e cercare supporto da parte di organizzazioni specializzate nella tutela delle vittime di harassment online. La solidarietà e il sostegno della comunità possono essere di grande aiuto per le vittime, fornendo un ambiente di supporto cui possono condividere le proprie esperienze e ricevere consigli su come affrontare la situazione.

Cyberbullismo

Il cyberbullismo è una forma specifica di harassment online che coinvolge l'atto di molestare, minacciare o umiliare qualcuno attraverso l'uso di mezzi digitali. Si manifesta attraverso comportamenti aggressivi, offensivi o intimidatori rivolti a una persona specifica, spesso ripetuti nel tempo. Questo tipo di bullismo può avere gravi conseguenze sulla vittima, causando danni emotivi, psicologici e sociali significativi.

Il cyberbullismo può assumere molte forme, tra cui l'invio di insulti, messaggi di odio o diffamatori. Le persone coinvolte nel cyberbullismo cercano di ferire, umiliare o denigrare le loro vittime attraverso l'uso di parole offensive, minacce o discriminazioni. Questo può accadere sui social media, nei gruppi di messaggistica o attraverso l'invio di email o commenti negativi su blog o forum. Il cyberbullismo può essere particolarmente dannoso in quanto i messaggi possono essere diffusi rapidamente e raggiungere un vasto pubblico, amplificando l'effetto negativo sull'individuo.

Un'altra forma comune di cyberbullismo è la divulgazione di informazioni personali o compromettenti senza il consenso della vittima. Questo può includere la pubblicazione non autorizzata di foto o video intimi, la divulgazione di indirizzi, numeri di telefono o altre informazioni private. Questo tipo di cyberbullismo mira a violare la privacy e a causare danni significativi alla reputazione e alla sicurezza della vittima.

La diffusione di false voci o informazioni fuorvianti è un'altra tattica utilizzata nel cyberbullismo. Le persone coinvolte possono creare storie inventate o diffondere informazioni errate su una persona al fine di danneggiare la sua reputazione. Questo può avere conseguenze emotive e sociali negative per la vittima, che può trovarsi nel bel mezzo di una campagna diffamatoria online.

Il cyberbullismo può avere gravi conseguenze per le vittime. Questo tipo di molestia può causare stress emotivo, ansia, depressione e isolamento sociale. Le vittime possono sperimentare un senso di vergogna, paura e impotenza, e potrebbero anche sviluppare problemi di autostima e fiducia in se stesse.

È fondamentale che le vittime di cercino supporto e assistenza da professionisti qualificati, amici fidati o organizzazioni specializzate nel supporto alle vittime di bullismo.

Per contrastarlo, è essenziale promuovere una cultura di rispetto, gentilezza e responsabilità online. Le piattaforme digitali devono adottare politiche rigorose contro il bullismo e fornire strumenti di segnalazione efficaci per gli utenti. È importante educare le persone, sia giovani che adulti, sui rischi e le conseguenze del cyberbullismo, promuovendo l'empatia, l'educazione digitale e l'importanza di relazioni sane e rispettose online. Ora, vedremo alcuni casi studio, non verranno utilizzati nomi per tutelare la privacy delle persone coinvolte.

- Insulti e minacce sui social media

  Una giovane studentessa di liceo, "L", ha subito un caso di cyberbullismo quando una compagna di classe ha iniziato a insultarla e a minacciarla attraverso i social media. La compagna di classe ha creato account falsi e ha pubblicato commenti diffamatori sulla pagina di" L", utilizzando parole offensive e umilianti. Questo ha causato un notevole stress emotivo a "L", che si è sentita umiliata e isolata. Ha subito anche una perdita di autostima e ha avuto difficoltà a concentrarsi a scuola. Fortunatamente, "L" ha avuto il coraggio di riferire l'incidente all'amministrazione scolastica, che ha intrapreso azioni disciplinari contro la compagna di classe e ha implementato programmi di sensibilizzazione sul cyberbullismo per prevenire futuri episodi.

- Divulgazione di informazioni private

Un professionista," M", ha subito un caso di cyberbullismo quando un ex collega ha diffuso informazioni personali sensibili su di lui online. L'ex collega ha condiviso informazioni confidenziali e false accuse su un blog e sui social media, danneggiando la reputazione e la carriera di "M". Questo ha creato un ambiente ostile e ha causato un impatto negativo sulla vita personale e professionale di" M". Per affrontare la situazione," M" ha raccolto prove dell'attacco online e ha presentato una denuncia legale contro l'ex collega per diffamazione. Ha inoltre cercato supporto da parte di professionisti del settore legale e ha lavorato per ripristinare la sua reputazione attraverso l'adozione di una strategia di comunicazione online positiva.

- Campagna di bullismo online

Una giovane adolescente, ha subito una campagna di cyberbullismo da parte di un gruppo di coetanei. Questi bulli hanno creato un gruppo su una piattaforma di messaggistica e hanno iniziato a inviare messaggi di odio e a diffondere false voci su di lei. Si è trovata nel bel mezzo di un diluvio di insulti, minacce e umiliazioni costanti. Questo ha avuto un impatto devastante sulla sua salute mentale e sul suo benessere emotivo. Fortunatamente, ha avuto il coraggio di riferire l'incidente ai suoi genitori e all'amministrazione scolastica. La scuola ha intrapreso azioni disciplinari contro i bulli e ha lavorato per creare un ambiente sicuro e rispettoso per tutti gli studenti. Inoltre, ha cercato supporto psicologico per affrontare le conseguenze emotive dell'esperienza di cyberbullismo.

Trolling

Il trolling è un comportamento diffuso online che coinvolge individui, noti come troll, che cercano di infastidire, irritare o provocare gli altri utenti attraverso commenti o post offensivi, sarcasmo, ironia o messaggi deliberatamente controversi. L'obiettivo principale dei troll è suscitare reazioni emotive e creare discordia e conflitti nelle comunità online.

I troll possono manifestarsi su diverse piattaforme, come forum, blog, social media o chat room. Utilizzano spesso uno pseudonimo o un account falso per mascherare la loro identità e per sentirsi al riparo da possibili conseguenze. I loro messaggi possono essere volutamente provocatori, pieni di insulti, accuse infondate o atteggiamenti discriminatori. Possono anche sfruttare i punti deboli delle persone, come l'aspetto fisico, l'etnia, l'orientamento sessuale o le convinzioni personali, per attaccarle e causare sofferenza emotiva.

Il trolling può avere conseguenze negative sulla vittima, che può sperimentare stress, ansia, umiliazione e isolamento sociale. Le reazioni emotive causate dal trolling possono influire sulla salute mentale e sul benessere complessivo della persona coinvolta. In alcuni casi estremi, il trolling può portare alla diffusione di false informazioni o alla divulgazione di dati personali sensibili, causando danni alla reputazioni e violazioni della privacy.

Esistono diverse strategie per affrontare il trolling e minimizzare i suoi effetti negativi. Una prima tattica può essere quella di ignorare i troll e non rispondere alle loro provocazioni. Spesso, i troll cercano solo l'attenzione e la reazione delle persone, quindi non fornire loro la soddisfazione di una risposta può ridurre l'incentivo a continuare il comportamento. Inoltre, è importante mantenere la calma e non lasciarsi coinvolgere emotivamente dalle provocazioni.

Un'altra strategia può essere quella di bloccare o segnalare i troll alle piattaforme interessate. Molte piattaforme digitali hanno meccanismi di segnalazione e strumenti per bloccare gli utenti problematici. Questo può aiutare a creare uno spazio più sicuro e rispettoso per gli utenti. Inoltre, è importante promuovere una cultura di rispetto e gentilezza online. Educare le persone sulle conseguenze negative del trolling e sulla responsabilità di mantenere un ambiente virtuale sano può contribuire a prevenire e contrastare questo tipo di comportamento. Promuovere la consapevolezza e l'educazione digitale, incoraggiare il dialogo costruttivo e diffondere il rispetto reciproco possono contribuire a creare comunità online più positive e inclusive.

Infine, è fondamentale che le vittime di trolling cercino supporto da parte di amici, familiari o professionisti qualificati. Condividere l'esperienza con persone fidate può aiutare a sfogarsi e a ottenere sostegno emotivo. In alcuni casi gravi, può essere necessario coinvolgere le autorità competenti per affrontare situazioni di trolling che violano la legge.

- Caso 1: Insulti e provocazioni su un forum di discussione

"S", una giovane appassionata di videogiochi, ha deciso di partecipare a un forum online dedicato al suo gioco preferito. Tuttavia, si è presto resa conto che il forum era infestato da troll che prendevano di mira i nuovi membri. Un troll in particolare ha iniziato a insultare e provocare" S", criticando il suo livello di abilità nel gioco e facendo commenti denigratori sulla sua identità di genere. Questo ha avuto un impatto negativo sulla fiducia di "S" e sulla sua partecipazione attiva nel forum. Fortunatamente," S" ha deciso di segnalare l'account del troll agli amministratori del forum, che hanno preso provvedimenti per bandire l'utente problematico e creare regole più stringenti per prevenire il trolling.

- Caso 2: Comportamento provocatorio su un social media

"M", un giovane giornalista, ha iniziato a subire un caso di trolling sul suo account di Twitter dopo aver pubblicato un articolo critico su un argomento controverso. Diversi utenti anonimi hanno iniziato a inviargli messaggi di odio, insultandolo e minacciandolo. Questo ha creato un clima di tensione e paura per "M", che ha subito un attacco alla sua integrità professionale. Per far fronte alla situazione, Marco ha deciso di bloccare gli utenti problematici e di documentare le prove dell'harassment per eventuali azioni legali. Ha anche cercato supporto dalla sua rete di colleghi e amici, che lo hanno sostenuto emotivamente e hanno contribuito a diffondere consapevolezza sul problema del trolling.

- Caso di 3: Diffusione di informazioni false su una piattaforma di messaggistica

"F", una giovane insegnante, è diventata vittima di trolling quando un ex studente ha iniziato a diffondere informazioni false su di lei su una piattaforma di messaggistica utilizzata dalla comunità scolastica. L'ex studente ha creato una campagna diffamatoria, pubblicando accuse infondate e denigratorie sulla reputazione e sul lavoro di "F". Questo ha causato notevoli danni emotivi a Laura, che ha subito stress e ansia. Tuttavia, "F" ha deciso di raccogliere prove dell'harassment e ha presentato una denuncia formale all'amministrazione scolastica. L'amministrazione ha collaborato con "F" per individuare l'aggressore e intraprendere azioni disciplinari. Inoltre, "F" ha cercato supporto da parte di un consulente psicologico per affrontare gli effetti negativi dell'incidente e ha lavorato per ripristinare la sua reputazione attraverso una comunicazione trasparente con i suoi colleghi e la comunità scolastica.

Diffamazione

La diffamazione è un comportamento dannoso e illegale che può avere gravi conseguenze sulla reputazione e sulla vita di una persona. Attraverso la diffusione di informazioni false e dannose, l'aggressore mira a danneggiare la reputazione della vittima e a influenzare negativamente la sua immagine pubblica. La diffamazione può avvenire sia offline che online, ma con l'avvento della tecnologia e dei social media, il problema si è amplificato e diffuso a livello globale.

Un esempio di diffamazione online potrebbe essere la creazione di un falso profilo social o di un sito web dedicato a diffamare una persona, pubblicando informazioni false o diffamatorie su di lei. Questo può includere la divulgazione di false accuse, il coinvolgimento in attività illegali o immoralità, o la manipolazione di foto o video per creare un'immagine distorta della persona. La diffamazione online può diffondersi rapidamente e raggiungere un vasto pubblico, causando danni significativi alla reputazione e alla vita personale e professionale della vittima.

La diffamazione offline può manifestarsi attraverso la diffusione di pettegolezzi o voci false su una persona all'interno di una comunità o di un gruppo di persone. Questo può avvenire in ambito lavorativo, scolastico o sociale, e può causare danni alla reputazione e isolamento sociale per la vittima. Ad esempio, qualcuno potrebbe diffondere notizie false su un collega al lavoro, accusandolo di comportamenti non professionali o illegali, con l'obiettivo di danneggiare la sua carriera o la sua reputazione all'interno dell'organizzazione.

Le conseguenze della diffamazione possono essere devastanti per le vittime. Possono subire danni emotivi significativi, come ansia, depressione e isolamento sociale. Inoltre, la diffamazione può avere ripercussioni sulle opportunità lavorative, sulle relazioni personali e sulla qualità della vita complessiva della persona colpita. È importante che le vittime di diffamazione cercino il supporto di avvocati specializzati nel campo della diffamazione per valutare le opzioni legali disponibili per proteggere i loro diritti e ripristinare la loro reputazione.

Per prevenire e contrastare la diffamazione, è fondamentale promuovere l'educazione e la consapevolezza sul tema. Le persone dovrebbero essere educate sui danni causati dalla diffamazione e sull'importanza di rispettare la dignità e la reputazione degli altri. Inoltre, è necessario incoraggiare una cultura online e offline basata sul rispetto reciproco, dove la diffamazione e le informazioni false non vengono tollerate. Le piattaforme online e le organizzazioni dovrebbero adottare politiche e procedure per affrontare la diffamazione e fornire supporto alle vittime.

- Caso studio 1: Diffamazione online
  "G" è una giovane blogger di successo che ha guadagnato una vasta base di follower sui social media grazie al suo talento nel campo del makeup. Un giorno, un altro utente dei social media, "P", inizia a diffondere informazioni false su "G", attraverso commenti offensivi sui suoi post. "P" afferma che "G" ha rubato dei prodotti cosmetici da un negozio e che utilizza ingredienti dannosi nelle sue ricette di trucco. Queste accuse false iniziano a diffondersi rapidamente tra i follower di "G", causando un'immediata caduta della sua reputazione e una diminuzione delle opportunità lavorative. "G" scopre che "P" sta diffamando intenzionalmente il suo nome e decide di intraprendere azioni legali per ripristinare la sua reputazione e far cessare l'harassment online.

- Caso studio 2: Diffamazione offline
  "M" è un giovane imprenditore che ha appena aperto un nuovo ristorante in città. Il suo ristorante è diventato molto popolare grazie alla sua cucina di alta qualità e al servizio eccellente. Tuttavia, un concorrente geloso inizia a diffondere pettegolezzi negativi su "M", sostenendo che il suo ristorante utilizza ingredienti di scarsa qualità e che l'igiene è scadente. Questi pettegolezzi si diffondono rapidamente tra i membri della comunità, causando

dubbi sulla reputazione di "M" e facendo diminuire il flusso di clienti nel suo ristorante. "M" decide di affrontare la situazione in modo proattivo, organizzando una serata a porte aperte per invitare i membri della comunità a sperimentare personalmente la qualità del suo ristorante e a dissipare i dubbi causati dalla diffamazione.

- Caso studio 3: Diffamazione online e offline
  "A" è una studentessa universitaria impegnata e rispettata nella sua comunità. Tuttavia, un gruppo di suoi compagni di classe inizia a diffondere informazioni false su di lei, creando un profilo falso sui social media e pubblicando contenuti diffamatori su di lei. Questi contenuti comprendono accuse inventate di plagio e comportamenti non etici. Allo stesso tempo, alcuni di questi compagni di classe iniziano anche a diffondere pettegolezzi negativi sul conto di "A" all'interno del campus universitario. "A" si sente profondamente ferita e isolata a causa della diffamazione e decide di raccogliere prove dell'harassment e di presentarle all'amministrazione universitaria. Grazie alla sua determinazione e alle prove presentate, l'università intraprende azioni disciplinari nei confronti dei responsabili e fornisce supporto a Anna per ripristinare la sua reputazione all'interno del campus.

Hate speech

Il hate speech, o discorso di odio, rappresenta un grave problema nell'ambito delle comunicazioni online. Si tratta di espressioni verbali o scritte che diffondono messaggi di odio, discriminazione o intolleranza nei confronti di gruppi o individui sulla base di caratteristiche come la razza, l'etnia, la religione, l'orientamento sessuale o l'identità di genere. Questo tipo di linguaggio è dannoso e può causare gravi conseguenze emotive e psicologiche per le persone colpite.

Il hate speech crea un clima di odio, paura e divisione nella società, alimentando il pregiudizio e la discriminazione. Può avere un impatto devastante sul benessere emotivo e mentale delle persone, causando ansia, depressione, isolamento sociale e riduzione dell'autostima. Inoltre, il hate speech può portare a episodi di bullismo, violenza o persecuzione nei confronti dei gruppi bersaglio.

È fondamentale combattere il hate speech e promuovere un ambiente online sicuro e inclusivo. Ciò richiede l'impegno di tutti gli individui, delle piattaforme online, delle organizzazioni e delle istituzioni. Alcune strategie per contrastare il hate speech includono:

Sensibilizzazione e educazione: È importante promuovere la consapevolezza sui danni del hate speech e l'importanza del rispetto, dell'inclusione e della diversità. Offrire educazione sulle conseguenze del discorso di odio e sulle alternative per una comunicazione rispettosa e inclusiva può aiutare a prevenire e contrastare il hate speech.

1) Segnalazione e rimozione: Le piattaforme online devono impegnarsi nella revisione e nella rimozione tempestiva dei contenuti che violano le politiche contro il hate speech. È essenziale incoraggiare gli utenti a segnalare i contenuti offensivi in modo che possano essere rimossi e affrontati adeguatamente.

2) Promuovere il dialogo e la comprensione reciproca: Incentivare il dialogo aperto e costruttivo tra individui di diverse origini e punti di vista può contribuire a contrastare il hate speech. Promuovere la comprensione reciproca e il rispetto delle differenze può ridurre le tensioni e favorire la coesione sociale.

3) Sostenere le vittime: Le persone colpite dal hate speech hanno bisogno di sostegno e solidarietà. Offrire supporto emotivo e risorse alle vittime può aiutarle a superare gli effetti negativi del discorso di odio e a ricostruire la fiducia in sé stesse.

4) Collaborazione tra piattaforme e organizzazioni: Le piattaforme online devono collaborare con organizzazioni e istituzioni per sviluppare politiche e strumenti più efficaci per contrastare il hate speech. Questo può includere algoritmi di rilevamento automatico, moderazione dei contenuti e formazione degli utenti sull'uso responsabile delle piattaforme.

5) Responsabilità individuale: Ogni individuo ha la responsabilità di utilizzare le proprie parole e le proprie azioni online in modo responsabile e rispettoso. Praticare l'autodisciplina e l'autocensura, evitare l'uso di linguaggio offensivo e promuovere un clima di rispetto e tolleranza può contribuire a contrastare il hate speech.

Combatterlo richiede un impegno collettivo e costante. È importante lavorare insieme per creare un ambiente online in cui tutti possano esprimere le proprie opinioni in modo rispettoso e sicuro, senza promuovere odio, discriminazione o intolleranza.

- Caso studio 1: In un forum online dedicato al dibattito politico, un utente inizia a diffondere discorsi di odio e a denigrare i membri di un determinato gruppo etnico. Questi commenti sono offensivi e razzisti, creando un clima di tensione e discriminazione all'interno della comunità online. Gli altri utenti si sentono minacciati e preoccupati per la sicurezza del gruppo etnico in questione. Grazie all'immediata segnalazione degli utenti colpiti e di altri membri della comunità, i moderatori del forum agiscono rapidamente, rimuovendo i commenti offensivi e sospendendo l'utente responsabile. Inoltre, viene pubblicato un chiaro messaggio sulla politica del forum contro il hate speech, incoraggiando la discussione costruttiva e il rispetto reciproco.

- Caso studio 2: Su una piattaforma di social media, una giovane donna inizia a subire harassment online da parte di un utente anonimo. Questa persona invia messaggi offensivi, minacce e insulti costanti alla donna, creando un ambiente di paura e ansia. La donna decide di raccogliere tutte le prove dell'harassment, come screenshot dei messaggi e registrazioni audio, e si rivolge alle autorità competenti, segnalando l'incidente e fornendo loro tutte le informazioni necessarie. Le autorità iniziano un'indagine e riescono a identificare l'aggressore. Grazie alla denuncia e all'intervento delle autorità, l'utente anonimo viene perseguito legalmente e viene imposto un ordine restrittivo per proteggere la donna da ulteriori molestie.

- Caso studio 3: In un ambiente di lavoro, un dipendente è costantemente oggetto di harassment emotivo da parte di un superiore. Questa persona utilizza commenti sprezzanti, sarcasmo e umiliazioni per minare la fiducia e l'autostima del dipendente. Il dipendente decide di parlare con un consulente interno delle risorse umane, che lo supporta e lo guida nel processo di segnalazione dell'harassment alla direzione aziendale. L'azienda avvia un'indagine interna approfondita e prende misure disciplinari contro il superiore responsabile. Inoltre, l'azienda implementa politiche di tolleranza zero per l'harassment e offre programmi di formazione sul rispetto e sulla gestione delle relazioni interpersonali, al fine di prevenire futuri casi di harassment e promuovere un ambiente di lavoro sano e inclusivo.

Stalking

Lo stalking è un comportamento invasivo e perseguitante che coinvolge la persecuzione sistematica di un individuo da parte di un'altra persona. È un fenomeno preoccupante e inquietante che può causare notevoli danni psicologici, emotivi e fisici alla vittima. Lo stalking può avvenire sia online che offline e può coinvolgere singoli individui, ex partner o anche sconosciuti.

Lo stalking offline si riferisce a situazioni in cui una persona viene perseguitata e molesta fisicamente nella vita reale. Questo comportamento può includere la sorveglianza costante, la seguente e l'osservazione dell'individuo, l'invio di regali indesiderati, il vandalismo o l'accesso non autorizzato alla proprietà della vittima, le minacce verbali o fisiche e altre forme di molestie fisiche.

Lo stalking offline può causare gravi danni alla vittima, tra cui ansia, paura costante, stress emotivo, disturbi del sonno, depressione e isolamento sociale. La vittima può sentirsi costantemente in pericolo e vivere con il timore di essere attaccata o ferita dall'aggressore. Questo tipo di stalking può avere un impatto significativo sulla qualità della vita della vittima, limitando le sue attività quotidiane e le sue relazioni sociali.

Per affrontare lo stalking offline, è fondamentale che la vittima cerchi immediatamente aiuto e supporto. È importante denunciare l'incidente alle autorità competenti, come la polizia, che può avviare un'indagine e prendere le misure necessarie per proteggere la vittima. Le vittime possono anche cercare assistenza legale per ottenere ordini restrittivi o di protezione che impediscano all'aggressore di avvicinarsi o di contattarle.

È importante che le vittime di stalking offline prendano precauzioni per garantire la propria sicurezza. Questo può includere l'installazione di sistemi di sicurezza a casa, come telecamere di sorveglianza, l'informazione dei vicini di casa sulla situazione e evitare luoghi o situazioni in cui l'aggressore potrebbe cercare di avvicinarsi alla vittima.

Inoltre, le vittime di stalking offline possono cercare il sostegno di organizzazioni specializzate nella tutela delle vittime di stalking, che offrono consulenza, sostegno emotivo e informazioni su come affrontare il problema. Queste organizzazioni possono anche fornire consigli sulla sicurezza personale e connettere le vittime con risorse legali e sociali adeguate.

La prevenzione dello stalking offline richiede una combinazione di consapevolezza personale e interventi a livello sociale. È importante che le persone siano consapevoli dei propri diritti e delle leggi che proteggono le vittime di stalking. È fondamentale anche educare la società sullo stalking offline, aumentando la consapevolezza sui danni che può causare e sull'importanza di prevenire e affrontare questo tipo di comportamento.

Lo stalking online è un fenomeno sempre più diffuso nella società digitale in cui viviamo. Si verifica quando una persona viene costantemente monitorata, seguita e molestata online senza il suo consenso. Questo tipo di stalking può accadere su diverse piattaforme digitali, tra cui social media, forum, chat, e-mail o applicazioni di messaggistica istantanea.

Le forme di stalking online possono variare, ma spesso includono l'invio ripetuto di messaggi indesiderati, commenti offensivi o minacciosi, la raccolta di informazioni personali, la creazione di account falsi per monitorare o interagire con la vittima e l'esposizione della vittima a contenuti dannosi o diffamatori. Il stalking online può causare gravi danni emotivi, psicologici e sociali alla vittima, portandola a vivere con paura, ansia e stress costanti.

Una delle sfide principali dello stalking online è la sua natura pervasiva e pervasiva. Poiché la maggior parte delle nostre attività si svolge online, è facile per gli aggressori accedere e monitorare la vita digitale delle vittime. Questo può causare una sensazione di intrusione e violazione della privacy, impedendo alla vittima di sentirsi al sicuro nel proprio spazio digitale.

Per affrontare lo stalking online, è fondamentale che la vittima cerchi aiuto e supporto. Denunciare l'incidente alle autorità competenti, come la polizia o le autorità informatiche, può essere un primo passo importante per avviare un'indagine e prendere misure per proteggere la vittima. È anche consigliabile raccogliere tutte le prove possibili, come screenshot di messaggi o attività sospette, per sostenere la denuncia.

Le vittime di stalking online possono cercare il supporto di organizzazioni specializzate nella tutela delle vittime di cyberstalking. Queste organizzazioni offrono consulenza, sostegno emotivo e informazioni sulle opzioni disponibili per proteggere la propria sicurezza online. Possono anche fornire consigli sulla sicurezza digitale, come la gestione delle impostazioni di privacy sui social media, l'utilizzo di password robuste e l'evitare di condividere informazioni personali con sconosciuti online.

La prevenzione dello stalking online richiede una combinazione di consapevolezza, educazione e utilizzo sicuro delle piattaforme digitali. È importante che le persone siano consapevoli dei rischi e delle potenziali minacce online. Devono essere prudenti nella condivisione di informazioni personali e sensibili e devono essere consapevoli delle impostazioni di privacy e sicurezza offerte dalle piattaforme online che utilizzano

- Caso Studio 1: Stalking Online
  La vittima, chiamata Sarah, ha iniziato a ricevere messaggi e commenti minacciosi da un account anonimo sui social media. Questi messaggi contenevano insulti, minacce e diffamazione. Sarah si è sentita terrorizzata e non sapeva cosa fare. Ha deciso di prendere in mano la situazione e ha seguito i seguenti passi per risolvere il problema:

  1) Raccolta di prove: Sarah ha salvato tutti i messaggi minacciosi e gli screenshot dei commenti offensivi ricevuti. Queste prove sarebbero state utili quando avrebbe denunciato l'incidente.

2) Denuncia alle autorità competenti: Sarah ha denunciato l'incidente alla polizia, fornendo loro tutte le prove raccolte. Le autorità hanno avviato un'indagine sull'account anonimo e hanno preso le misure necessarie per proteggere la vittima.

3) Assistenza legale: Sarah ha cercato assistenza legale per ottenere un ordine restrittivo contro l'aggressore. L'ordine restrittivo ha impedito all'aggressore di avvicinarsi o di contattare Sarah in qualsiasi modo.

4) Supporto delle organizzazioni specializzate: Sarah ha cercato il sostegno di organizzazioni specializzate nella tutela delle vittime di stalking online. Queste organizzazioni le hanno fornito consulenza emotiva, supporto legale e informazioni sulle misure di sicurezza online.

5) Modifiche alle impostazioni di privacy: Sarah ha rivisto le impostazioni di privacy sui suoi account sui social media per limitare l'accesso ai suoi contenuti solo alle persone fidate. Ha anche evitato di accettare richieste di amicizia o seguire persone sconosciute.

6) Consapevolezza e prevenzione: Sarah ha partecipato a workshop e seminari sulla sicurezza online per aumentare la sua consapevolezza sui rischi e le minacce online. Ha imparato a riconoscere segnali di stalking e a proteggere la sua sicurezza digitale.

Risultato: Grazie alla denuncia alle autorità, all'assistenza legale e al sostegno delle organizzazioni specializzate, l'aggressore è stato individuato e perseguito legalmente. L'ordine restrittivo ha impedito all'aggressore di avvicinarsi a Sarah, e con l'adozione delle misure di sicurezza online adeguate, Sarah ha potuto ripristinare un senso di sicurezza e protezione nella sua vita digitale.

- Caso Studio 2: Stalking Offline

La vittima, chiamata Emma, ha iniziato a ricevere telefonate ripetute e minacciose da un numero sconosciuto. L'aggressore la seguiva anche da vicino quando era fuori casa, rendendo Emma molto spaventata e ansiosa. Emma ha deciso di agire per risolvere il problema.

1) Segnalazione alle autorità: Emma ha denunciato l'incidente alla polizia, fornendo loro una descrizione dettagliata dell'aggressore e delle situazioni di stalking che ha subito. Le autorità hanno preso sul serio la sua denuncia e hanno avviato un'indagine.
2) Sicurezza personale: Emma ha preso precauzioni per garantire la sua sicurezza personale. Ha installato sistemi di sicurezza nella sua casa, come telecamere di sorveglianza, e ha comunicato la situazione ai vicini di casa affinché fossero vigili e pronti a segnalare comportamenti sospetti.
3) Supporto sociale: Emma ha cercato supporto dagli amici, dalla famiglia e da organizzazioni specializzate nella tutela delle vittime di stalking. Ha condiviso la sua esperienza con persone fidate che l'hanno sostenuta emotivamente e le hanno offerto un ambiente sicuro.

4) Ordine restrittivo: Emma ha cercato assistenza legale per ottenere un ordine restrittivo contro l'aggressore. Questo ha permesso di stabilire una distanza legale tra Emma e l'aggressore, impedendogli di avvicinarsi o molestarla.

5) Cambio delle routine: Emma ha apportato modifiche alle sue routine quotidiane per evitare luoghi e situazioni in cui l'aggressore poteva facilmente seguirla. Ha preso percorsi alternativi, ha evitato di andare da sola in luoghi isolati e ha condiviso i suoi spostamenti con persone di fiducia.

6) Supporto delle autorità: Emma ha mantenuto un dialogo costante con le autorità, fornendo loro informazioni aggiornate su qualsiasi evento o avvistamento dell'aggressore. Ciò ha aiutato le autorità a raccogliere prove e adottare ulteriori misure di sicurezza.

Risultato: Grazie alla denuncia alle autorità, all'assistenza legale e al supporto sociale, Emma è stata in grado di ottenere un ordine restrittivo contro l'aggressore e ha preso misure per proteggere la sua sicurezza personale. La sua determinazione nel cercare aiuto e la sua prontezza nel prendere precauzioni hanno contribuito a risolvere il problema dello stalking offline e a ristabilire il suo senso di sicurezza e benessere.

Capitolo 8: Resilienza Verbale: Sconfiggere la Violenza con le Parole

In un mondo in cui le parole possono essere utilizzate come armi tanto quanto i pugni, comprendere e affrontare la violenza verbale è una necessità fondamentale. In questo capitolo, esploreremo come le donne possono trasformare questo tipo di violenza in un'opportunità di crescita e resistenza.

La violenza verbale è un fenomeno subdolo che può presentarsi in diverse forme e contesti, dalle relazioni personali, all'ambiente di lavoro, ai social media. Spesso, queste aggressioni verbali possono essere tanto devastanti, se non di più, quanto la violenza fisica, erodendo la nostra autostima, il nostro senso di sicurezza e la nostra felicità.

Tuttavia, armate di comprensione, consapevolezza e le giuste strategie, le donne possono sviluppare una resilienza verbale, cioè la capacità di resistere, rispondere e persino trionfare di fronte alla violenza verbale. La resilienza verbale può essere definita come la capacità di resistere e rispondere efficacemente alla violenza verbale o a un linguaggio aggressivo.

Non si tratta semplicemente di sopportare passivamente un trattamento abusivo, ma piuttosto di sviluppare la forza e le competenze per affrontare e contraddire in modo efficace comportamenti comunicativi dannosi. Questa resilienza può aiutare a prevenire o ridurre il danno psicologico e emotivo che può derivare dalla violenza verbale, consentendo alla persona di mantenere la propria autostima e dignità, promuovendo una comunicazione più sana.

Comprendere la violenza verbale è un passo importante per promuovere relazioni sane e una comunicazione rispettosa. La violenza verbale si riferisce a comportamenti comunicativi dannosi che possono causare danno emotivo e psicologico alla persona che ne è vittima. È importante sottolineare che la violenza verbale può essere altrettanto dannosa e dolorosa della violenza fisica.

La violenza verbale può manifestarsi in diverse forme e può variare in intensità. Ecco alcuni esempi di comportamenti che rientrano nella categoria della violenza verbale:

1) Gli insulti e le umiliazioni sono forme comuni di violenza verbale che possono causare danni significativi all'autostima e alla fiducia di una persona. Questi comportamenti comunicativi negativi mirano a denigrare e svalutare l'altro individuo, provocando dolore emotivo e creando un senso di inferiorità. Gli insulti possono includere l'uso di parole offensive o dispregiative per descrivere l'aspetto fisico, le capacità intellettuali, le caratteristiche personali o gli interessi di una persona. Questo tipo di linguaggio può essere estremamente dannoso, poiché attacca direttamente l'identità e l'autostima della vittima. Gli insulti possono essere rivolti in pubblico o in privato, ma in entrambi i casi causano dolore e umiliazione. L'uso del sarcasmo è un altro comportamento che rientra nella categoria degli insulti e delle umiliazioni. Il sarcasmo consiste nell'usare un tono ironico o beffardo per sminuire o ridicolizzare l'altra persona. Anche se può sembrare innocuo o scherzoso per chi lo utilizza, il sarcasmo può ferire profondamente le

persone che ne sono oggetto, facendole sentire svalutate e non rispettate. La derisione è un comportamento che mira a prendere in giro o a deridere una persona. Questo può includere commenti schernitori, risate a spese dell'altro individuo o la creazione di soprannomi umilianti. La derisione può avere conseguenze devastanti sull'autostima e sul benessere emotivo di una persona, creando un ambiente di umiliazione e isolamento. Le umiliazioni dirette verso un'altra persona sono un comportamento estremamente dannoso. Queste possono assumere forme diverse, come insultare o denigrare l'aspetto fisico, i successi personali o le relazioni interpersonali di una persona. L'umiliazione può essere perpetrata sia in privato che in pubblico, ma in entrambi i casi lascia un segno profondo sulla vittima, minando la sua fiducia e la sua percezione di sé. È importante comprendere che gli insulti e le umiliazioni non sono accettabili in alcun contesto o relazione. Questi comportamenti sono segni di mancanza di rispetto e possono danneggiare gravemente il benessere emotivo e psicologico di una persona. Affrontare la violenza verbale richiede l'impostazione di confini chiari, la promozione di una comunicazione rispettosa e l'assunzione di responsabilità individuale per le proprie parole e azioni.

2) Le minacce e le intimidazioni sono forme di violenza verbale che coinvolgono l'uso di parole o toni minacciosi, aggressivi o intimidatori. Questi comportamenti comunicativi negativi mirano a creare un senso di paura, insicurezza e dominanza nell'altra persona. Le minacce possono essere esplicite, come la promessa di causare danni fisici o psicologici, o implicite, come l'uso di

linguaggio intimidatorio o aggressivo. Le minacce possono variare dalla minaccia di violenza fisica alla minaccia di danneggiare la reputazione o la carriera di una persona. Possono essere rivolte sia in modo diretto che indiretto, ma in entrambi i casi causano un impatto significativo sulla vittima. Le minacce possono creare un clima di paura e tensione costante nella vita della persona, limitando la sua libertà e il suo benessere emotivo. Le intimidazioni possono assumere diverse forme, come l'uso di linguaggio violento o aggressivo, il tono di voce minaccioso, la postura dominante o la creazione di un ambiente ostile. L'obiettivo dell'intimidazione è quello di far sentire l'altra persona impotente e sottomessa, creando un senso di inferiorità e di paura. Questo comportamento può causare danni psicologici significativi, tra cui ansia, depressione, bassa autostima e disturbi post-traumatici da stress.

3) La manipolazione verbale è un altro aspetto della violenza verbale che coinvolge l'uso di parole o tattiche per controllare o influenzare le azioni, le decisioni o le emozioni di un'altra persona. Questo comportamento manipolativo può essere sottile e subdolo, rendendo difficile per la vittima rendersi conto di essere oggetto di manipolazione. La manipolazione verbale può essere usata per ottenere vantaggi personali, esercitare il potere e il controllo sugli altri, o per sabotare le relazioni e la sicurezza emotiva delle persone coinvolte. La manipolazione verbale può assumere molte forme. Una di queste è la distorsione della verità, in cui il manipolatore altera i fatti o la realtà per manipolare la percezione della vittima. Questo può includere la

manipolazione delle informazioni, la presentazione selettiva di dati o l'omissione di informazioni rilevanti per ottenere un vantaggio personale. La vittima può essere portata a credere cose che non sono vere o a dubitare della propria percezione della realtà. Un'altra forma di manipolazione verbale è il gioco psicologico, in cui il manipolatore utilizza tattiche come la colpa, la vergogna, il silenzio, il sospetto o l'isolamento per controllare e manipolare le emozioni e il comportamento della vittima. Queste tattiche possono danneggiare l'autostima e la sicurezza emotiva della persona, facendole sentire impotenti, confusi e incapaci di prendere decisioni autonome. La manipolazione verbale può danneggiare le relazioni e la salute emotiva di una persona in vari modi. Può creare un clima di insicurezza, ansia e paura nella vittima, impedendole di esprimere le proprie opinioni e sentimenti in modo libero e aperto. La manipolazione può minare la fiducia e la stabilità delle relazioni, portando a dinamiche tossiche e dannose. Può anche causare danni psicologici significativi, tra cui depressione, ansia, stress cronico e disturbi dell'umore.

4) Gli atti di gridi e urla rappresentano una forma di violenza verbale in cui una persona usa un tono di voce elevato, aggressivo e fuori controllo per comunicare con gli altri. Questo comportamento può essere molto spaventoso e dannoso per le persone coinvolte, creando un ambiente emotivamente insicuro e instabile. Quando una persona grida o urla, il suo intento può essere quello di intimidire, controllare o dominare gli altri. Questo tipo di violenza verbale può causare molteplici danni emotivi e psicologici sia alla vittima che all'aggressore stesso. Per la vittima,

l'esperienza di essere urlata può causare sentimenti di paura, insicurezza e umiliazione. Può far emergere sensazioni di impotenza, ridurre l'autostima e minare la fiducia nelle proprie capacità. Inoltre, gli atti di gridi e urla possono portare a un clima di tensione e conflitto costante nelle relazioni, creando un ambiente poco sano e tossico. È importante riconoscere che gli atti di gridi e urla non sono una forma accettabile di comunicazione. Essi violano il rispetto e la dignità delle persone coinvolte e possono danneggiare profondamente il benessere emotivo e psicologico di tutti coloro che sono esposti a questa forma di violenza verbale. Per affrontare gli atti di gridi e urla, è fondamentale adottare strategie che promuovano una comunicazione sana e rispettosa. Ciò può includere l'impostazione di confini chiari e il rifiuto di partecipare a dinamiche di comunicazione abusive. È importante comunicare in modo assertivo, esprimendo i propri sentimenti e bisogni in modo calmo e rispettoso. Lavorare sulla gestione delle emozioni può essere utile per evitare reazioni impulsive e cercare soluzioni pacifiche e costruttive ai conflitti.

5) Il silenziamento e l'ostracismo rappresentano forme subdole ma potenti di violenza verbale. Queste comportano l'esclusione e l'ignoranza di una persona attraverso il linguaggio non verbale o il rifiuto di comunicare con essa. Questi atti possono essere altrettanto dannosi e dolorosi per la vittima, influenzando negativamente la sua salute emotiva e psicologica. Il silenziamento può manifestarsi in diverse forme, come l'ignorare deliberatamente la presenza o le opinioni di una persona, il rifiuto di ascoltare o rispondere alle sue

comunicazioni, o il sottinteso che la sua voce e le sue opinioni non abbiano valore o importanza. Questo comportamento comunica un messaggio di disprezzo e svalutazione, lasciando la persona silenziata a sentirsi invisibile, isolata e impotente. Può minare la sua autostima e la fiducia nelle proprie capacità di comunicazione e partecipazione nelle relazioni. L'ostracismo, d'altra parte, implica l'esclusione attiva di una persona da gruppi sociali o attività, creando un senso di isolamento e alienazione. Questo può avvenire attraverso il rifiuto di includere una persona nelle conversazioni, nelle decisioni o nelle attività di gruppo, o attraverso il negare intenzionalmente la sua partecipazione sociale. L'ostracismo può avere gravi conseguenze psicologiche, causando sensazioni di solitudine, depressione, ansia e bassa autostima. Può creare una profonda sofferenza emotiva e danneggiare le relazioni interpersonali. È importante riconoscere che il silenziamento e l'ostracismo sono forme di violenza verbale che violano la dignità e i diritti delle persone coinvolte. Questi comportamenti creano un ambiente di comunicazione malsano e dannoso, in cui la voce e l'autenticità delle persone vengono negate o ignorate. Questo può avere un impatto significativo sulla salute mentale e sul benessere delle vittime, portando a sentimenti di impotenza, isolamento, rabbia e disperazione.

La violenza verbale può anche avere conseguenze a lungo termine sulla capacità di una persona di costruire e mantenere relazioni sane. Può rendere difficile per la vittima stabilire legami di fiducia e intimità con gli altri, poiché può sviluppare una paura di essere giudicati o feriti.

L'esposizione continua alla violenza verbale può causare un aumento dello stress e dell'ansia, che a sua volta può avere un impatto negativo sulla salute fisica di una persona. L'elevato stress e l'ansia possono scatenare mal di testa frequenti o persistenti. La tensione muscolare e l'aumento della pressione sanguigna causati dallo stress possono contribuire ai mal di testa tensione.

L'ansia costante e il disagio emotivo causati dalla violenza verbale possono interferire con il sonno. Le persone possono avere difficoltà ad addormentarsi, svegliarsi frequentemente durante la notte o soffrire di sonno non rigenerante. Questa mancanza di riposo può avere un impatto sulla salute generale e sulla qualità della vita.

L'ansia e lo stress cronico possono causare tensione muscolare, in particolare nella zona del collo, delle spalle e della schiena. Questa tensione può portare a dolori muscolari, rigidità e disagio generale.

Lo stress può influenzare il sistema digestivo, causando problemi come disturbi dello stomaco, dolore addominale, bruciore di stomaco e diarrea. Questi disturbi possono essere il risultato della risposta del corpo allo stress e all'ansia.

L'esposizione costante alla violenza verbale può causare affaticamento mentale ed emotivo. La costante preoccupazione, l'ansia e l'ipervigilanza possono esaurire le risorse energetiche di una persona, lasciandola esausta e spossata.

La violenza verbale può influenzare significativamente il comportamento di una persona che ne è vittima. Questi cambiamenti possono essere una diretta conseguenza del trauma emotivo causato dalla violenza verbale e possono avere un impatto negativo sulla qualità della vita e sulle relazioni personali. Alcuni dei cambiamenti comportamentali che possono manifestarsi includono:

Le donne che hanno subito violenza verbale possono diventare ipervigili rispetto al modo in cui vengono trattate dagli altri. Sono costantemente in allerta e cercano segnali di un possibile attacco verbale o di una minaccia alla propria sicurezza emotiva. Questa costante ipervigilanza può causare una grande tensione e stress nella persona coinvolta.

Le donne possono diventare molto sensibili e reagire in modo esagerato a situazioni o commenti innocenti. La loro tolleranza per le critiche o le osservazioni negative può diminuire e possono manifestare irritabilità o rabbia intensa in risposta a queste situazioni.

Possono reprimere la propria rabbia e frustrazione. Sono preoccupate di reagire in modo eccessivo o di scatenare ulteriori abusi verbali, quindi tengono le loro emozioni dentro di sé. Questa rabbia repressa può manifestarsi in modi indiretti, come il sabotaggio delle relazioni o la manifestazione di comportamenti autodistruttivi.

A causa della paura di ulteriori abusi verbali, le persone che hanno subito violenza verbale possono evitare i conflitti o le situazioni in cui si prevede che possano sorgere discussioni intense. Possono ritirarsi e non esprimere i propri sentimenti o punti di vista per paura delle conseguenze negative. Questa evitazione dei conflitti può impedire una comunicazione aperta e autentica nelle relazioni.

La violenza verbale può avere un impatto significativo sulle relazioni personali, creando una frattura nella fiducia e nella comunicazione. Le parole violente possono essere estremamente dannose e possono minare la sicurezza e la stabilità di una relazione. Può distruggere la fiducia tra le persone coinvolte. Le parole offensive, le offese personali e l'umiliazione possono far sentire una persona attaccata nel punto più vulnerabile. Questo può portare a una perdita di fiducia nella donna e nella solidità della relazione.

Può creare un ambiente in cui le donne si sentono insicure nel condividere i propri pensieri, sentimenti e preoccupazioni. La paura di essere giudicate o attaccate può portare alla chiusura e alla mancanza di comunicazione aperta e sincera. Questa mancanza di comunicazione può danneggiare la connessione emotiva e impedire la risoluzione dei conflitti.

Le costanti critiche e l'umiliazione possono far sentire indegna o non amata. Questo può portare a una percezione distorta di sé stessa e alla tendenza a rimanere in relazioni malsane o abusanti.

Può creare un ambiente emotivamente tossico e instabile. Le donne che subiscono violenza verbale possono ritirarsi emotivamente per proteggersi dagli attacchi verbali. Questo può portare a un senso di isolamento e distanza emotionale nella relazione. La mancanza di vicinanza emotiva può minare la connessione e l'intimità tra le persone coinvolte.

Per risolvere i danni causati dalla violenza verbale all'interno delle relazioni personali, è fondamentale affrontare il problema di fronte e cercare il sostegno necessario. La terapia di coppia può essere un'opzione preziosa per lavorare sulla comunicazione, ricostruire la fiducia e affrontare le dinamiche di potere malsane. Inoltre, è importante che entrambe le parti coinvolte si impegnino a comunicare in modo rispettoso e a promuovere una cultura di supporto e comprensione reciproca.

La prevenzione è fondamentale. Educare le donne sui segni di una comunicazione malsana e promuovere la consapevolezza sui danni della violenza verbale può contribuire a creare relazioni più sane e rispettose. Inoltre, è essenziale che si impegnino a lavorare su se stessi, sviluppando una comunicazione assertiva, praticando l'empatia e l'ascolto attivo, e rafforzando la propria autostima e fiducia in se stessi. Promuovere una comunicazione rispettosa e costruttiva può contribuire a mantenere.

In una relazione romantica o familiare, è importante essere consapevoli dei segnali di violenza verbale che possono manifestarsi. Il partner può utilizzare parole offensive e offensive per denigrare la donna, attaccando la sua autostima e causando danni emotivi, potrebbe cercare di umiliare la donna in pubblico, denigrandola e cercando di farla sentire inferiore agli occhi degli altri.

Il partner può utilizzare il sarcasmo in modo pungente o deridere costantemente la donna, cercando di farla sentire inadeguata o ridicola, manipolando le emozioni della donna, utilizzando la colpa, il ricatto emotivo o il silenzio per ottenere il controllo sulla relazione.

Può cercare di controllare ogni aspetto della vita della donna, limitando la sua libertà di espressione, le sue decisioni e le sue interazioni sociali.

Il partner può minacciare la donna, sia verbalmente che implicitamente, con violenza fisica o con conseguenze negative se non si conforma ai suoi desideri, isolando la donna da amici e famiglia, cercando di tagliare i suoi legami di supporto e aumentando la dipendenza emotiva nei confronti di lui.

Riconoscere questi segnali di violenza verbale nelle relazioni personali è cruciale per proteggere la propria salute emotiva. Se una donna si trova in una relazione in cui si verificano questi comportamenti, è importante cercare supporto da parte di amici, familiari o professionisti competenti nel settore della violenza domestica. Essi possono offrire supporto, consulenza e risorse per aiutare la donna a prendere decisioni informate sulla sua sicurezza e il suo benessere.

La violenza verbale nelle relazioni personali è inaccettabile e dannosa. È importante ricordare che nessuno ha il diritto di insultare, umiliare o manipolare verbalmente un'altra persona. Ogni individuo merita rispetto, dignità e una comunicazione sana e costruttiva nelle relazioni personali.

Di seguito sono forniti due casi studio che illustrano situazioni di violenza verbale in relazioni personali:

Caso studio 1: Maria e Luca

Maria è in una relazione con Luca da diversi anni. All'inizio della relazione, tutto sembrava perfetto, ma col passare del tempo, Maria ha iniziato a notare dei comportamenti preoccupanti da parte di Luca. Durante le discussioni, Luca diventa sempre più aggressivo e inizia a insultare Maria, chiamandola "stupida" o "inutile". Inoltre, utilizza il sarcasmo per deridere i suoi pensieri e sentimenti, facendola sentire inadeguata. Maria si sente costantemente in colpa e si preoccupa di sbagliare qualunque cosa faccia. Si è ritrovata anche a evitare di esprimere le sue opinioni o di chiedere supporto ai suoi amici per paura delle reazioni negative di Luca.

Caso studio 2: Sara e Marco

Sara e Marco sono sposati da diversi anni e hanno due figli. Tuttavia, negli ultimi tempi, Sara ha notato un cambiamento nel comportamento di Marco. Durante le discussioni, Marco diventa sempre più aggressivo e utilizza minacce verbali, come "Se non fai quello che dico, me ne andrò e ti lascerò da sola". Inoltre, cerca di controllare ogni aspetto della vita di Sara, incluso chi può frequentare e cosa può fare. Questo comportamento di controllo ha portato Sara a sentirsi intrappolata e a perdere la sua autonomia. Ha iniziato a sentirsi sempre più isolata, evitando gli amici e la famiglia per paura delle conseguenze negative che potrebbero derivare da Marco.

Risoluzione dei casi studio:

Nel primo caso, Maria ha iniziato a prendere consapevolezza della violenza verbale di Luca e ha capito che non era una situazione sana per lei. Ha deciso di cercare aiuto parlando con un consulente di coppia e con amici di fiducia. Grazie al sostegno ricevuto, Maria ha trovato la forza per porre fine alla relazione tossica e ha iniziato un percorso di guarigione emotiva.

Nel secondo caso, Sara ha trovato il coraggio di parlare con un consulente di coppia e di cercare risorse sul tema della violenza domestica. Ha scoperto che le minacce e il controllo coercitivo di Marco erano segni di violenza verbale e ha preso la decisione di mettere in atto misure per proteggere se stessa e i suoi figli. Ha cercato supporto legale per ottenere un ordine di protezione e ha raggiunto una rete di supporto di amici e familiari che l'hanno sostenuta durante il processo di separazione.

Sul posto di lavoro, i segnali di violenza verbale possono manifestarsi attraverso insulti, toni di voce aggressivi, critica costante, umiliazioni pubbliche o sabotaggio del lavoro della donna. I colleghi o i superiori potrebbero cercare di dominare e controllare la donna, creando un clima di paura e insicurezza."

Caso studio 1: Marta e il suo superiore

Marta è una dipendente in un'azienda e ha un rapporto lavorativo problematico con il suo superiore, Paolo. Paolo ha un atteggiamento autoritario e utilizza frequentemente un tono di voce aggressivo quando si rivolge a Marta. Durante le riunioni di lavoro, Paolo fa costantemente critiche al suo lavoro e la umilia pubblicamente davanti ai colleghi. Inoltre, cerca sempre di mettere in discussione le sue competenze professionali e la prende di mira per ogni minimo errore commesso. Marta si sente costantemente inadeguata e sviluppando un forte stress lavorativo.

Risoluzione del caso studio:

Marta ha iniziato a riconoscere i segnali di violenza verbale nel suo ambiente di lavoro e ha deciso di agire per tutelare se stessa. Ha raccolto prove degli episodi di violenza verbale subiti da Paolo, come e-mail offensive o testimonianze di colleghi che avevano assistito alle sue umiliazioni pubbliche. Ha presentato una denuncia formale al dipartimento delle risorse umane dell'azienda, documentando dettagliatamente gli incidenti e richiedendo un intervento risolutivo.

L'azienda ha intrapreso un'indagine interna e ha preso sul serio le accuse di violenza verbale. Paolo è stato sottoposto a un processo disciplinare e sono state prese misure per assicurarsi che il suo comportamento non si ripetesse. Marta ha ricevuto supporto emotivo e professionale da parte dell'azienda, inclusi servizi di consulenza per affrontare lo stress e migliorare la sua autostima sul posto di lavoro. Ha anche partecipato a sessioni di formazione sulla comunicazione efficace e sulla gestione dei conflitti per sviluppare abilità che le permettessero di far valere i propri diritti e di creare un ambiente di lavoro sano.

Questo caso studio evidenzia l'importanza di identificare i segnali di violenza verbale sul posto di lavoro e di prendere misure concrete per porvi fine. È essenziale che le donne vittime di violenza verbale sul lavoro si sentano supportate e trovino il coraggio di denunciare i comportamenti abusivi. Un ambiente di lavoro rispettoso e sicuro dovrebbe promuovere la comunicazione efficace e prevenire qualsiasi forma di violenza verbale o di abuso.

In ambienti sociali come feste, eventi o riunioni, i segnali di violenza verbale possono includere il bullismo, l'insulto, la derisione o l'esclusione intenzionale della donna. Le persone presenti potrebbero cercare di denigrarla o umiliarla per ottenere potere o gratificazione personale."

Caso studio 2: Laura e il gruppo di amici

Laura è una donna che frequenta regolarmente un gruppo di amici per condividere momenti di svago e divertimento. Tuttavia, negli ultimi tempi, ha notato segnali di violenza verbale all'interno del gruppo. Durante le riunioni, alcuni membri del gruppo hanno iniziato a prendere di mira Laura, deridendola, criticandola in modo umiliante e insultandola. Questi comportamenti hanno minato la sua autostima e la sua gioia di partecipare alle attività del gruppo.

Risoluzione del caso studio:

Laura ha iniziato ad affrontare la situazione prendendo coraggio e comunicando apertamente ai membri del gruppo il suo disagio per i commenti offensivi e le azioni di violenza verbale. Ha espresso chiaramente che tali comportamenti erano inaccettabili e dannosi per la sua salute emotiva. Ha cercato il sostegno di altri membri del gruppo che condividevano la sua visione di un ambiente sociale rispettoso e sano.

185

Alcuni membri del gruppo hanno mostrato empatia e comprensione, supportando Laura e condannando apertamente i comportamenti di violenza verbale. Insieme, hanno deciso di adottare una politica di tolleranza zero per qualsiasi forma di violenza verbale all'interno del gruppo. Sono state imposte regole di rispetto reciproco e comunicazione rispettosa, con l'obiettivo di creare un ambiente sicuro e accogliente per tutti i partecipanti.

Laura ha trovato conforto nel sapere che non era sola e che alcuni membri del gruppo comprendevano l'importanza di una comunicazione sana. Ha anche deciso di allontanarsi da coloro che non erano disposti a rispettare le nuove regole di comportamento. Ha trovato nuovi amici e nuove attività sociali che le hanno permesso di costruire legami positivi e di esprimere se stessa liberamente, senza paura di essere soggetta a violenza verbale.

Questo caso studio evidenzia l'importanza di riconoscere e affrontare la violenza verbale negli ambienti sociali. È fondamentale che le donne si sentano in grado di esprimere il loro disagio e di cercare sostegno da coloro che sono disposti a condannare tali comportamenti. Creare un ambiente sociale rispettoso, basato sulla comunicazione positiva e sul sostegno reciproco, è essenziale per promuovere la salute emotiva e il benessere di tutti i partecipanti.

Le tecniche di autodifesa verbale sono strumenti importanti che le donne possono utilizzare per proteggersi dalla violenza verbale e gestire efficacemente le situazioni in cui si trovano coinvolte. Queste tecniche si concentrano sull'assertività, sull'uso efficace del linguaggio del corpo e sull'abilità di "parare i colpi" verbali. Utilizzando queste strategie, le donne possono difendere i propri confini, esprimere le proprie opinioni in modo chiaro e assertivo e preservare la propria autostima e dignità.

La prima tecnica chiave per l'autodifesa verbale è l'assertività. Essa implica la capacità di esprimere i propri pensieri, sentimenti e bisogni in modo diretto, chiaro e rispettoso. Essere assertive significa evitare l'aggressività o la sottomissione passiva, ma piuttosto comunicare in modo equilibrato e assertivo. Le donne possono imparare a utilizzare l'assertività per rispondere alle offese o agli attacchi verbali, riaffermando i propri confini e difendendo i propri diritti. Ad esempio, possono rispondere con frasi come "Non apprezzo i tuoi commenti offensivi, ti prego di smettere" o "Non accetto essere trattata in questo modo, richiedo rispetto".

Oltre alle parole, il linguaggio del corpo è un aspetto importante dell'autodifesa verbale. Le espressioni facciali, la postura, i gesti e il tono di voce possono trasmettere un forte messaggio di autostima e sicurezza. Le donne possono imparare a utilizzare il linguaggio del corpo in modo consapevole per comunicare assertività e determinazione. Ad esempio, mantenersi erette, fare contatto visivo diretto, utilizzare gesti aperti e assertivi possono trasmettere un senso di fiducia e autorevolezza.

Un'altra strategia di autodifesa verbale è l'arte di "parare i colpi" verbali. Questo implica la capacità di non prendere personalmente le parole offensive o aggressive degli altri e di non lasciarle penetrare nella propria autostima. Le donne possono imparare a separare le opinioni degli altri dalla loro percezione di sé stesse e a non permettere che gli attacchi verbali influenzino negativamente la loro autostima. Una tecnica utile è quella di focalizzarsi sulle proprie qualità, punti di forza e successi, rafforzando così la fiducia in sé stesse e rendendo più difficile che le parole offensive possano danneggiarle.

187

Oltre a queste tecniche, è importante che le donne siano consapevoli dei propri limiti e dei propri diritti. Devono imparare a riconoscere quando si trovano in situazioni di violenza verbale e a non accettare o giustificare tali comportamenti. Saper dire "no" in modo chiaro e assertivo, stabilire confini sani nelle relazioni e cercare supporto da parte di amici, familiari o professionisti qualificati può essere fondamentale per l'autodifesa verbale.

È importante sottolineare che l'autodifesa verbale non significa combattere il fuoco con il fuoco. Non si tratta di replicare con violenza verbale o di cercare di umiliare gli altri. Al contrario, si tratta di esercitare un'autodifesa rispettosa e consapevole, preservando la dignità e promuovendo una comunicazione più sana.

Le tecniche di autodifesa verbale richiedono pratica e perseveranza. Le donne possono migliorare le proprie abilità attraverso l'osservazione di modelli assertivi, la partecipazione a corsi o workshop sull'assertività e la consapevolezza delle proprie emozioni e bisogni. Sviluppare una solida autodifesa verbale può contribuire a proteggere la propria autostima, a migliorare le relazioni e a promuovere una comunicazione più sana e rispettosa.

La conversazione positiva è un aspetto fondamentale nelle relazioni interpersonali, poiché promuove una comunicazione rispettosa, costruttiva e gratificante. Questo tipo di dialogo crea un ambiente favorevole alla comprensione reciproca, alla risoluzione dei conflitti e alla promozione di relazioni più sane e appaganti. Sottolineare l'importanza della conversazione positiva è essenziale per favorire il benessere emotivo e relazionale delle persone coinvolte.

Promuovere un discorso positivo richiede consapevolezza e impegno da entrambe le parti. Ecco alcune strategie che possono aiutare a incoraggiare una comunicazione positiva e a gestire i conflitti in modo costruttivo:

- Praticare l'ascolto attivo è un elemento fondamentale per promuovere una conversazione positiva e costruttiva. Questa competenza richiede di impegnarsi sinceramente nell'ascoltare l'altra persona, mostrando interesse e rispetto per le sue parole, senza interruzioni o giudizi precipitosi.

  Durante una conversazione, è importante dedicare l'attenzione esclusivamente all'altra persona. Evitare distrazioni, come il telefono o altre attività, e mettere da parte i pensieri o preoccupazioni personali per concentrarti pienamente su ciò che viene detto.

  Utilizzare il linguaggio del corpo per dimostrare che si è presente e interessato. Mantenere il contatto visivo, fare piccoli segnali di incoraggiamento come il sorriso o il cenno del capo, e mantenere una postura aperta e accogliente.

  Fare domande aperte che incoraggiano ad esprimersi ulteriormente e a condividere i pensieri e sentimenti. Ad esempio, si potrebbe chiedere: "Puoi dirmi di più su quello che hai appena detto?" o "Come ti senti riguardo a questa situazione?" Queste domande dimostrano un vero interesse per l'altro e stimolano una conversazione più approfondita.

  Cercare di comprendere e rispecchiare le emozioni . Ad esempio, si potrebbe dire: "Sembri molto frustrato riguardo a questa situazione" o "Posso capire che questa situazione ti ha reso triste". Questa tecnica aiuta l'altra persona a sentirsi ascoltata e compresa.

Resistere alla tentazione di interrompere la persona che parla o di formulare giudizi precipitosi. Lasciare che esprima completamente i suoi pensieri e sentimenti prima di rispondere. Non cercate di imporre la vostra prospettiva o di difendere il vostro punto di vista durante l'ascolto attivo.

Dopo che l'altra persona ha concluso il discorso, sintetizza ciò che si ha capito ripetendo in modo sintetico ciò che è stato detto. Ad esempio: "Quindi, se ho capito bene, ti senti deluso perché non ti è stato dato il riconoscimento che pensavi di meritare. È così?" Questa pratica dimostra che si ha ascoltato attentamente e che si ha compreso il messaggio.

Evitare di rispondere automaticamente o di pensare a cosa dire successivamente mentre l'altra persona sta ancora parlando. Mantenere la mente aperta e fare attenzione alle parole e al tono dell'altra persona, senza cercare di anticipare la risposta.

- Utilizzare un linguaggio rispettoso è un elemento chiave per promuovere una conversazione positiva e rispettosa. Il modo in cui si esprimono le opinioni e le emozioni può influenzare notevolmente il tono e l'esito di una conversazione.

  È importante evitare l'uso di parole offensive o insulti durante una conversazione. Si dovrebbe cercare di mantenere un linguaggio rispettoso e scegliere le parole con cura, evitando termini offensivi o denigratori. È meglio concentrarsi sulla questione o sul comportamento, anziché attaccare personalmente l'altra persona.

Il tono della voce può comunicare molto più di quanto si dica effettivamente. È importante cercare di mantenere un tono calmo e rispettoso durante una conversazione, evitando di alzare la voce o adottare un tono aggressivo. Un tono di voce gentile e pacato può contribuire a creare un'atmosfera più positiva e aperta.

Quando si esprimono le proprie opinioni o i propri sentimenti, è utile utilizzare il "linguaggio dell'I" anziché il "linguaggio del tu". Ad esempio, anziché dire "Tu sei sempre così insensibile", si può dire "Mi sento ferita quando le tue parole sembrano insensibili". Questo permette di esprimere le proprie esperienze personali senza attaccare direttamente l'altra persona.

È importante evitare di generalizzare o fare supposizioni sulla persona con cui si sta interagendo. È meglio focalizzarsi sui fatti specifici e sulle situazioni concrete, evitando di etichettare o giudicare l'intera personalità dell'altra persona in base a un singolo comportamento o opinione.

É utile cercare di comprendere il punto di vista dell'altra persona e dimostrare empatia nei suoi confronti. Si può mostrare interesse a capire le sue ragioni e sentimenti, anche se non si è d'accordo. Questo crea uno spazio in cui entrambe le parti si sentono ascoltate e rispettate.

Il sarcasmo e l'ironia possono essere facilmente fraintesi o interpretati come una forma di aggressione verbale. È meglio evitare di utilizzarli in modo sconsiderato, specialmente quando la comunicazione può già essere tesa o delicata.

Quando si verificano conflitti o disaccordi, è importante cercare di affrontarli in modo costruttivo. Si può cercare di trovare un terreno comune, ascoltando le opinioni dell'altra persona e cercando soluzioni che siano soddisfacenti per entrambe le parti. È importante evitare di far degenerare la conversazione in un confronto o una lotta di potere.

- Riconoscere e apprezzare le qualità positive dell'altro è un elemento fondamentale per promuovere una conversazione positiva e rispettosa. Questo comporta dare spazio alle parole di apprezzamento e gratitudine, riconoscendo gli sforzi, le realizzazioni e le buone azioni dell'altra persona.

  Quando si esprime apprezzamento, è importante farlo sinceramente. Le parole di elogio devono essere autentiche e basate su osservazioni concrete. Evitare di usare parole vuote o superficiali, ma piuttosto concentrarsi su ciò che si apprezza davvero dell'altra persona.

  Nelle conversazioni, cercare di mettere in luce gli aspetti positivi dell'altra persona. Ciò può includere il riconoscimento delle sue qualità personali, delle sue competenze o delle sue azioni che si ritengono meritevoli di apprezzamento. Questo può contribuire a creare un clima di positività e di sostegno reciproco.

  Quando si esprime apprezzamento, cercare di essere specifici e dettagliati. Piuttosto che limitarsi a dire "sei brava" o "sei un buon amico", si può fare un passo avanti e spiegare esattamente cosa si apprezza nella persona. Ad esempio, si potrebbe dire "Amo come sei sempre disponibile ad ascoltarmi quando ho bisogno di parlare delle mie preoccupazioni" o "Apprezzo la tua pazienza e il tuo impegno nel raggiungere i tuoi obiettivi".

Oltre a riconoscere i risultati ottenuti, è importante anche apprezzare gli sforzi compiuti dall'altra persona. Questo può significare riconoscere il duro lavoro, la determinazione e la perseveranza che l'altra persona ha messo in una determinata attività o obiettivo. Riconoscere gli sforzi mostra apprezzamento per la dedizione e l'impegno dell'altra persona, indipendentemente dai risultati finali.

Anche durante un conflitto o una discussione, è possibile riconoscere le qualità positive dell'altra persona. Questo può contribuire a mantenere un clima di rispetto reciproco e a evitare che la conversazione diventi ostile o distruttiva. Ad esempio, si può dire "Non sono d'accordo con te su questo punto, ma apprezzo la tua passione nel difendere le tue opinioni".

Oltre all'apprezzamento, è importante anche mostrare gratitudine per le azioni e l'aiuto ricevuti dall'altra persona. Dire un semplice "grazie" può fare la differenza e rafforzare il legame tra le persone coinvolte. La gratitudine crea un senso di reciproco riconoscimento e può incoraggiare l'altra persona a continuare ad agire in modo positivo.

- Evitare l'uso di generalizzazioni e giudizi è un altro aspetto importante per promuovere una conversazione positiva e rispettosa. Generalizzare o etichettare l'altro può portare a fraintendimenti e a un deterioramento della comunicazione. Quando si discute o si esprime un'opinione, è importante riferirsi a comportamenti specifici o situazioni concrete anziché generalizzare. Ad esempio, invece di dire "Sei sempre pigra", si può dire "Ho notato che ultimamente hai lasciato alcune responsabilità a me, e mi piacerebbe che ci dividessimo i compiti in modo equo".

Le etichette possono essere limitanti e causare un effetto negativo sulle relazioni. Evitare di etichettare l'altra persona o di attribuirle caratteristiche negative basate su poche esperienze. Cercare invece di comprendere il contesto specifico e di comunicare le proprie osservazioni in modo obiettivo.

Trarre conclusioni affrettate può portare a giudizi ingiusti o basati su percezioni distorte. È importante dare spazio all'altra persona per spiegare il proprio punto di vista e cercare di comprendere pienamente la situazione prima di emettere un giudizio definitivo.

Ognuno ha il diritto di avere opinioni diverse e percezioni personali. Riconoscere la soggettività delle opinioni può aiutare a mantenere una comunicazione aperta e rispettosa, anche quando si è in disaccordo. Evitare di affermare che la propria opinione è la "verità" assoluta e invece cercare di comprendere il punto di vista dell'altro.

Quando si ha una conversazione, è utile porre domande per approfondire la comprensione dell'altro e per evitare di trarre conclusioni affrettate. Ascoltare attentamente le risposte e cercare di comprendere pienamente il punto di vista dell'altra persona prima di rispondere.

Un atteggiamento aperto e non giudicante può favorire una comunicazione più positiva e rispettosa. Riconoscere che ogni persona ha le proprie esperienze e prospettive può aiutare a evitare di cadere in dinamiche di giudizio o critiche.

- Esprimere i sentimenti in modo costruttivo è un elemento cruciale per promuovere una comunicazione positiva e gestire i conflitti in modo costruttivo. Prima di esprimere i sentimenti, è importante prendere un momento per riflettere su come si sta veramente provando. Identificare l'emozione specifica e cercare di comprendere le ragioni dietro quel sentimento.

Quando si esprimono i propri sentimenti, è meglio focalizzarsi su sé stessi invece di accusare l'altro. Utilizzare frasi come "Mi sento..." o "Sono preoccupata/o quando..." per comunicare in modo assertivo come certi comportamenti o situazioni influenzano la propria esperienza.

È importante essere il più specifici possibili quando si esprimono i propri sentimenti. Evitare generalizzazioni vaghe o astratte e invece fare riferimento a situazioni o comportamenti specifici che hanno scatenato le emozioni. Questo aiuterà l'altro a comprendere meglio il contesto e a rispondere in modo più costruttivo.

È preferibile evitare di attribuire la colpa all'altro quando si esprimono i propri sentimenti. Invece, concentrarsi sul modo in cui si sente e su come si desidera che la situazione cambi. Ad esempio, invece di dire "Sei sempre così egoista", si può dire "Mi sento trascurata/o quando non vengono considerate le mie esigenze".

Durante la comunicazione dei propri sentimenti, è importante essere aperti all'ascolto dell'altro. Consentire all'altra persona di esprimere il proprio punto di vista senza interrompere o giudicare. Essere disposti a comprendere le prospettive dell'altro può contribuire a una comunicazione più costruttiva e rispettosa.

Essere assertivi significa comunicare i propri sentimenti in modo rispettoso ma deciso. Mantenere un tono di voce calmo e chiaro e cercare di esprimere i propri desideri e bisogni in modo diretto. L'assertività può aiutare a stabilire confini sani e promuovere una comunicazione più efficace.

Durante la comunicazione dei propri sentimenti, è utile cercare un terreno comune con l'altro. Ricerca punti di convergenza e soluzioni che possano soddisfare entrambe le parti. L'obiettivo è lavorare insieme per risolvere i problemi e migliorare la comunicazione.

- Risolvere i conflitti in modo collaborativo è un approccio fondamentale per promuovere una comunicazione positiva e costruttiva. Quando ci si trova di fronte a un conflitto, è utile cercare di vedere la situazione da diverse prospettive. Mettersi nei panni dell'altro e cercare di comprendere i suoi punti di vista e i suoi bisogni può aiutare a creare empatia e aprire la strada a una risoluzione collaborativa.

  Invece di concentrarsi sulle differenze e sulle posizioni contrapposte, cercare di individuare gli interessi comuni tra le parti coinvolte. Identificare gli obiettivi che entrambi desiderano raggiungere e lavorare insieme per trovare una soluzione che soddisfi entrambe le parti.

  Durante la risoluzione dei conflitti, è essenziale impegnarsi in un ascolto attivo reciproco. Prenditi il tempo per ascoltare attentamente le preoccupazioni e le prospettive dell'altro, facendo domande di approfondimento e mostrando un interesse sincero. Questo può aiutare a creare un clima di fiducia e apertura nella comunicazione.

  Invece di limitarsi a cercare soluzioni convenzionali, incoraggia la generazione di opzioni creative. Sperimenta nuove idee e alternative che possano soddisfare i bisogni di entrambe le parti. Lavorare insieme per trovare soluzioni innovative può portare a risultati più soddisfacenti e duraturi.

Durante la risoluzione dei conflitti, è importante comunicare in modo chiaro e rispettoso. Utilizza un linguaggio assertivo, evitando accuse o attacchi personali. Concentrati sui fatti e sulle emozioni, esprimendo i propri punti di vista in modo costruttivo.

Nella risoluzione dei conflitti, è spesso necessario trovare un compromesso. Cerca di trovare un terreno comune in cui entrambe le parti possano accettare un risultato parzialmente soddisfacente. Questo richiede flessibilità e apertura mentale da entrambe le parti.

I conflitti sono parte integrante delle relazioni umane e possono rappresentare opportunità di crescita e apprendimento. Sviluppare una mentalità resiliente può aiutare a gestire i conflitti in modo costruttivo. Focalizzati sul trovare soluzioni anziché sull'accumulo di rancore o sul desiderio di vincere a tutti i costi.

- Mantenere la calma durante i conflitti è un aspetto fondamentale per affrontare le situazioni in modo costruttivo e rispettoso. È importante che la persona sia consapevole delle proprie emozioni prima di affrontare una discussione o un conflitto. Riconoscere le emozioni provate e identificare i fattori che possono scatenare reazioni negative può aiutare a gestire meglio le emozioni durante la conversazione.

Nel caso in cui le emozioni comincino a salire, può essere utile prendere delle pause per rilassarsi e riflettere. Fare una breve pausa per camminare, respirare profondamente o dedicarsi a un'attività che favorisce il rilassamento può aiutare a riportare la mente e il corpo a uno stato di calma. Queste pause offrono il tempo necessario per riorganizzare i pensieri e recuperare la compostezza emotiva.

La pratica di tecniche di rilassamento come la respirazione profonda, la meditazione o lo stretching può aiutare a calmare il corpo e la mente. Queste tecniche possono ridurre lo stress e l'ansia durante una conversazione difficile.

Mantenere la concentrazione sul momento presente e sulle parole che vengono pronunciate durante la conversazione è essenziale. Evitare di rimuginare sul passato o preoccuparsi per il futuro permette di mantenere la calma. Concentrarsi sul presente aiuta a rimanere centrati e a rispondere in modo appropriato alle situazioni che si presentano.

Mettersi nei panni dell'altra persona e cercare di comprendere la sua prospettiva può aiutare a mantenere la calma e ad adottare un atteggiamento più comprensivo durante la conversazione. L'empatia contribuisce a mantenere la calma e a favorire una comunicazione rispettosa. È importante ricordare che l'obiettivo non è vincere la discussione, ma trovare una soluzione soddisfacente per entrambe le parti.

È consigliabile evitare risposte reattive o impulsive che potrebbero intensificare il conflitto. Prendere il tempo necessario per riflettere prima di rispondere e cercare di mantenere un tono di voce calmo e controllato. Rispondere in modo ponderato e pacato aiuta a mantenere la calma e a promuovere una comunicazione rispettosa.

Mantenere sempre a mente l'obiettivo principale durante la conversazione è importante. Se l'obiettivo è risolvere il conflitto e mantenere una relazione positiva con l'altra persona, sarà più facile mantenere la calma e cercare soluzioni costruttive.

- Cercare l'aiuto di un mediatore può essere un'opzione preziosa quando un conflitto diventa complesso o difficile da gestire autonomamente. Un mediatore è una persona neutrale e imparziale che facilita la comunicazione tra le parti coinvolte, incoraggiando un dialogo rispettoso e costruttivo. Agisce come un terzo imparziale che non prende parti nella disputa. Questo permette di avere una prospettiva esterna e imparziale, aiutando entrambe le parti a vedere le questioni da una prospettiva diversa e adottare un approccio più obiettivo nella risoluzione del conflitto.

Sono esperti nella gestione delle emozioni durante le discussioni. Possono fornire un ambiente sicuro e confortevole dove le parti possono esprimere le proprie preoccupazioni e sentimenti senza temere giudizi o rappresaglie. Aiuta a ridurre l'intensità emotiva e a mantenere un clima di calma e rispetto.

Il mediatore facilita la comunicazione tra le parti coinvolte, assicurandosi che entrambe abbiano l'opportunità di esprimere i propri punti di vista in modo chiaro e comprensibile. Incoraggia un ascolto attivo e rispettoso, aiutando le parti a comprendere le reciproche prospettive e a sviluppare un dialogo costruttivo.

Aiuta a individuare gli interessi comuni e le necessità delle parti coinvolte. Questo può contribuire a trovare soluzioni che soddisfino le esigenze di entrambe le parti, promuovendo una risoluzione più equa e duratura del conflitto.

Incoraggia le parti a prendere responsabilità per le proprie azioni e decisioni. Questo promuove l'autonomia e la capacità di risolvere i conflitti in modo indipendente anche in futuro, riducendo la dipendenza da terze parti o da meccanismi formali di risoluzione delle controversie.

Le discussioni in sede di mediazione sono generalmente riservate e confidenziali, consentendo alle parti di sentirsi più libere di esplorare diverse opzioni e di esprimere liberamente le proprie preoccupazioni. Ciò crea un ambiente di fiducia che facilita la risoluzione del conflitto.

Promuovere una conversazione positiva richiede impegno e pratica costante. È importante ricordare che la comunicazione è un processo bidirezionale e richiede la partecipazione attiva di entrambe le parti. Con una comunicazione aperta, rispettosa e costruttiva, è possibile creare relazioni più soddisfacenti, migliorare la comprensione reciproca e affrontare i conflitti in modo efficace.

Mantenere la propria salute emotiva è di fondamentale importanza quando ci si trova di fronte a situazioni di violenza verbale. La violenza verbale può avere un impatto significativo sulla salute mentale ed emotiva di una persona, portando a stress, ansia, depressione e un senso generale di malessere. Pertanto, è cruciale adottare strategie per proteggere la propria salute emotiva e promuovere il benessere anche in situazioni difficili.

Per mantenere la propria salute emotiva, è importante essere consapevoli di sé stessi e delle proprie reazioni. Riconoscere i segnali di stress e di malessere emotivo può permettere di intervenire tempestivamente e prendere le misure necessarie per proteggersi. Inoltre, la gestione dello stress è un elemento chiave. Utilizzare tecniche di rilassamento come la meditazione, la respirazione profonda o l'esercizio fisico può aiutare a ridurre la tensione emotiva e a promuovere il benessere generale.

Cercare supporto è un'altra strategia importante. Condividere le proprie esperienze con persone di fiducia come amici, familiari o professionisti può fornire un sostegno emotivo prezioso e un punto di vista esterno. Questo può contribuire a ridurre l'isolamento e a promuovere una maggiore resilienza emotiva.

Inoltre, è consigliabile limitare l'esposizione alla violenza verbale, se possibile. Allontanarsi da persone o ambienti tossici può contribuire a proteggere la propria salute emotiva. Ridurre l'uso dei social media o evitare situazioni in cui si è esposti a comportamenti verbali aggressivi può aiutare a creare uno spazio più sicuro e protetto.

Praticare l'autocura è un'altra strategia importante. Prendersi del tempo per sé stessi, dedicarsi a attività piacevoli e gratificanti e praticare attività che favoriscono il relax e il benessere possono contribuire a proteggere la propria salute emotiva. Ogni persona ha le proprie preferenze e ciò che funziona per una potrebbe non funzionare per un'altra, quindi è importante trovare le attività che portano gioia e serenità personalmente.

Inoltre, è fondamentale sviluppare una maggiore consapevolezza di sé e dei propri limiti. Impostare confini sani e imparare a dire "no" quando qualcosa non è accettabile è essenziale per proteggere la propria salute emotiva. Raggiungere un equilibrio tra dare e ricevere e prendersi il tempo necessario per riposare e rigenerarsi sono elementi importanti per preservare il proprio benessere emotivo.

Infine, educarsi sulla violenza verbale è un passo significativo. Acquisire conoscenze sul fenomeno della violenza verbale può aiutare a comprendere meglio ciò che si sta vivendo e a trovare strategie specifiche per affrontarla. Leggere libri, partecipare a workshop o cercare risorse online affidabili che forniscono informazioni e consigli sull'affrontare la violenza verbale può essere di grande aiuto.

Capitolo 9: Stabilire Limiti: Affrontare Atteggiamenti Ossessivi

Identificare l'ossessione è un passo importante per comprendere i suoi effetti negativi sulla vita delle donne. L'atteggiamento ossessivo può essere definito come un pensiero o un comportamento persistente e preoccupante che domina la mente di una persona, portandola a concentrarsi eccessivamente su un determinato oggetto, persona o situazione. Questa forma di pensiero intrusivo può manifestarsi in vari contesti e influenzare negativamente la vita delle donne.

Nel contesto delle relazioni personali, l'ossessione può manifestarsi come un attaccamento eccessivo o una dipendenza emotiva nei confronti del partner. Una donna ossessiva può avere una costante paura di perdere il partner, controllare in modo ossessivo i suoi movimenti, monitorare le sue interazioni con gli altri e sentirsi insicura se il partner non risponde immediatamente alle sue comunicazioni. Questo atteggiamento ossessivo può creare tensione, insicurezza e sfiducia all'interno della relazione, portando a una perdita di equilibrio e benessere emotivo.

Nel contesto del lavoro o degli studi, l'ossessione può manifestarsi come una ricerca costante di perfezione e successo. Una donna ossessiva può sforzarsi di raggiungere obiettivi irrealistici, lavorare eccessivamente senza concedersi il tempo per il riposo e lo svago, e sentirsi costantemente inadeguata nonostante i successi ottenuti. Questo atteggiamento ossessivo può portare a un elevato livello di stress, ansia e un senso di insoddisfazione costante.

L'ossessione può anche manifestarsi nel contesto dell'immagine corporea e dell'aspetto fisico. Una donna ossessiva può avere una preoccupazione eccessiva per il proprio aspetto, dedicando un'enorme quantità di tempo ed energia a diete estreme, esercizio fisico compulsivo o a cercare di raggiungere gli standard di bellezza irrealistici imposti dalla società. Questo atteggiamento ossessivo può portare a problemi di autostima, disordine alimentare e un senso di inadeguatezza e insoddisfazione costanti.

L'ossessione può influenzare negativamente la vita delle donne in diversi modi. Può portare a un aumento dello stress, dell'ansia e della depressione, poiché la mente è costantemente occupata da pensieri intrusivi e preoccupanti. L'atteggiamento ossessivo può interferire con la capacità di concentrarsi sulle attività quotidiane, creando una sensazione di distrazione e perdita di produttività. Inoltre, può generare una sensazione di mancanza di controllo sulla propria vita, poiché la persona ossessiva si sente costantemente trascinata dalle sue ossessioni e incapace di liberarsi da esse.

È importante notare che l'ossessione non è una caratteristica intrinseca delle donne, ma può manifestarsi in chiunque, indipendentemente dal genere. Tuttavia, le donne possono essere soggette a pressioni sociali e culturali specifiche che possono influenzare l'insorgenza e la manifestazione dell'ossessione. È fondamentale cercare supporto e assistenza professionale qualificata per affrontare l'ossessione e mitigarne gli effetti negativi sulla vita quotidiana.

Per superare l'ossessione, possono essere utilizzate diverse strategie, come la terapia cognitivo-comportamentale, che aiuta a identificare e sfidare i pensieri distorti e i comportamenti ossessivi. La pratica di tecniche di rilassamento, come la meditazione o la respirazione profonda, può aiutare a ridurre lo stress e l'ansia associati all'ossessione. Inoltre, costruire una rete di supporto sociale solida e impegnarsi in attività piacevoli e gratificanti può contribuire a distrarre la mente dalle ossessioni e promuovere un senso di benessere generale.

Riconoscere i segnali premonitori di un comportamento ossessivo in una figura importante nella propria vita è essenziale per la propria sicurezza e benessere emotivo. Sebbene ogni persona possa manifestare comportamenti ossessivi in modi diversi, ci sono alcune segnalazioni che possono aiutare le donne a identificarli. Ecco alcuni suggerimenti su come riconoscere i segni di un comportamento ossessivo:

- Eccessiva gelosia e possessività: Un comportamento ossessivo può manifestarsi attraverso un eccessivo controllo e gelosia nei confronti della donna. La persona ossessiva può mostrare segni di possessività, cercando di controllare le sue interazioni con gli altri, monitorando le sue attività e chiedendo costantemente informazioni dettagliate sulla sua vita.

- Bisogno di controllo e dominanza: Un partner, un collega o un amico ossessivo può mostrare una costante necessità di controllo e dominanza nella relazione. Cercheranno di prendere decisioni al posto della donna, cercando di influenzare le sue scelte e di esercitare il potere sulla sua vita.

- Costante bisogno di conferme e attenzione: Una persona ossessiva può richiedere una costante conferma dell'affetto e dell'attenzione da parte della donna. Saranno in cerca di rassicurazioni costanti sul suo amore o sul suo impegno, e potrebbero reagire in modo esagerato o negativo se non ottengono l'attenzione desiderata.

- Isolamento sociale: Un comportamento ossessivo può portare a un isolamento sociale. La persona ossessiva potrebbe cercare di separare la donna dalle sue amicizie e dai suoi familiari, creando una dipendenza emotiva che la rende dipendente esclusivamente da loro.

- Manipolazione emotiva: Un comportamento ossessivo può includere la manipolazione emotiva. La persona ossessiva può cercare di sfruttare le emozioni della donna per controllarla o ottenere ciò che desidera. Possono utilizzare minacce, ricatti o manipolazione psicologica per mantenere il controllo sulla relazione.

- Violazione dei confini personali: Un comportamento ossessivo può manifestarsi attraverso la violazione dei confini personali della donna. La persona ossessiva potrebbe invadere la sua privacy, controllare il suo telefono o i suoi account sui social media senza permesso, o ignorare i suoi desideri e i suoi limiti personali.

- Dipendenza emotiva: Una persona ossessiva può sviluppare una dipendenza emotiva dalla donna, cercando costantemente la sua approvazione, la sua presenza o la sua attenzione per sentirsi completi. Possono diventare insicuri o ansiosi quando la donna non è disponibile o non corrisponde alle loro aspettative.

I seguenti casi studio presentano situazioni ipotetiche al fine di illustrare come le donne possano riconoscere i segnali di un comportamento ossessivo nelle relazioni. I nomi dei protagonisti sono stati inventati per proteggere la privacy delle persone coinvolte. Questi casi offrono spunti per comprendere come la consapevolezza e le azioni consapevoli possano aiutare a proteggere la salute emotiva e stabilire confini sani nelle relazioni.

Caso studio 1: Relazione romantica

Maria è coinvolta in una relazione con Marco da diversi mesi. All'inizio, Marco sembrava premuroso e affettuoso, ma nel tempo ha iniziato a manifestare comportamenti ossessivi. Ha iniziato a controllare costantemente il telefono di Maria, a monitorare i suoi account sui social media e a chiedere informazioni dettagliate sulle sue attività quotidiane. Marco ha mostrato anche segni di gelosia e possessività, cercando di isolare Maria dai suoi amici e dalla sua famiglia. Ha iniziato a prendere decisioni al posto di Maria e a cercare di controllare ogni aspetto della sua vita. Maria si è resa conto che queste azioni di controllo e dominanza stavano minando la sua autostima e il suo benessere emotivo. Ha deciso di porre fine alla relazione e di cercare supporto da parte di amici, familiari e consulenti per riprendere il controllo della sua vita e proteggere la sua salute emotiva.

Caso studio 2: Ambiente lavorativo

Anna lavora in un ufficio con un collega di nome Luca. All'inizio, Luca sembrava un collega amichevole e disponibile, ma nel tempo ha iniziato a mostrare comportamenti ossessivi nei confronti di Anna. Ha iniziato a controllare costantemente il suo lavoro, criticandola pubblicamente e cercando di metterla in cattiva luce davanti ai superiori. Ha invaso il suo spazio personale, cercando di isolare Anna dagli altri colleghi e cercando di esercitare il controllo su di lei. Anna ha riconosciuto questi segnali di comportamento ossessivo e ha deciso di documentare le situazioni problematiche, cercando il supporto del dipartimento delle risorse umane. Grazie all'intervento del dipartimento delle risorse umane e alla segnalazione delle sue preoccupazioni, Anna è riuscita a stabilire confini chiari con Luca e a proteggere la sua salute emotiva sul posto di lavoro.

Caso studio 3: Amicizia

Giulia ha un'amica di nome Marta che ha mostrato segni di comportamento ossessivo nel corso degli anni. Marta ha iniziato a cercare di controllare ogni aspetto della vita di Giulia, interferendo nelle sue relazioni con gli altri amici, criticandola costantemente e cercando di controllare le sue decisioni. Marta è diventata eccessivamente dipendente da Giulia, cercando la sua approvazione costante e cercando di imporre la sua presenza in ogni momento. Giulia si è resa conto che questa dinamica stava mettendo a dura prova la sua salute emotiva e la sua autonomia. Ha deciso di porre dei confini chiari con Marta, cercando di ridurre la frequenza dei loro incontri e cercando il supporto di un consulente per gestire la situazione in modo sano e proteggere la sua salute emotiva.

Gli limiti personali sono fondamentali per proteggere la propria indipendenza e il benessere emotivo. Stabilire limiti chiari e sani all'interno delle relazioni è un aspetto cruciale per gestire e prevenire atteggiamenti ossessivi. Questi limiti consentono a una donna di definire ciò che è accettabile e ciò che non lo è, stabilendo confini che rispettano i suoi diritti, i suoi bisogni e le sue aspettative.

Un limite personale può riguardare diverse sfere della vita, come il tempo, lo spazio, l'intimità e le richieste personali. Ad esempio, una donna può stabilire un limite riguardo al tempo che dedica alle relazioni, assicurandosi di avere spazi e momenti per se stessa e per le sue attività personali. Può anche definire i propri confini in termini di spazio, stabilendo quanto tempo e quanti spazi condividere con un partner o un amico. Inoltre, stabilire limiti sani può coinvolgere la definizione delle proprie aspettative e dei propri desideri in termini di intimità fisica e emotiva.

I limiti personali sono importanti perché consentono alle donne di esprimere le proprie esigenze e desideri in modo chiaro e assertivo. Ciò crea un ambiente di rispetto reciproco e promuove relazioni sane e bilanciate. Quando i limiti personali vengono stabiliti e rispettati, una donna può mantenere il controllo sulla propria vita e sulle proprie decisioni, evitando di sentirsi sopraffatta o controllata dagli altri.

Stabilire limiti sani può anche aiutare a prevenire atteggiamenti ossessivi. Quando una donna definisce i suoi confini, invia un chiaro messaggio che le aspettative e le richieste eccessive non saranno tollerate. Ciò mette in evidenza l'importanza del rispetto reciproco e promuove una dinamica di relazione equilibrata. L'atteggiamento ossessivo spesso si basa su una mancanza di confini chiari e su un desiderio di controllo e dominio sull'altra persona. Stabilendo limiti personali, una donna può proteggersi da dinamiche malsane e garantire il proprio benessere emotivo.

Inoltre, i limiti personali consentono alle donne di preservare il proprio spazio emotivo e di mantenere un senso di autonomia. Essi permettono di dedicare tempo ed energia alle proprie esigenze e interessi, senza sentirsi intrappolate o soffocate dalle richieste degli altri. Mantenere un senso di indipendenza e autenticità è essenziale per il benessere emotivo di una donna, e i limiti personali giocano un ruolo fondamentale in questa dinamica.

Stabilire limiti personali può richiedere coraggio e assertività, soprattutto quando si affrontano situazioni in cui l'altro potrebbe reagire negativamente. Tuttavia, è fondamentale ricordare che i limiti sani sono un diritto di ogni individuo e contribuiscono a promuovere relazioni rispettose e bilanciate

Quando una donna si trova ad affrontare atteggiamenti ossessivi da parte di qualcuno, può essere un processo complesso e sfidante. Tuttavia, ci sono diverse strategie che possono aiutare a superare e gestire efficacemente queste situazioni.

Stabilire limiti chiari e comunicarli in modo assertivo è fondamentale per gestire gli atteggiamenti ossessivi. Essere specifici su ciò che ci fa sentire a disagio e quali comportamenti non si accettano, assicurandosi di farlo con sicurezza e rispetto per se stessi.

La tecnologia può essere un'arma a doppio taglio quando si tratta di gestire atteggiamenti ossessivi. Si potrebbero utilizzare app o strumenti di blocco per limitare l'esposizione alle comunicazioni indesiderate. Inoltre, si potrebbe registrare o conservare prove di comportamenti ossessivi per avere una documentazione degli eventi, nel caso in cui sia necessario affrontarli legalmente.

Le comunità online possono essere un'ottima risorsa per trovare supporto e consigli da altre persone che hanno vissuto esperienze simili. Gruppi di supporto o forum online possono offrire uno spazio sicuro per condividere le proprie esperienze e ottenere consigli pratici su come gestire gli atteggiamenti ossessivi.

Se gli atteggiamenti ossessivi persistessero o avessero un impatto significativo sulla vita, potrebbe essere utile cercare l'aiuto di un professionista qualificato, come uno psicologo o un terapeuta. Questi professionisti possono fornire supporto emotivo, strategie di coping e consigli specifici per la situazione specifica.

Gli atteggiamenti ossessivi inoltre, possono provocare stress e tensione emozionale. È importante dedicare del tempo per praticare tecniche di gestione dello stress, come la meditazione, lo yoga o l'esercizio fisico. Queste attività possono aiutare a rilassarsi, a ridurre l'ansia e a ristabilire l'equilibrio emotivo.

Circondarsi di persone di fiducia che sostengono e comprendono la situazione. Questi individui possono offrire un sostegno emotivo e pratico durante i momenti difficili. Parlare con loro delle proprie preoccupazioni e dei progressi, e cercare il loro consiglio quando ne si ha bisogno.

Dedicare del tempo a fare attività che piacciono e che fanno sentire bene. Coltiva l'amore per se stessa e rafforza la propria autostima. Concentrarsi sulle qualità positive e sulle realizzazioni, ricordandosi costantemente del proprio valore.

Esplorare nuove passioni, hobby o interessi che possono distrarre da atteggiamenti ossessivi e portare nuove energie nella vita. Cercare di allontanarsi dalle situazioni o dalle persone che alimentano gli atteggiamenti ossessivi e concentrarsi su ciò che fa sentire felice e realizzata.

Gli atteggiamenti ossessivi possono spesso basarsi sulla paura dell'ignoto o della perdita. Lavorare sulla forza interiore e sulla fiducia, affrontando queste paure e imparando a vivere nel presente, senza farsi influenzare dagli attacchi ossessivi.

Non bisogna permettere che gli atteggiamenti ossessivi di altre persone definiscano la felicità e il benessere. Ricordare che si responsabile della tua vita e delle tue emozioni. Concentrati sulle cose che puoi controllare e sulle azioni che puoi intraprendere per migliorare la tua situazione.

Non bisogna permettere che gli atteggiamenti ossessivi di altre persone definiscano la felicità e il benessere. Ricordare che si è responsabile della propria vita e delle proprie emozioni. Concentrarsi sulle cose che puoi controllare e sulle azioni che puoi intraprendere per migliorare la tua situazione.

Capitolo 10: Amare senza Possedere: Libertà nell'Amore

L'amore è un sentimento che arricchisce la vita, un legame che dovrebbe unire due individui nel rispetto e nella comprensione reciproca. Tuttavia, troppe volte l'amore può essere confuso con la possessione, trasformando quello che dovrebbe essere una connessione salutare e di sostegno in una prigione emotiva.

Nel capitolo "Amare senza Possedere: Libertà nell'Amore", esploriamo l'importanza dell'indipendenza e dell'autonomia all'interno di una relazione. Questo non significa rinunciare all'intimità o all'impegno, ma piuttosto imparare a costruire un legame sano basato sulla reciprocità, il rispetto e la libertà.

L'amore libero è un concetto che si riferisce a una forma di amore che si basa sul rispetto, sull'indipendenza e sulla libertà personale all'interno di una relazione. Significa amare senza possedere o controllare l'altra persona, consentendo a entrambi i partner di essere se stessi e di crescere individualmente.

Nel contesto dell'amore libero, il rispetto reciproco è fondamentale. Ciò implica accettare e valorizzare le differenze dell'altro, rispettando i suoi desideri, le sue opinioni e la sua autonomia. Significa riconoscere che ogni individuo ha bisogni, sogni e aspirazioni uniche e che è importante dare spazio e sostegno all'altro nella realizzazione di queste.

Un aspetto centrale dell'amore libero è l'indipendenza. Ciascun partner ha il diritto di mantenere una propria identità, di perseguire i propri interessi e di avere spazio per la crescita personale. L'indipendenza non significa distacco emotivo, ma piuttosto la consapevolezza che entrambi i partner hanno bisogno di avere una vita al di fuori della relazione, di coltivare le proprie passioni e di nutrire le proprie amicizie.

La libertà personale è un altro elemento chiave dell'amore libero. Significa non sentire l'obbligo di conformarsi a modelli di comportamento predefiniti o di aspettative sociali rigide. Ogni persona ha il diritto di esprimere se stessa, di fare scelte autonome e di essere accettata e amata per quello che è. La libertà personale comprende anche il rispetto dei confini personali di ciascun partner e la comunicazione aperta per definire e rispettare questi confini.

L'amore libero promuove la fiducia reciproca all'interno della relazione. Significa avere fiducia che entrambi i partner agiscano in modo responsabile e rispettoso, senza la necessità di controllare o monitorare costantemente le azioni o le decisioni dell'altro. La fiducia è il fondamento su cui si costruisce un legame solido e duraturo, in cui entrambi i partner si sentono sicuri nel loro amore e nella loro capacità di affrontare le sfide insieme.

L'amore libero è un'alternativa al concetto tradizionale di possessività e controllo nelle relazioni. Promuove una dinamica sana e appagante, in cui entrambi i partner si sentono liberi di crescere, esplorare e sperimentare la propria individualità all'interno della relazione. È un'opportunità per costruire una connessione basata sulla fiducia, la comunicazione aperta e l'accettazione reciproca.

Per coltivare un amore libero, è importante lavorare sulla consapevolezza di sé e sull'auto-gestione delle proprie emozioni. Significa essere consapevoli dei propri bisogni, delle proprie paure e dei propri limiti, e comunicarli in modo chiaro al partner.

Richiede anche la capacità di ascoltare attentamente l'altro, di comprendere le sue esigenze e di rispettare i suoi desideri.

Nella società odierna, esistono ancora molti miti e idee errate che associano l'amore alla possessività. Questi miti possono essere dannosi per entrambi i partner, poiché promuovono dinamiche di controllo, gelosia e dipendenza emotiva. Ecco alcuni miti comuni da sfatare:

- Il mito del "se mi ami, mi appartieni": Questo mito suggerisce che essere possessivi o controllare il partner sia un segno di amore. In realtà, l'amore non dovrebbe essere basato sulla proprietà o sul controllo dell'altro, ma sulla fiducia reciproca, sulla libertà personale e sul rispetto reciproco.

- Il mito dell'esclusività totale: Molte persone credono che una relazione sana richieda una completa esclusività e che i partner debbano rinunciare a qualsiasi forma di connessione o amicizia con altre persone. In realtà, una relazione sana si basa sulla fiducia e sulla comunicazione aperta, consentendo a entrambi i partner di avere una vita sociale e di mantenere amicizie al di fuori della relazione.

- Il mito del controllo come segno di amore: Alcuni ritengono che il controllo e la gelosia siano segni di amore e preoccupazione. Tuttavia, il controllo eccessivo e la gelosia possono danneggiare la fiducia e la libertà all'interno della relazione, creando un ambiente di insicurezza e dipendenza.

215

- Il mito dell'idea che l'amore giustifichi qualsiasi comportamento: A volte si crede che, se si ama davvero qualcuno, si possa giustificare qualsiasi comportamento, anche se è dannoso o abusivo. Questo non è vero. L'amore sano implica rispetto, rispetto dei confini personali e responsabilità reciproca.

- Il mito che l'amore sia una lotta: Questa idea suggerisce che l'amore debba essere complicato e faticoso, e che sia normale combattere o avere frequenti momenti di gelosia e tensione. In realtà, una relazione sana si basa sulla collaborazione, sulla comunicazione aperta e sul sostegno reciproco.

Sfatare questi miti è fondamentale per promuovere relazioni amorose sane e rispettose. È importante comprendere che l'amore non è sinonimo di possessività, gelosia o controllo, ma implica rispetto, fiducia, indipendenza e libertà personale.

Per superare questi miti e adottare un approccio più sano all'amore, è importante educarsi su ciò che costituisce una relazione sana e cercare modelli positivi di relazioni nelle nostre vite e nella società. Imparare a stabilire confini personali, comunicare in modo aperto ed empatico e promuovere l'indipendenza reciproca può aiutare a costruire relazioni basate sulla fiducia e sul rispetto reciproco.

Riconoscere i segnali di un amore possessivo e soffocante è fondamentale per le donne al fine di preservare la propria autonomia e il benessere emotivo all'interno di una relazione.

Il controllo eccessivo da parte di un partner possessivo è uno dei segnali più evidenti di un amore problematico. Questo comportamento è spesso alimentato da una mancanza di fiducia e da insicurezze personali, che si traducono in un bisogno irrazionale di controllo sulla vita della donna. Il partner possessivo può monitorare costantemente le sue comunicazioni, controllare le sue attività online, verificare le sue chiamate e persino cercare di influenzare le sue decisioni. Questo livello di controllo invade la privacy della donna e limita la sua autonomia.

Il controllo eccessivo può manifestarsi in diverse forme. Ad esempio, il partner possessivo potrebbe essere ossessionato dalla lettura dei messaggi o delle e-mail della donna, cercando indizi o conferme delle sue paure o sospetti infondati. Potrebbe chiedere spiegazioni dettagliate su ogni singolo incontro o conversazione, mettendo in discussione la sua lealtà e cercando di imporre il proprio punto di vista. Questo comportamento mina la fiducia reciproca e crea una dinamica di potere squilibrata all'interno della relazione.

La donna che si trova in una situazione di controllo eccessivo può sperimentare un senso di intrappolamento e perdita di autonomia. Si sente costantemente sotto osservazione e può provare ansia o paura di commettere errori che possano scatenare la gelosia o l'ira del partner. La mancanza di spazio personale e di privacy può erodere gradualmente il suo senso di identità e indipendenza.

Un amore possessivo è caratterizzato da una gelosia eccessiva e irrazionale da parte del partner. Questa gelosia può manifestarsi in varie forme, creando una dinamica di controllo e isolamento nella relazione. Il partner possessivo può diventare geloso delle interazioni della donna con gli amici, la famiglia o persino con colleghi di lavoro, interpretandole come una minaccia per la relazione. Questo porta spesso a tentativi di isolare la donna dagli altri, cercando di controllare e limitare i suoi contatti sociali.

Il partner possessivo potrebbe esprimere il suo senso di gelosia attraverso costanti domande sulle attività della donna, richiedendo dettagli e spiegazioni sulle sue interazioni con gli altri. Potrebbe sospettare senza motivo, interpretando innocenti gesti di gentilezza o di amicizia come segni di un tradimento imminente. Questo atteggiamento crea un ambiente di sfiducia e tensione all'interno della relazione.

La gelosia eccessiva può comportare comportamenti di controllo, come il monitoraggio costante delle comunicazioni della donna, l'accesso non autorizzato ai suoi dispositivi o l'interrogatorio sulla sua vita sociale. Il partner possessivo potrebbe cercare di controllare gli spostamenti della donna, richiedendo informazioni dettagliate sui luoghi in cui si trova e con chi è. Questo comportamento invade la privacy della donna, creando una sensazione di oppressione e limitazione delle sue libertà personali.

L'effetto di questa gelosia eccessiva può essere profondamente dannoso per la donna coinvolta. Si può sentire in colpa o intrappolata, cercando costantemente di rassicurare il partner o evitando situazioni che potrebbero scatenare la gelosia. Questo può portare a un senso di isolamento sociale, alla perdita di fiducia in se stessa e alla compromissione della sua autostima.

Un partner possessivo può adottare un comportamento manipolativo cercando di isolare la donna dagli amici e dalla famiglia. Questo è un segno di controllo e possessività, poiché il partner cerca di limitare le opportunità della donna di socializzare e creare connessioni al di fuori della relazione. Questo atteggiamento manipolativo può avere un impatto negativo sulla vita sociale della donna e sulla sua indipendenza emotiva.

Il partner possessivo può iniziare a criticare gli amici o la famiglia della donna, cercando di minare la fiducia e l'affetto che lei ha per loro. Possono mettere in dubbio le intenzioni degli altri, dipingendoli come una minaccia per la relazione. Inoltre, potrebbero creare situazioni in cui la donna si sente costretta a scegliere tra il partner e le persone care a lei, generando un senso di isolamento e confusione.

L'obiettivo di isolare la donna dagli altri è quello di creare una dipendenza sempre maggiore dal partner possessivo. Quando il partner diventa la principale fonte di supporto emotivo e sociale, la donna si trova in una posizione vulnerabile in cui dipende interamente dal partner per soddisfare le sue esigenze di connessione e supporto. Questo può rendere difficile per la donna intraprendere azioni autonome o prendere decisioni indipendenti, poiché il partner ha stabilito un controllo esagerato sulla sua vita.

L'isolamento sociale può essere dannoso per la donna a livello emotivo e psicologico. Il senso di isolamento può portare a una ridotta qualità della vita, aumentare il rischio di depressione e ansia, e ostacolare la possibilità di avere una rete di sostegno solida. Inoltre, l'isolamento può far sentire la donna intrappolata nella relazione e rendere difficile per lei cercare aiuto o chiedere supporto a persone esterne.

Un amore possessivo spesso si avvale della manipolazione emotiva per ottenere ciò che desidera. Questo comportamento manipolativo è finalizzato a esercitare controllo e potere sulla donna, utilizzando tattiche coercitive per farla cedere alle proprie richieste. La manipolazione emotiva è dannosa per la salute emotiva e psicologica della donna e può avere conseguenze negative sulla sua autostima e indipendenza.

Uno dei modi in cui la manipolazione emotiva si manifesta in un amore possessivo è attraverso il senso di colpa. Il partner possessivo può far sentire la donna in colpa per cose che non ha fatto o per situazioni che non sono di sua responsabilità. Utilizzando la manipolazione del senso di colpa, il partner cerca di ottenere la sottomissione della donna e di farla conformare alle sue aspettative.

Un altro strumento comune di manipolazione emotiva è la minaccia. Il partner possessivo potrebbe minacciare di ferirsi, di commettere atti autolesionisti o addirittura di lasciare la donna se non acconsente alle sue richieste. Queste minacce generano un senso di paura e angoscia nella donna, costringendola a fare ciò che il partner desidera per evitare conseguenze negative.

La manipolazione emotiva crea un ambiente tossico e coercitivo all'interno della relazione, in cui la donna si sente intrappolata e costretta a fare scelte contro la sua volontà. Questo comportamento mina la fiducia e l'autonomia della donna, facendole credere di non avere il controllo sulla propria vita e le proprie decisioni.

Un partner possessivo tende ad ignorare i confini personali della donna e cerca di imporre le proprie aspettative su di lei. Questo comportamento invade la sua privacy e viola il suo diritto alla riservatezza. Il partner possessivo potrebbe insistere per avere accesso ai suoi account personali, come il suo telefono, e-mail o account sui social media. Potrebbero cercare di leggere i suoi messaggi privati o monitorare le sue attività online senza il suo consenso.

La violazione della privacy è una chiara manifestazione di controllo e possessività. Il partner possessivo cerca di ottenere un senso di potere e dominio sulla donna, cercando di conoscere ogni dettaglio della sua vita, anche quelli che dovrebbero rimanere privati. Questo atteggiamento invade il suo spazio personale e la fa sentire costantemente sotto osservazione.

Il partner possessivo potrebbe cercare di giustificare la violazione della privacy come un atto di "preoccupazione" o "cura", ma è importante riconoscere che questa è una manipolazione che non dovrebbe essere accettata. Ogni individuo ha diritto alla propria privacy e riservatezza, e nessuno ha il diritto di violare questi confini.

La violazione della privacy può avere conseguenze negative per la donna coinvolta. Può creare un senso di insicurezza e diffidenza all'interno della relazione, portandola a sentirsi costantemente sotto controllo. Questo può causare stress emotivo, ansia e una sensazione di intrappolamento. Inoltre, la violazione della privacy può compromettere la fiducia nella relazione e minare la sua autostima.

Un amore possessivo può cercare di creare una dipendenza emotiva nella donna, facendola sentire insicura e dipendente dalla sua approvazione e affetto. Questo atteggiamento manipolativo mira a sottomettere la donna e a farle mettere le esigenze del partner prima delle sue. In tal modo, la donna potrebbe sacrificare la sua felicità e indipendenza per mantenere la relazione.

Il partner possessivo può cercare di soddisfare il proprio bisogno di controllo e potere inducendo la donna a dipendere da lui per l'approvazione e l'affetto. Questo può accadere attraverso una serie di tattiche manipolative, come la creazione di una dipendenza emotiva, l'esercizio di controllo sulla sua vita e la minaccia di abbandono o punizione se la donna non si conforma ai desideri del partner.

Per raggiungere tale dipendenza emotiva, il partner possessivo può sfruttare le insicurezze e le vulnerabilità della donna. Possono criticare il suo aspetto, minare la sua fiducia in se stessa o mettere in discussione il suo valore. Questo crea un senso di dipendenza e fa sì che la donna si aggrappi al partner per l'affetto e la conferma di sé.

Il partner possessivo potrebbe anche cercare di controllare la vita quotidiana della donna, limitando le sue decisioni e le sue azioni. Possono cercare di imporre le proprie opinioni, impedire alla donna di perseguire i propri interessi o di intraprendere attività indipendenti. Questo porta la donna a sentirsi sempre più dipendente dal partner per ogni aspetto della sua vita.

Il risultato di questa dipendenza emotiva è che la donna potrebbe mettere le esigenze del partner al di sopra delle sue, sacrificando la sua felicità e indipendenza. Può evitare di fare cose che la rendono felice, per paura di deludere o di perdere il partner. Potrebbe rinunciare alle sue ambizioni personali o ai suoi sogni per soddisfare le aspettative del partner.

In alcuni casi estremi, un amore possessivo può manifestarsi attraverso comportamenti aggressivi, sia verbalmente che fisicamente. Questo tipo di comportamento è estremamente pericoloso e inaccettabile in qualsiasi relazione. La violenza verbale può includere insulti, umiliazioni, minacce e manipolazione emotiva per ottenere il controllo sulla donna. La violenza fisica può includere aggressioni, spintoni, schiaffi o addirittura abusi sessuali.

Questi comportamenti aggressivi sono segnali di un rapporto altamente tossico e indicano una mancanza totale di rispetto e considerazione per la donna come individuo. Il partner possessivo che ricorre alla violenza cerca di esercitare un potere e un controllo totali sulla donna, cercando di instillare paura e subordinazione.

La violenza verbale e fisica provoca gravi conseguenze per la donna coinvolta. Può avere un impatto devastante sulla sua salute mentale ed emotiva, causando ansia, depressione, bassa autostima e senso di impotenza. La donna può sentirsi intrappolata in una relazione pericolosa, temendo per la propria sicurezza e quella dei propri cari.

Nutrire un amore liberatore richiede impegno e consapevolezza nel promuovere la libertà individuale all'interno della relazione.

Praticare l'ascolto attivo è fondamentale per comprendere meglio le esigenze, i desideri e le prospettive del partner. Significa dedicare tempo ed energia per ascoltare attentamente senza interruzioni, dimostrando interesse e accogliendo le sue parole senza giudizio. Questo crea uno spazio sicuro in cui entrambi i partner possono esprimere le proprie individualità e sentirsi compresi e valorizzati.

Riconoscere e rispettare il bisogno di tempo personale è essenziale per promuovere l'autonomia all'interno della relazione. Consentire a entrambi i partner di coltivare i propri interessi, dedicarsi alle attività individuali e prendersi cura di sé stessi contribuisce a mantenere un senso di identità indipendente. Questo tempo personale rinnova l'energia e favorisce un equilibrio tra l'impegno nella relazione e la cura di sé.

Utilizzare affermazioni positive può aiutare a coltivare l'auto-amore e l'auto-rispetto, promuovendo una sana autostima. Sostenere se stessi e il partner attraverso parole ed espressioni di apprezzamento, riconoscendo le qualità uniche e valorizzando i successi personali, contribuisce a creare un clima di fiducia e sostegno reciproco.

Stabilire e rispettare confini salutari è fondamentale per nutrire un amore liberatore. Questo implica una comunicazione chiara e aperta su ciò che è accettabile e ciò che non lo è, sia a livello personale che di coppia. Discutere e concordare i limiti individuali e collettivi promuove il rispetto e la comprensione reciproca, garantendo che entrambi i partner si sentano al sicuro e rispettati nella relazione.

Promuovere la crescita personale all'interno della relazione è un elemento essenziale per nutrire un amore liberatore. Ciò implica incoraggiare e sostenere il partner nel perseguire i propri obiettivi, sviluppare le proprie passioni e lavorare sulla propria crescita personale ed emotiva. Supportarsi a vicenda nel raggiungimento di nuove sfide e nell'esplorazione di nuove esperienze crea un ambiente di fiducia e libertà in cui entrambi i partner possono crescere e svilupparsi.

Essere consapevoli dei propri bisogni e dei bisogni del partner è fondamentale per nutrire un amore liberatore. Ciò richiede una comunicazione aperta e sincera, in cui entrambi i partner si sentano a proprio agio nel condividere i loro bisogni e ascoltare i bisogni dell'altro. Trovare un equilibrio tra i bisogni individuali e quelli di coppia aiuta a garantire che entrambi si sentano soddisfatti e apprezzati nella relazione.

Promuovere un amore liberatore richiede impegno, consapevolezza e rispetto reciproco. Coltivare la libertà individuale all'interno della relazione permette ad entrambi i partner di crescere, esplorare la propria identità e sperimentare un amore che rispetti e valorizzi la diversità e l'autonomia.

Mantenere la libertà all'interno di una relazione d'amore a lungo termine è un elemento chiave per garantire la salute e la felicità di entrambi i partner.

È importante trovare un equilibrio tra il tempo che trascorri insieme come coppia e il tempo che dedichi alle attività individuali. Riservare momenti per sé stessi aiuta a mantenere una sensazione di autonomia e soddisfazione personale. Comunicate apertamente i vostri bisogni e trovate un accordo che sia soddisfacente per entrambi.

I conflitti sono inevitabili in ogni relazione, ma è importante affrontarli in modo rispettoso e costruttivo. Ascoltatevi a vicenda, cercate di comprendere i punti di vista dell'altro e cercate soluzioni che siano accettabili per entrambi. Evitate di usare la manipolazione o la coercizione per ottenere ciò che volete e lavorate insieme per trovare un terreno comune.

Continuate a coltivare i vostri interessi personali all'interno della relazione. Mantenere le proprie passioni e gli hobby individuali contribuisce al benessere personale e alimenta la vitalità della relazione. Supportatevi a vicenda nel perseguimento delle vostre passioni e dedicate del tempo per condividere le vostre esperienze individuali con il partner.

La fiducia è un pilastro fondamentale di un amore liberatore. Cercate di costruire una base di fiducia solida attraverso la comunicazione aperta, l'onestà e il rispetto reciproco. Dimostratevi affidabilità e rispettate gli impegni presi. Mantenere una comunicazione chiara e trasparente aiuta a consolidare la fiducia e a mantenere la libertà individuale all'interno della relazione.

È importante rispettare i confini personali di entrambi i partner. Ognuno ha diritto alla propria privacy, ai propri spazi e ai propri limiti. Comunicate apertamente i vostri confini personali e rispettateli reciprocamente. Mantenete una comunicazione aperta riguardo alle esigenze individuali e cercate di trovare un equilibrio tra i bisogni di ciascuno.

Una relazione sana permette sia la crescita individuale che quella di coppia. Incoraggiatevi a crescere come individui, supportando i sogni e gli obiettivi personali l'uno dell'altro. Allo stesso tempo, coltivate anche la crescita della vostra relazione, dedicando tempo ed energia per connettervi a un livello profondo e sostenendo l'amore e l'affetto reciproci.

Mantenere la libertà all'interno di una relazione d'amore richiede impegno da entrambi i partner. È un processo continuo di comunicazione aperta, rispetto reciproco e sostegno reciproco. Quando entrambi i partner si sentono liberi di esprimere se stessi, di perseguire i propri interessi e di mantenere la propria identità all'interno della relazione, si crea un amore che è nutriente, appagante e durevole nel tempo.

Capitolo 11: Il Calice dell'Amore: Quando la Sostanza Interviene

In questo capitolo, ci immergeremo nelle profondità degli effetti dell'abuso di sostanze su una relazione di coppia, dal riconoscimento iniziale della dipendenza alla riabilitazione e alla speranza di un futuro sereno.

Inizieremo esaminando come identificare segni di dipendenza, sia ovvi che sottili, e come tali comportamenti influiscono sulle dinamiche della relazione. Successivamente, offriremo strategie pratiche per affrontare un partner con dipendenze, concentrandoci su come supportare l'altro senza perdere se stessi nel processo.

Discuteremo anche l'aspetto difficile della violenza nelle relazioni con individui dipendenti, e come la rabbia e la frustrazione possono manifestarsi in modi imprevedibili. Il viaggio proseguirà con una disamina dei percorsi di recupero per le coppie colpite da dipendenze, dal danno iniziale alla riabilitazione.

Infine, ci concentreremo sulla forza necessaria per allontanarsi da un partner dipendente quando è necessario, e come superare un'esperienza di amore tossico per curare le ferite e rinascere. Concluderemo con una nota di speranza, esplorando come costruire un futuro sereno dopo una relazione con un individuo dipendente.

Tutto il percorso è incentrato su un messaggio centrale: l'amore può essere difficile, ma con le giuste informazioni e strategie, le donne possono navigare anche nelle situazioni più complesse, scoprendo nuove forze e aprendo la strada a un futuro più luminoso.

La dipendenza è una condizione complessa che può avere un impatto significativo sulla vita di coppia. Può manifestarsi in diverse forme, come la dipendenza da sostanze psicotrope, l'alcolismo o la dipendenza da comportamenti come il gioco d'azzardo o l'uso compulsivo di internet. Quando uno dei partner è affetto da una dipendenza, le dinamiche relazionali possono subire profonde modifiche e può essere difficile per entrambi i partner mantenere un rapporto sano e soddisfacente.

Uno dei tipi di dipendenza più comuni che influisce sulle relazioni di coppia è l'alcolismo. Quando uno dei partner ha un problema di dipendenza dall'alcol, questo può avere un impatto negativo su tutti gli aspetti della vita di coppia. L'alcolismo può portare a una serie di problemi, tra cui:

- l'abuso di alcol può compromettere seriamente la capacità di comunicazione di una persona. Quando un partner è affetto da dipendenza dall'alcol, può diventare meno attento, responsivo e disponibile ad ascoltare le esigenze e le preoccupazioni dell'altro. L'abuso di alcol può influire negativamente sulla comunicazione in diversi modi. Innanzitutto, l'alcol può alterare lo stato emotivo e cognitivo di una persona, riducendo la sua capacità di concentrazione e di risposta appropriata alle situazioni. Il partner che abusa dell'alcol può sembrare distante, distratto o emotivamente inaccessibile durante le conversazioni, rendendo difficile per l'altro partner sentirsi ascoltato e compreso. Inoltre, l'abuso di alcol può portare a un aumento dei conflitti e delle tensioni nella relazione. L'effetto disinibente dell'alcol può far emergere emozioni negative represse o amplificare le reazioni emotive, portando a litigi frequenti e a una comunicazione più conflittuale. Le discussioni possono diventare cariche di rabbia, aggressività e provocazioni, rendendo difficile trovare un terreno comune e risolvere i problemi in modo costruttivo. La mancanza di attenzione e responsività da parte del partner che abusa dell'alcol può anche creare un senso di isolamento e solitudine nell'altro partner. La sensazione di non essere ascoltato o compreso può portare a sentimenti di frustrazione, tristezza e rabbia, aumentando la distanza emotiva all'interno della coppia. L'altro partner può ritrovarsi a cercare altre fonti di sostegno e comprensione al di fuori della relazione, causando una maggiore frattura nel legame di coppia. Inoltre, è importante creare un ambiente sicuro e rispettoso in cui la comunicazione possa avvenire. Ciò significa evitare di parlare durante i momenti in cui il partner è sotto l'influenza dell'alcol, quando la comunicazione è più probabile che diventi conflittuale o poco costruttiva. Scegliere momenti di sobrietà e calma per affrontare argomenti importanti o delicati può favorire una comunicazione più efficace e rispettosa.

- L'instabilità emotiva è un altro aspetto significativo dell'impatto dell'abuso di alcol sulle dinamiche di coppia. L'alcolismo può causare cambiamenti drastici e imprevedibili nelle emozioni del partner dipendente, rendendo difficile per il partner non dipendente comprendere e gestire tali fluttuazioni emotive.

  Le persone affette da dipendenza dall'alcol possono sperimentare una vasta gamma di emozioni, che possono variare da una profonda tristezza e disperazione a momenti di euforia e irrazionalità. Queste fluttuazioni possono essere causate dall'effetto dell'alcol sul sistema nervoso centrale, che può alterare i processi emotivi e la capacità di regolazione emotiva. Per il partner non dipendente, questa instabilità emotiva può essere confusa e frustrante da gestire. Può sembrare che il partner dipendente sia imprevedibile e che le emozioni si alternino rapidamente senza una chiara motivazione. Questa instabilità può causare tensioni e conflitti all'interno della coppia, poiché il partner non dipendente può sentirsi sopraffatto o incapace di soddisfare le mutevoli esigenze emotive del partner dipendente.

Una strategia importante per affrontare l'instabilità emotiva è quella di sviluppare una comprensione compassionevole delle sfide che il partner dipendente affronta a causa dell'alcolismo. Educarsi sulla dipendenza dall'alcol e sulle sue implicazioni emotive può aiutare a mettere in prospettiva le reazioni emotive del partner e ad adottare un approccio più empatico.

È inoltre essenziale stabilire una comunicazione aperta e onesta sulla gestione delle emozioni. Entrambi i partner devono sentirsi a proprio agio nel parlare apertamente delle loro emozioni e cercare di comprendere le sfumature e i motivi delle fluttuazioni emotive. Questo può essere facilitato attraverso il dialogo, l'ascolto attivo e il rispetto reciproco.

Per il partner non dipendente, è importante anche sviluppare un adeguato sistema di supporto personale. Trovare modi per soddisfare i propri bisogni emotivi al di fuori della relazione può aiutare a mantenere l'equilibrio emotivo e la resilienza. Ciò potrebbe includere attività che portano gioia e soddisfazione personale, come hobby, esercizio fisico o momenti di relax e ricarica.

- I problemi finanziari rappresentano un altro aspetto significativo dell'impatto dell'alcolismo sulla vita di coppia. L'alcolismo può portare a gravi difficoltà economiche a causa delle spese sostenute per l'acquisto di alcol e dei possibili problemi legati all'occupazione.

Le persone affette da dipendenza dall'alcol spesso dedicano una notevole quantità di denaro all'acquisto di bevande alcoliche. Questa spesa eccessiva può mettere a dura prova il bilancio familiare, causando tensioni finanziarie significative all'interno della coppia. Il partner non dipendente può sentirsi frustrato e preoccupato per la situazione finanziaria, mentre il partner dipendente può sentirsi in colpa o vergognoso per il modo in cui l'alcolismo sta influenzando la stabilità economica.

Inoltre, l'alcolismo può avere conseguenze negative sull'occupazione del partner dipendente. L'assunzione eccessiva di alcol può compromettere le capacità cognitive e fisiche, influenzando negativamente la performance lavorativa. Ciò può portare a problemi sul posto di lavoro, come assenze frequenti, prestazioni scadenti o addirittura perdita del lavoro. Queste difficoltà finanziarie possono amplificare le tensioni all'interno della coppia, creando un ambiente di stress e preoccupazione costante.

Per affrontare i problemi finanziari causati dall'alcolismo, è importante adottare un approccio collaborativo e solidale. Entrambi i partner devono lavorare insieme per sviluppare una strategia di gestione finanziaria che tenga conto delle sfide causate dall'alcolismo. Ciò può includere la creazione di un budget familiare, la riduzione delle spese non essenziali e la ricerca di soluzioni alternative per affrontare le difficoltà finanziarie.

- La mancanza di fiducia rappresenta un aspetto significativo dell'impatto dell'alcolismo sulla vita di coppia. La dipendenza dall'alcol può erodere la fiducia all'interno della relazione, poiché il partner non dipendente può diventare sospettoso e diffidente nei confronti del partner dipendente a causa dei comportamenti e delle promesse non mantenute legati all'alcolismo.

L'alcolismo può portare a una serie di comportamenti che minano la fiducia all'interno della coppia. Il partner dipendente potrebbe mentire sul consumo di alcol, nascondere bottiglie o addirittura negare di avere un problema con l'alcol. Queste azioni possono causare un senso di tradimento e inganno nel partner non dipendente, minando la fiducia nella sincerità e nell'integrità del partner dipendente.

Inoltre, l'alcolismo può portare a una serie di promesse non mantenute. Il partner dipendente potrebbe promettere di smettere di bere o di ridurre il consumo di alcol, ma poi ricadere nella dipendenza senza cercare un aiuto adeguato. Questo ciclo di promesse infrante può aumentare la mancanza di fiducia e alimentare il senso di frustrazione e delusione nel partner non dipendente.

Affrontare la mancanza di fiducia causata dall'alcolismo richiede un impegno da entrambi i partner. È importante che il partner dipendente riconosca e ammetta la sua dipendenza, assumendo la responsabilità delle proprie azioni. Questo può essere facilitato attraverso la partecipazione a programmi di recupero, come gruppi di sostegno o terapia individuale, che offrono strumenti e strategie per affrontare il problema dell'alcolismo.

Il partner non dipendente, d'altra parte, può lavorare per coltivare un senso di compassione e comprensione. La dipendenza dall'alcol è una malattia complessa, e l'empatia può contribuire a creare un ambiente di supporto in cui entrambi i partner possono affrontare le sfide della dipendenza e ricostruire la fiducia. Tuttavia, è anche importante che il partner non dipendente ponga dei limiti chiari e coerenti per proteggere il proprio benessere emotivo e stabilire confini salutari.

Oltre all'alcolismo, l'abuso di sostanze psicotrope come droghe illegali o farmaci prescritti può avere un impatto significativo sulle dinamiche di coppia. L'abuso di sostanze può portare a problemi simili a quelli dell'alcolismo, come la comunicazione compromessa, l'instabilità emotiva e i problemi finanziari. Tuttavia, ci sono anche alcune dinamiche uniche associate all'abuso di sostanze psicotrope, tra cui:

- La dipendenza emotiva rappresenta un aspetto significativo dell'impatto dell'abuso di sostanze, come l'alcolismo, sulle dinamiche di coppia. Il partner non dipendente può sviluppare una dipendenza emotiva nei confronti del partner che abusa delle sostanze, sentendosi obbligato a prendersi cura di lui e a fornire un sostegno costante, anche a costo della propria salute e del proprio benessere.

  La dipendenza emotiva si manifesta quando una persona diventa eccessivamente dipendente dall'attenzione, dall'affetto e dal sostegno emotivo del partner. Nel contesto dell'abuso di sostanze, il partner non dipendente può cercare in modo compulsivo di "salvare" o "guarire" il partner dipendente, cercando di compensare o coprire le conseguenze negative dell'abuso di sostanze.

Questo tipo di dipendenza emotiva può avere un impatto significativo sulla vita di coppia. Il partner non dipendente può mettere da parte le proprie esigenze e desideri, focalizzandosi esclusivamente sul partner dipendente. Potrebbe trascurare le proprie relazioni sociali, gli interessi personali e persino la propria salute fisica ed emotiva a causa della preoccupazione e dell'attenzione costante rivolte al partner dipendente.

Ciò può creare uno squilibrio nella relazione, poiché il partner dipendente può diventare ancora più dipendente dal sostegno e dalla presenza del partner non dipendente, mentre quest'ultimo può sentirsi emotivamente esaurito, sotto pressione e frustrato dalla mancanza di reciprocità.

- Il ruolo del salvatore è un aspetto importante da considerare nell'impatto dell'abuso di sostanze, come l'alcolismo, sulle dinamiche di coppia. Il partner non dipendente può assumere il ruolo di salvatore, cercando di "salvare" o "guarire" il partner dipendente dalle sostanze, creando un dinamismo disfunzionale che può influire negativamente sulla relazione e sul benessere di entrambi i partner.

Il ruolo del salvatore si manifesta quando il partner non dipendente si impegna attivamente a risolvere i problemi del partner dipendente, assumendo un'eccessiva responsabilità per il suo recupero. Il partner non dipendente può sentirsi obbligato a "salvare" il partner dipendente dalle conseguenze negative dell'abuso di sostanze, cercando di controllare o gestire il suo comportamento, fornendo supporto emotivo costante o cercando di risolvere i problemi legati all'abuso di sostanze.

Tuttavia, il ruolo del salvatore può essere dannoso per entrambi i partner. Il partner non dipendente può sviluppare un senso di responsabilità e colpa eccessivi, sacrificando le proprie esigenze e benessere per prendersi cura del partner dipendente. Questo può portare a un esaurimento emotivo e fisico, a una perdita di identità e a un senso di frustrazione e rabbia accumulata nel tempo.

D'altra parte, il partner dipendente può diventare ancora più dipendente dal sostegno e dalla presenza del partner non dipendente, mantenendo una dipendenza emotiva e rinunciando alla propria responsabilità nel recupero. Ciò può creare un ciclo di dipendenza e codi pendenza in cui entrambi i partner si sentono intrappolati in un dinamismo disfunzionale.

Per affrontare il ruolo del salvatore, è importante che il partner non dipendente prenda consapevolezza delle proprie tendenze salvatrici e inizi a stabilire confini sani. Questo può includere l'identificazione e la comunicazione delle proprie esigenze e limiti, l'apprendimento dell'autocura e lo sviluppo di un sostegno sociale al di fuori della relazione.

- L'isolamento sociale rappresenta un aspetto significativo dell'impatto dell'abuso di sostanze, come l'alcolismo, sulla vita di coppia. L'abuso di sostanze può portare al distacco dalla famiglia, dagli amici e dalla rete di supporto sociale, lasciando il partner non dipendente isolato e senza una rete di sostegno adeguata.

Quando uno dei partner sviluppa una dipendenza da sostanze, l'attenzione, l'energia e il tempo possono essere monopolizzati dall'uso e dal recupero delle sostanze stesse. Di conseguenza, il partner dipendente può trascurare i rapporti sociali e allontanarsi gradualmente dalla famiglia, dagli amici e dalla rete di supporto sociale precedentemente esistente.

L'isolamento sociale può avere un impatto significativo sul partner non dipendente. Il partner non dipendente può sentirsi isolato, privato di un sostegno emotivo esterno e delle risorse che solitamente derivano da un network di relazioni significative. La mancanza di una rete di supporto sociale può aumentare il senso di solitudine, la frustrazione e la difficoltà nel gestire la situazione.

- Il ciclo di abuso e perdono rappresenta un aspetto significativo dell'impatto dell'abuso di sostanze, come l'alcolismo, sulle dinamiche di coppia. L'abuso di sostanze può creare un ciclo in cui il partner dipendente promette di smettere o di ridurre l'uso di sostanze, ma alla fine ricade nei vecchi comportamenti, causando frustrazione, rabbia e delusione nel partner non dipendente.

Questo ciclo di abuso e perdono può essere estremamente frustrante e stressante per entrambi i partner. Il partner dipendente può provare sensi di colpa e vergogna per le ricadute e può essere motivato a cercare il perdono e la comprensione del partner non dipendente. D'altra parte, il partner non dipendente può nutrire speranze e aspettative di cambiamento, solo per vedere queste speranze deluse quando il partner dipendente ricade nell'abuso di sostanze.

Questo ciclo può creare un ambiente emotivo instabile e teso all'interno della coppia. Il partner non dipendente può sentirsi intrappolato in un ciclo di speranza e delusione, provando rabbia, frustrazione e una crescente mancanza di fiducia. Il partner dipendente, a sua volta, può sentirsi incapace di soddisfare le aspettative del partner non dipendente, alimentando il senso di colpa e la propria dipendenza.

Affrontare un partner con dipendenze può rappresentare una sfida emotiva e psicologica significativa. Tuttavia, ci sono strategie che possono aiutare a sviluppare il coping e la resistenza necessari per affrontare questa situazione difficile.

Educarsi sulla dipendenza è un passo fondamentale per affrontare efficacemente un partner che lotta con una dipendenza. Comprendere la natura della dipendenza, le sue cause e gli effetti che può avere sulla vita della persona e sulla relazione di coppia è essenziale per sviluppare una prospettiva informata e compassionevole.

L'educazione sulla dipendenza può iniziare con la ricerca di informazioni affidabili e di qualità su temi come l'abuso di sostanze, la dipendenza comportamentale o altre forme di dipendenza. È possibile consultare libri, articoli scientifici, siti web di organizzazioni specializzate nel trattamento delle dipendenze o anche partecipare a seminari o workshop che forniscono una comprensione approfondita di questi argomenti.

L'obiettivo è acquisire una consapevolezza delle dinamiche e dei meccanismi che guidano la dipendenza stessa. Ad esempio, comprendere che la dipendenza può essere causata da molteplici fattori, tra cui fattori genetici, ambientali, psicologici e sociali, può aiutare a evitare il colpevolizzare il partner dipendente o attribuire la colpa a se stessi come partner non dipendente.

Inoltre, può aiutare a identificare i segni e i sintomi della dipendenza. Ciò può includere l'osservazione di cambiamenti comportamentali, come un aumento del consumo di sostanze, la perdita di interesse per attività precedentemente amate, problemi di salute fisica o mentale, e una tendenza a nascondere o negare l'uso di sostanze.

Un'altra componente importante è comprendere gli effetti che la dipendenza può avere sulla vita di coppia. Questo può includere l'impatto sulla comunicazione, sulla fiducia, sulla stabilità finanziaria e sul benessere emotivo di entrambi i partner. Essere consapevoli di questi effetti può aiutare a sviluppare una maggiore comprensione delle sfide che la dipendenza può presentare e a prepararsi per affrontarle in modo costruttivo.

L'educazione sulla dipendenza può anche fornire informazioni sulle risorse disponibili per il trattamento e il recupero. Questo può includere opzioni terapeutiche, programmi di supporto, gruppi di autoaiuto o servizi di consulenza specializzati nel trattamento delle dipendenze. Essere a conoscenza di queste risorse può essere utile per guidare il partner dipendente verso il percorso del recupero e per cercare supporto per sé stessi come partner non dipendente.

Il sostegno sociale è un elemento chiave nell'affrontare un partner con dipendenze. Cercare il sostegno di amici, familiari o gruppi di supporto specializzati nel trattamento delle dipendenze può offrire un ambiente sicuro e comprensivo in cui condividere le esperienze, ricevere consigli pratici e ottenere sostegno emotivo.

Partecipare a gruppi di supporto può essere particolarmente utile perché offre l'opportunità di connettersi con altre persone che hanno esperienze simili. Questi gruppi forniscono uno spazio in cui i partecipanti possono condividere le proprie storie, fornire sostegno reciproco e scambiare informazioni sulle risorse disponibili per il trattamento e il recupero. Essere parte di una comunità che comprende le sfide associate alle dipendenze può aiutare a sentirsi meno isolati e a sviluppare un senso di appartenenza.

Il sostegno sociale può anche provenire da amici e familiari fidati. Condividere le proprie preoccupazioni e i propri bisogni con le persone care può fornire un supporto emotivo essenziale. Questi individui possono offrire un ascolto empatico, consigli pratici e un sostegno costante durante il processo di affrontare la dipendenza del partner. È importante cercare amici e familiari che siano aperti, comprensivi e non giudicanti per garantire un ambiente di sostegno sano e positivo.

Stabilire confini sani è un aspetto fondamentale nel processo di affrontare un partner con dipendenze. Implica il riconoscimento dei propri limiti e la comunicazione chiara delle proprie esigenze e aspettative all'interno della relazione. Stabilire confini sani può contribuire a proteggere il proprio benessere emotivo e fisico, nonché a promuovere una comunicazione aperta e rispettosa tra i partner.

Una parte importante di stabilire confini sani è la consapevolezza di ciò che si è disposti a tollerare e di ciò che non si accetterà. È importante riflettere sui propri valori, bisogni e limiti personali per identificare quali sono i comportamenti o le situazioni che si ritiene inaccettabili. Questi possono riguardare l'uso di sostanze, il comportamento violento o abusivo, la mancanza di responsabilità, o qualsiasi altro aspetto che si ritiene comprometta il benessere e la sicurezza della propria persona.

Una volta identificati i propri confini, è fondamentale comunicarli in modo chiaro e assertivo al partner. Questo può essere fatto attraverso una comunicazione aperta e rispettosa, in cui si esprime chiaramente ciò che si desidera o non si desidera all'interno della relazione. È importante evitare l'aggressività o la manipolazione emotiva durante questa comunicazione, concentrandosi invece su espressioni di sé chiare e non ambigue.

Tuttavia, stabilire confini sani non si limita solo a comunicare i propri limiti, ma anche ad agire di conseguenza quando i confini vengono violati. È importante essere consapevoli dei propri confini e non permettere che siano costantemente violati senza conseguenze. Questo può richiedere azioni concrete, come prendere una pausa dalla relazione, cercare supporto esterno, o persino considerare la possibilità di porre fine alla relazione se i confini sono costantemente violati.

È importante riconoscere che stabilire confini sani può essere un processo che richiede tempo, sforzo e resilienza. Potrebbero esserci momenti in cui si è tentati di cedere ai desideri o alle richieste del partner, soprattutto se sono coinvolti problemi di dipendenza. Tuttavia, mantenere confini sani è essenziale per proteggere il proprio benessere e favorire una relazione equilibrata e rispettosa.

Inoltre, è importante tenere presente che stabilire confini sani non significa essere insensibili o privi di empatia verso il partner. Si tratta di proteggere il proprio benessere senza negare all'altro il supporto e l'opportunità di cambiamento. L'obiettivo è creare una dinamica di relazione che favorisca la crescita individuale e reciproca, pur mantenendo una sana autonomia e indipendenza.

Infine, è cruciale ricordare che stabilire confini sani non è un processo isolato, ma richiede un impegno continuo. È importante riflettere periodicamente sui propri confini, rivederli se necessario e adattarli alle mutevoli dinamiche della relazione. Inoltre, cercare supporto esterno, come un terapista o un gruppo di supporto, può essere di grande aiuto nel processo di stabilire confini sani e affrontare le sfide associate alle dipendenze all'interno della relazione. Inoltre, è importante ricordare che il sostegno sociale può estendersi anche ai professionisti del settore della salute mentale e delle dipendenze. I terapisti, i consulenti e gli operatori sanitari specializzati nel trattamento delle dipendenze possono offrire una guida professionale e un supporto pratico per affrontare la situazione. Possono fornire strumenti e strategie specifiche per gestire la dipendenza del partner, migliorare la comunicazione e affrontare le sfide che sorgono all'interno della relazione.

Oltre al sostegno sociale, è importante prendersi cura di se stessi come partner non dipendente. Ciò significa mettere in atto pratiche di auto-cura e dedicare del tempo a se stessi per mantenere il proprio benessere emotivo e fisico. Ciò può includere l'implementazione di una routine di auto-cura regolare, come l'esercizio fisico, il riposo adeguato, la nutrizione equilibrata e la partecipazione ad attività che portano gioia e soddisfazione personale.

Prendersi cura di sé stessi è un aspetto cruciale quando si affronta un partner con dipendenze. La situazione può essere emotivamente esauriente e può richiedere un impegno significativo, quindi è fondamentale dedicare del tempo ed energia al proprio benessere.

Una delle prime cose da fare è imparare a gestire lo stress in modo efficace. L'affrontare una situazione complessa come quella legata alle dipendenze può portare a livelli elevati di stress e ansia. È importante sviluppare strategie di gestione dello stress che funzionino per sé stessi, come la pratica di tecniche di respirazione profonda, lo sviluppo di una routine di esercizio fisico regolare o l'esplorazione di attività rilassanti come la lettura o la musica. Ogni persona può trovare modalità diverse per ridurre lo stress, quindi è importante sperimentare e trovare ciò che funziona meglio per sé stessi.

Mantenere una routine di esercizio fisico regolare è un altro elemento importante nella cura di sé stessi. L'attività fisica non solo aiuta a mantenere il corpo sano, ma può anche ridurre lo stress e migliorare il benessere emotivo. Trovare un'attività che si apprezzi, che si tratti di una passeggiata all'aperto, una lezione di yoga o una sessione in palestra, può fornire una valvola di sfogo per le emozioni e promuovere una sensazione di benessere generale.

Il riposo e il relax sono altrettanto importanti nella cura di sé stessi. Assicurarsi di avere un sonno di qualità e di concedersi del tempo per rilassarsi e rigenerarsi può contribuire a mantenere un equilibrio emotivo e fisico. Ciò può includere la creazione di una routine di sonno regolare, la pratica di tecniche di rilassamento come la meditazione o il bagno caldo, o anche il semplice godersi momenti di tranquillità e di piacere personale.

Inoltre, l'adozione di pratiche di autocura è fondamentale quando si affronta un partner con dipendenze. Queste pratiche possono variare da persona a persona, ma possono includere attività come la meditazione, lo yoga, la scrittura di un diario, la lettura di libri motivazionali o l'impegno in hobby che portano gioia e soddisfazione personale. Queste attività consentono di dedicare del tempo a sé stessi, ricaricare le energie e sviluppare un senso di appagamento personale al di fuori della relazione con il partner dipendente.

Infine, cercare il sostegno di professionisti può essere di grande aiuto nel processo di prendersi cura di sé stessi. Un terapeuta o un consulente specializzato nelle dipendenze può fornire un ambiente sicuro in cui esplorare i propri sentimenti, ricevere supporto emotivo e acquisire nuovi strumenti per affrontare la situazione. Inoltre, partecipare a gruppi di supporto può offrire l'opportunità di connettersi con altre persone che affrontano situazioni simili e condividere esperienze, consigli e risorse.

La comunicazione aperta ed empatica è un elemento fondamentale per affrontare un partner con dipendenze. Avere una comunicazione chiara e aperta può aiutare a stabilire un ambiente di sostegno e comprensione reciproca, creando una base solida per affrontare le sfide legate alle dipendenze.

Prima di tutto, è importante essere disposti ad ascoltare attivamente il partner. Questo significa dedicare attenzione e concentrarsi sinceramente su ciò che il partner sta dicendo, senza interrompere o giudicare. L'ascolto attivo crea uno spazio sicuro in cui il partner può esprimere i propri pensieri, i propri sentimenti e le proprie preoccupazioni senza paura di essere giudicato. Dimostrare empatia durante l'ascolto può aiutare il partner a sentirsi compreso e supportato.

Durante la comunicazione, è importante evitare di criticare o accusare il partner. Invece, si può esprimere i propri sentimenti in modo assertivo, utilizzando frasi come "Mi sento..." o "Ho bisogno di...", senza attaccare o colpevolizzare l'altro. Questo tipo di comunicazione rispettosa e non offensiva può contribuire a ridurre le difese e a creare uno spazio di dialogo più aperto e costruttivo.

Inoltre, è utile cercare di comprendere le prospettive e i sentimenti del partner. Ogni persona ha la propria esperienza e percezione delle situazioni, quindi è importante cercare di mettersi nei suoi panni e vedere le cose dal suo punto di vista. Chiedere domande di approfondimento può aiutare a ottenere una migliore comprensione e promuovere una comunicazione più significativa.

È anche importante essere pazienti e comprensivi durante la comunicazione. La dipendenza è una sfida complessa e può richiedere tempo e impegno per affrontarla. Mantenere una comunicazione aperta e empatica può contribuire a creare un clima di sostegno e collaborazione, consentendo a entrambi i partner di esprimere le proprie preoccupazioni e cercare soluzioni insieme.

Infine, cercare l'aiuto di un professionista può essere estremamente utile per affrontare le sfide della dipendenza. Un terapeuta o consulente specializzato nel trattamento delle dipendenze può fornire una guida preziosa e strumenti pratici per migliorare la comunicazione all'interno della coppia. Questo può includere tecniche di comunicazione specifiche, strategie per affrontare i conflitti e l'offerta di un ambiente sicuro in cui entrambi i partner possono esprimere le proprie preoccupazioni e lavorare insieme per trovare soluzioni.

Cercare il supporto di professionisti qualificati è un passo importante per affrontare le sfide legate alle dipendenze all'interno di una relazione. Coinvolgere un terapeuta o un consulente specializzato nel trattamento delle dipendenze può offrire una guida esperta e un sostegno professionale durante questo percorso di guarigione.

Un terapeuta o un consulente specializzato nel trattamento delle dipendenze è formato per comprendere le dinamiche complesse delle dipendenze e delle relazioni intime colpite da esse. Possono fornire una prospettiva obiettiva e imparziale e offrire strumenti e strategie specifiche per affrontare le sfide che sorgono all'interno della relazione.

Durante le sessioni di terapia o di consulenza, il professionista può aiutare a esplorare le dinamiche della relazione, comprese le cause e gli effetti delle dipendenze, e identificare le aree in cui si possono apportare miglioramenti. Possono lavorare con entrambi i partner per sviluppare strategie di coping per affrontare le sfide quotidiane, migliorare la comunicazione e costruire un ambiente di supporto reciproco.

Il terapeuta o il consulente può anche fornire uno spazio sicuro in cui entrambi i partner possono esprimere le proprie emozioni, preoccupazioni e bisogni. Questo ambiente di sostegno e di non giudizio può facilitare una comunicazione aperta e onesta, creando un terreno fertile per il recupero e la guarigione.

Inoltre, il terapeuta o il consulente può aiutare a individuare le risorse necessarie per il recupero del partner dipendente. Possono fornire informazioni sulle opzioni di trattamento, come la terapia individuale o di gruppo, i programmi di recupero delle dipendenze o le strutture di riabilitazione. Possono anche aiutare a sviluppare un piano di recupero personalizzato che tenga conto delle esigenze specifiche della coppia e delle risorse disponibili nella comunità.

È importante sottolineare che il supporto professionale non si limita solo al partner dipendente, ma riguarda anche il partner non dipendente. Quest'ultimo può beneficiare di uno spazio sicuro per esprimere le proprie emozioni, ricevere un sostegno emotivo e ottenere consigli pratici su come affrontare la situazione. Il terapeuta o il consulente può anche aiutare il partner non dipendente a definire confini sani, a prendersi cura di sé stesso e a sviluppare strategie di coping per affrontare lo stress e le sfide quotidiane.

Focalizzarsi sul proprio percorso individuale è un aspetto fondamentale nell'affrontare una relazione con un partner dipendente. Nonostante il desiderio di aiutare il partner, è importante dedicare attenzione e cura a se stessi, mantenendo un equilibrio nella propria vita e perseguendo i propri obiettivi personali.

Una delle prime strategie per focalizzarsi sul proprio percorso individuale è stabilire e perseguire i propri obiettivi personali. Ciò può includere l'identificazione dei propri interessi, delle passioni e delle aspirazioni, e la definizione di piccoli passi concreti per raggiungere questi obiettivi. Ad esempio, dedicare del tempo ogni settimana a un hobby che appassiona, iscriversi a un corso per imparare qualcosa di nuovo o stabilire obiettivi di carriera che si desidera raggiungere. Concentrarsi sul percorso individuale può fornire un senso di realizzazione personale e una fonte di felicità e soddisfazione che può essere indipendente dalla relazione.

Inoltre, coltivare interessi personali può anche creare uno spazio per l'autocura e il benessere. Prendersi del tempo per fare le cose che fanno sentire bene, che rilassano e che riempiono di gioia. Ciò potrebbe includere attività come lo yoga, la meditazione, il tempo trascorso nella natura, la lettura di libri che interessano o dedicarsi a pratiche creative come la pittura o la scrittura. Queste attività possono aiutare a riconnettersi con te stessi, a ridurre lo stress e a mantenere un equilibrio emotivo mentre affronti le sfide della relazione.

Inoltre, costruire una rete di supporto sociale al di fuori della relazione è cruciale per il proprio benessere. Cercare il sostegno di amici fidati, familiari o di gruppi di supporto che comprendono le sfide associate alle relazioni con partner dipendenti. Condividere le esperienze, ricevere supporto emotivo e pratico e ottenere consigli può aiutare a sentirsi meno soli e a fornire una rete di sostegno durante i momenti difficili. Parlare apertamente con le persone a cui si tiene, che possano ascoltare e supportare nel percorso di gestione di una relazione con un partner dipendente.

Infine, mantenere una vita equilibrata che includa spazio per il relax, il riposo e l'autocura. Prendersi del tempo per se stessi ogni giorno, anche se solo per pochi minuti, per fare attività che aiutino a rilassarsi e a rigenerarsi. Ciò potrebbe includere la pratica della meditazione, lo svolgimento di attività fisiche che più piacciono o semplicemente concedersi momenti di tranquillità e riposo. Prendersi cura di se stessi è fondamentale per mantenere un equilibrio emotivo e fisico, e per affrontare le sfide della relazione con un partner dipendente con maggiore forza e resilienza.

Coinvolgere il partner in programmi di recupero o terapie è un passo importante nel supporto di un partner affetto da dipendenza. Questi programmi offrono una varietà di trattamenti e risorse che possono aiutare il partner a affrontare la dipendenza in modo efficace. Ecco alcuni tipi di trattamenti disponibili e come possono essere utili:

1) La terapia individuale è un'opzione preziosa per affrontare la dipendenza e supportare il partner nel suo percorso di recupero.

Attraverso la terapia individuale, il partner dipendente può esplorare le radici profonde della dipendenza, affrontare le sfide personali e imparare strategie di coping per gestire la dipendenza in modo efficace. Un terapeuta specializzato nel trattamento delle dipendenze può fornire una guida esperta e un sostegno emotivo durante questo percorso.

Durante la terapia individuale, il terapeuta lavora in collaborazione con il partner dipendente per identificare i motivi sottostanti alla dipendenza. Questo può includere l'esplorazione di eventi traumatici, traumi infantili, problemi di autostima o difficoltà relazionali che possono aver contribuito allo sviluppo della dipendenza. Comprendere queste cause profonde è un passo importante per affrontare la dipendenza e sviluppare una prospettiva più positiva per il futuro.

La terapia individuale offre uno spazio sicuro e confidenziale in cui il partner dipendente può esprimere liberamente le proprie preoccupazioni, paure e emozioni legate alla dipendenza. Il terapeuta fornisce un ascolto attento e senza giudizio, offrendo un sostegno empatico e aiutando il partner a sviluppare una maggiore consapevolezza delle proprie dinamiche e modelli di pensiero legati alla dipendenza.

Durante le sessioni di terapia, il terapeuta guida il partner dipendente nell'esplorazione di strategie di coping efficaci per affrontare le sfide quotidiane legate alla dipendenza. Questo può includere l'apprendimento di tecniche di gestione dello stress, l'identificazione e la gestione dei trigger che possono scatenare il desiderio di utilizzare la sostanza, e lo sviluppo di un sistema di supporto solido che possa fornire sostegno durante il percorso di recupero.

Oltre all'affrontare i problemi specifici legati alla dipendenza, la terapia individuale può anche concentrarsi sull'aumento dell'autostima e dell'autocompassione. Spesso, la dipendenza può essere accompagnata da sentimenti di vergogna, colpa o bassa autostima. Il terapeuta può aiutare il partner a riconoscere il proprio valore intrinseco, a sviluppare una visione più positiva di sé stesso/a e a coltivare l'amore e il rispetto per se stessi.

Un aspetto importante della terapia individuale è l'empowerment del partner dipendente. Il terapeuta lavora con il partner per aiutarlo a sviluppare una maggiore consapevolezza delle proprie risorse e capacità di far fronte alla dipendenza. Questo può includere l'identificazione di obiettivi di recupero realistici, la creazione di un piano di azione e il monitoraggio dei progressi nel raggiungimento di questi obiettivi.

La terapia individuale può essere un componente essenziale del percorso di recupero per il partner dipendente. Offre un ambiente di supporto, un'opportunità per l'esplorazione personale e l'apprendimento di nuove strategie. Con l'aiuto di un terapeuta specializzato, il partner dipendente può intraprendere un percorso di crescita personale e raggiungere una vita più equilibrata, soddisfacente e libera dalla dipendenza.

2) Nella terapia di coppia per affrontare la dipendenza, un terapeuta specializzato nel trattamento delle dipendenze lavora con entrambi i partner per affrontare le dinamiche disfunzionali all'interno della relazione e promuovere la guarigione e il recupero. Durante le sessioni, il terapeuta crea uno spazio sicuro in cui entrambi i partner possono esprimere le proprie preoccupazioni, emozioni e punti di vista.

Uno degli obiettivi principali della terapia di coppia è migliorare la comunicazione. Il terapeuta aiuta i partner a sviluppare abilità di ascolto attivo, a imparare a esprimere i propri sentimenti e bisogni in modo chiaro e rispettoso, e a gestire i conflitti in modo costruttivo. La comunicazione aperta e onesta è fondamentale per affrontare i problemi legati alla dipendenza e per costruire una relazione basata sulla fiducia e la comprensione reciproca.

Durante le sessioni di terapia di coppia, il terapeuta lavora anche per affrontare la fiducia compromessa a causa della dipendenza. Questo può includere l'esplorazione delle esperienze passate legate alla dipendenza, la comprensione delle paure e dei timori di entrambi i partner, e lo sviluppo di strategie per ricostruire la fiducia all'interno della relazione. Il terapeuta aiuta i partner a identificare le azioni concrete che possono intraprendere per dimostrare la loro impegno verso il recupero e la costruzione di una relazione sana.

La terapia di coppia per la dipendenza può anche concentrarsi sullo sviluppo di strategie per sostenere il recupero. Questo può includere l'identificazione di situazioni ad alto rischio in cui la tentazione di ricadere nella dipendenza è elevata, e l'apprendimento di strategie per evitare o gestire queste situazioni in modo sano. Il terapeuta può lavorare con entrambi i partner per sviluppare un piano di supporto che includa la partecipazione a gruppi di supporto per dipendenze, consulenza individuale o altre risorse di recupero.

La terapia di coppia per la dipendenza richiede un impegno da parte di entrambi i partner. Richiede una volontà di affrontare le sfide, di aprire il dialogo e di impegnarsi nel processo di guarigione. Il terapeuta fornisce una guida, un sostegno emotivo e strumenti pratici per aiutare i partner nel loro percorso di recupero.

È importante notare che la terapia di coppia non può risolvere tutti i problemi legati alla dipendenza e che il recupero richiede un impegno individuale costante. Tuttavia, la terapia di coppia può fornire un contesto sicuro in cui i partner possono lavorare insieme per affrontare le sfide, ricostruire la fiducia e sviluppare una relazione più sana e appagante.

3) gruppi di supporto sono un'importante risorsa per il partner dipendente e per il partner non dipendente. Essi offrono un ambiente di sostegno in cui entrambi possono condividere le proprie esperienze, ricevere incoraggiamento e apprendere dalle esperienze degli altri. I gruppi di supporto forniscono un senso di appartenenza, in quanto tutti i partecipanti si trovano nella stessa situazione o hanno esperienze simili legate alla dipendenza.

Un esempio di gruppo di supporto ampiamente conosciuto è il programma dei 12 passi, come Alcolisti Anonimi (AA) o Narcotici Anonimi (NA). Questi gruppi seguono un modello strutturato e offrono un programma di recupero basato su principi spirituali e sul supporto reciproco. I partecipanti condividono le loro storie, si sostengono a vicenda e lavorano insieme per mantenere l'astinenza e raggiungere il recupero.

Partecipare a un gruppo di supporto può aiutare il partner dipendente a sentirsi compreso e accettato, riducendo il senso di isolamento e la vergogna associati alla dipendenza. Essi possono imparare dalle esperienze degli altri, ottenere consigli pratici per affrontare le sfide quotidiane legate alla dipendenza e ricevere incoraggiamento per perseverare nel proprio percorso di recupero. I gruppi di supporto forniscono anche un ambiente in cui il partner dipendente può sviluppare una rete di sostegno sociale al di fuori della relazione, che può essere un fattore chiave per il successo del recupero.

251

Anche il partner non dipendente può beneficiare della partecipazione a gruppi di supporto. Questi gruppi offrono un'opportunità per condividere le proprie esperienze, emozioni e preoccupazioni con altre persone che capiscono la dinamica delle relazioni affette da dipendenza. Possono imparare dagli altri partner non dipendenti come affrontare le sfide quotidiane, stabilire confini sani e prendersi cura di sé stessi durante il processo di recupero del partner dipendente. Inoltre, i gruppi di supporto possono aiutare il partner non dipendente a sviluppare una rete di sostegno e connettersi con altre persone che affrontano situazioni simili.

È importante notare che i gruppi di supporto non sono un sostituto per il trattamento professionale, ma possono essere un'importante componente del percorso di recupero. Essi possono fornire un ambiente di sostegno continuativo e un'opportunità per continuare a lavorare sulla propria guarigione e crescita personale anche dopo aver terminato la terapia formale.

4) programmi di trattamento residenziale sono un'opzione da considerare per affrontare la dipendenza in modo intensivo. Questi programmi offrono un ambiente residenziale in cui il partner dipendente può concentrarsi completamente sul proprio recupero senza le distrazioni e le tentazioni dell'ambiente esterno.

Durante il trattamento residenziale, il partner dipendente vive all'interno di una struttura dedicata al recupero, dove riceve una varietà di servizi e terapie mirate al superamento della dipendenza. Nei programmi residenziali, il partner dipendente è supportato da uno staff dedicato che fornisce supervisione continua e supporto emotivo. Questa presenza costante può aiutare a mantenere l'astinenza, offrire sostegno durante i momenti difficili e garantire che il partner dipendente non si senta solo durante il percorso di recupero.

Offrono terapie individuali e di gruppo come parte integrante del trattamento. La terapia individuale permette al partner dipendente di lavorare a fondo sui problemi legati alla dipendenza, esplorare le cause sottostanti e sviluppare strategie di coping per affrontare le sfide future. La terapia di gruppo offre un ambiente di supporto in cui il partner dipendente può condividere le proprie esperienze, ricevere feedback e imparare dagli altri che si trovano nella stessa situazione.

Nei programmi residenziali, il partner dipendente ha accesso a un team medico che può fornire assistenza nella gestione dei sintomi di astinenza e monitorare la salute generale. Questo supporto medico è fondamentale per garantire la sicurezza e il benessere fisico durante il processo di recupero.

Le strutture sono progettate per creare un ambiente terapeutico che favorisca la guarigione e il cambiamento. Questo può includere attività strutturate, workshop educativi, programmi di fitness e altre attività che promuovono il benessere generale. Inoltre, l'ambiente stesso fornisce una pausa dai fattori di stress e dalle influenze negative che possono alimentare la dipendenza.

È importante sottolineare che il trattamento residenziale può essere una scelta appropriata per situazioni più complesse o per persone con dipendenze gravi. Tuttavia, ogni persona è unica e richiede un approccio personalizzato. Pertanto, è fondamentale consultare professionisti qualificati per valutare le esigenze specifiche del partner dipendente e determinare la strategia di trattamento più adeguata.

Casi studio

Terapia Individuale: Immaginiamo una situazione in cui un uomo di nome Luca sta affrontando una dipendenza dall'alcol e decide di intraprendere un percorso di terapia individuale per affrontare la sua dipendenza e recuperare la sua vita.

Durante la sua prima sessione di terapia individuale, Luca incontra il suo terapeuta, il dottor Rossi. Il dottor fornisce un ambiente caldo, accogliente e privato in cui si sente a suo agio ad esplorare i suoi problemi legati all'alcolismo. Iniziano la sessione con una conversazione iniziale per conoscere la storia di Luca, le sue esperienze passate e le sfide attuali che sta affrontando a causa della sua dipendenza.

Il dottor Rossi lavora in collaborazione con Luca per identificare le cause sottostanti alla sua dipendenza. Luca condivide che ha avuto un'infanzia difficile con genitori alcolisti e che ha sviluppato l'abitudine di usare l'alcol come meccanismo di coping per affrontare lo stress e le emozioni negative. Il dottor Rossi lo aiuta a comprendere come queste esperienze passate abbiano contribuito alla sua dipendenza e come possano influenzare la sua vita attuale.

Durante le sessioni successive, il dottor Rossi lavora con Luca per sviluppare strategie di coping più sane ed efficaci per affrontare le sfide legate all'alcolismo. Insieme, esplorano situazioni e trigger specifici che possono scatenare il desiderio di bere e identificano alternative più salutari per far fronte a queste situazioni. Luca impara tecniche di gestione dello stress, come la respirazione profonda e la meditazione, che possono aiutarla a rilassarsi e a evitare di ricorrere all'alcol.

Il dottor Rossi incoraggia Luca a coinvolgere una rete di supporto, come gruppi di supporto per l'alcolismo, per trovare sostegno emotivo e condividere le sue esperienze con altre persone che affrontano lo stesso problema. Insieme, lavorano sulla costruzione di un sistema di supporto solido che può essere una risorsa preziosa durante il suo percorso di recupero.

Durante il percorso di terapia individuale, il dottor Rossi aiuta Luca a sviluppare una maggiore consapevolezza di sé e delle sue emozioni. Luca impara ad affrontare i sentimenti di vergogna e colpa legati alla sua dipendenza, riconoscendo che non è la sua colpa e che merita di vivere una vita sana e appagante. Il dottor Rossi incoraggia Luca a praticare l'autocompassione e a coltivare una visione più positiva di sé stessa.

Man mano che la terapia individuale procede, Luca fa progressi nel suo percorso di recupero. Si sente più sicura di sé e inizia a prendere decisioni che favoriscono il suo benessere. Il dottor Rossi lo sostiene nel suo percorso, aiutandola a identificare e raggiungere i suoi obiettivi di recupero.

Terapia di coppia: Luca e Marta sono una coppia che ha deciso di intraprendere una terapia di coppia a causa della dipendenza di Luca dalle sostanze stupefacenti. La dipendenza di Luca ha causato tensioni nella loro relazione, compromettendo la fiducia e la comunicazione tra di loro. Sono determinati a lavorare insieme per superare la dipendenza e ricostruire la loro relazione.

Durante le sessioni di terapia di coppia, il terapeuta fornisce uno spazio sicuro in cui Luca e Marta possono esprimere le loro preoccupazioni, paure e frustrazioni legate alla dipendenza di Luca. Il terapeuta incoraggia Luca a esplorare le radici della sua dipendenza e ad affrontare eventuali problemi di autostima o traumi passati che possono aver contribuito alla dipendenza.

Nel frattempo, il terapeuta sostiene Marta nel processo di esprimere i suoi sentimenti di delusione, rabbia e paura riguardo alla dipendenza di Luca. Marta ha sofferto a causa della dipendenza di Luca e il terapeuta la aiuta a trovare modi sani per esprimere le sue emozioni e le sue preoccupazioni.

La terapia di coppia si concentra anche sulla comunicazione efficace. Luca e Marta imparano nuove abilità di comunicazione che promuovono l'ascolto attivo, l'espressione dei bisogni e l'apertura emotiva. Il terapeuta facilita la comunicazione tra Luca e Marta, incoraggiando entrambi i partner a condividere le proprie esperienze, opinioni e sentimenti in modo rispettoso.

Durante il percorso di terapia di coppia, Luca e Marta lavorano insieme per stabilire obiettivi comuni. Questi obiettivi possono includere il raggiungimento e il mantenimento della sobrietà di Luca, il ripristino della fiducia e la costruzione di una relazione sana e appagante. Il terapeuta aiuta la coppia a sviluppare strategie di coping per affrontare le sfide che possono sorgere durante il processo di recupero.

Inoltre, il terapeuta incoraggia Luca a partecipare a programmi di recupero individuali, come gruppi di sostegno o terapia individuale specializzata nelle dipendenze, per affrontare le sue sfide personali e sviluppare un solido piano di recupero. La partecipazione di Luca a tali programmi di recupero complementa la terapia di coppia, fornendogli un ulteriore sostegno e risorse per affrontare la sua dipendenza.

La terapia di coppia continua nel tempo, adattandosi alle esigenze e ai progressi di Luca e Marta. Attraverso il supporto del terapeuta e l'impegno reciproco, Luca e Marta iniziano a vedere progressi significativi nella gestione della dipendenza di Luca e nella ricostruzione della loro relazione.

Attraverso la terapia di coppia, Luca e Marta sviluppano una maggiore comprensione e rispetto reciproco. La terapia aiuta

Luca a mantenere la sua sobrietà e a gestire le sfide legate alla dipendenza, mentre Marta impara a sostenere il processo di recupero di Luca in modo sano e senza perdere se stessa. Insieme, si impegnano a costruire una relazione basata sulla fiducia, la comunicazione aperta e il sostegno reciproco.

Gruppo di sostegno: Il gruppo di sostegno "Rinascere Insieme" è stato creato per offrire supporto a individui che lottano con la dipendenza da sostanze. Tra i partecipanti c'è Marco, un uomo di 40 anni che ha da poco intrapreso il percorso di recupero dalla sua dipendenza da droghe.

Marco ha avuto una lunga storia di dipendenza da sostanze stupefacenti, che ha avuto un impatto significativo sulla sua vita e sulle sue relazioni. Dopo aver toccato il punto più basso, Marco ha deciso di cercare aiuto e ha iniziato a partecipare al gruppo di sostegno.

Nel gruppo di sostegno, Marco trova un ambiente sicuro e accogliente in cui può condividere le sue esperienze, le sfide affrontate e le sue aspirazioni per il futuro. Gli altri membri del gruppo comprendono pienamente le battaglie che Marco sta affrontando, avendo anch'essi esperienze personali di dipendenza.

Durante le sessioni del gruppo di sostegno, Marco è incoraggiato a parlare apertamente dei suoi sentimenti, delle tentazioni che incontra e delle difficoltà che affronta nel suo percorso di recupero. Gli altri membri del gruppo lo ascoltano con empatia e condividono le proprie esperienze e strategie per affrontare le sfide simili.

Una delle cose più significative che Marco impara nel gruppo di sostegno è la consapevolezza che non è solo nella sua lotta contro la dipendenza. La connessione con gli altri membri del gruppo gli dà un senso di appartenenza e una rete di sostegno che lo sostiene nelle fasi difficili.

Durante le sessioni del gruppo di sostegno, Marco riceve supporto emotivo e motivazione da parte degli altri membri. Gli viene offerto un ambiente di non giudizio in cui può esprimere liberamente le sue emozioni e le sue preoccupazioni. La condivisione delle storie di successo degli altri membri del gruppo gli dà speranza e rafforza la sua determinazione nel percorrere il cammino verso il recupero.

Il gruppo di sostegno fornisce anche risorse pratiche per il recupero di Marco. Vengono condivise informazioni su programmi di trattamento, consulenti specializzati e attività di sostegno nella comunità. Marco viene incoraggiato a sfruttare queste risorse per ottenere il supporto di cui ha bisogno per il suo percorso di recupero.

Nel corso delle settimane e dei mesi, Marco fa progressi significativi nel suo percorso di recupero. Grazie al sostegno del gruppo di sostegno, riesce a sviluppare strategie di coping più efficaci per affrontare le tentazioni e le situazioni di stress. La condivisione delle sfide e dei successi con gli altri membri del gruppo lo motiva ad andare avanti e a mantenere la sua sobrietà.

Trattamenti residenziali: Marco, un uomo di 30 anni, ha lottato con un abuso di sostanze psicotrope per diversi anni, causando gravi conseguenze nella sua vita personale, professionale e familiare. Dopo diversi tentativi falliti di smettere di abusare di sostanze, Marco decide di cercare aiuto e si iscrive a un programma di trattamento residenziale specializzato nel recupero da dipendenze.

Durante la fase di ammissione al programma residenziale, Marco viene sottoposto a una valutazione completa per determinare le sue esigenze specifiche di trattamento. Il personale clinico valuta la sua storia di abuso di sostanze, il suo stato di salute fisica e mentale, nonché le sue risorse e le sfide che potrebbe affrontare nel percorso di recupero.

Marco viene quindi accolto nella comunità terapeutica residenziale, dove trascorrerà un periodo di tempo dedicato esclusivamente al suo recupero. Durante il suo soggiorno, Marco sarà immerso in un ambiente strutturato e sicuro, lontano dalle tentazioni e dalle influenze negative che potrebbero sabotare il suo processo di guarigione.

Il programma residenziale offre una varietà di interventi terapeutici, tra cui terapia individuale, terapia di gruppo e attività di supporto. Marco inizia con la terapia individuale, dove lavora con un terapeuta specializzato nel trattamento delle dipendenze per esplorare le radici del suo abuso di sostanze, affrontare i traumi passati e identificare le strategie di coping più efficaci.

La terapia di gruppo è un altro elemento chiave del programma residenziale. Insieme ad altri residenti, Marco partecipa a sessioni di gruppo strutturate, guidate da terapisti esperti. Questi gruppi offrono un ambiente di supporto, condivisione e comprensione reciproca, permettendo a Marco di apprendere dalle esperienze e dalle sfide degli altri partecipanti.

Oltre alla terapia individuale e di gruppo, il programma residenziale prevede anche attività di supporto complementari. Marco partecipa a sessioni di educazione sulla dipendenza e sulla prevenzione delle ricadute, apprende abilità di gestione dello stress e partecipa a programmi di promozione della salute e del benessere, come yoga e meditazione.

Durante il suo soggiorno nel programma residenziale, Marco è monitorato attentamente dal personale clinico, che gestisce il suo processo di disintossicazione e si assicura che riceva il supporto medico necessario. Inoltre, Marco riceve supporto per affrontare eventuali sintomi di astinenza e viene istruito su come prevenire le ricadute una volta che lascerà il programma residenziale.

Dopo diverse settimane di trattamento residenziale intensivo, Marco inizia a mostrare segni di progresso nel suo percorso di recupero. Riacquista una maggiore stabilità emotiva, impara a identificare e affrontare i trigger che potrebbero innescare il suo abuso di sostanze e sviluppa strategie di coping positive per affrontare lo stress e le sfide quotidiane.

Alla fine del programma residenziale, Marco viene supportato nella sua transizione verso la vita post-trattamento. Riceve un piano di follow-up personalizzato che include raccomandazioni per il supporto continuo, come terapia ambulatoriale, partecipazione a gruppi di sostegno nella comunità e altre risorse che lo aiuteranno a mantenere la sua sobrietà nel lungo termine.

Marco lascia il programma residenziale con una maggiore consapevolezza di sé, un insieme di abilità di coping e una rete di supporto solida. È determinato a continuare il suo percorso di recupero e a costruire una vita sana e appagante senza l'abuso di sostanze psicotrope.

Quando una donna ha vissuto una relazione tossica, può trovarsi a combattere con una serie di traumi e ferite emotive profonde. È fondamentale comprendere che la guarigione non avviene da un giorno all'altro, ma richiede un impegno costante per se stesse e il supporto di professionisti qualificati.

Una delle prime tecniche di auto-cura che può aiutare le donne a guarire dalle ferite passate è l'autocompassione. Spesso, dopo una relazione tossica, le donne possono sentirsi colpevoli o vergognarsi delle situazioni che hanno vissuto. Coltivare l'autocompassione significa trattarsi con gentilezza e comprensione, riconoscendo che il trauma subito non è colpa loro e che meritano di essere amate e rispettate.

La pratica del self-care è un'altra tecnica importante. Significa dedicare del tempo a se stesse e alle proprie esigenze. Ciò può includere attività che portano gioia e benessere, come fare esercizio fisico, praticare la meditazione o la mindfulness, dedicarsi a hobby che si amano, creare momenti di relax e prendersi cura del proprio corpo e della propria salute.

La terapia o il counseling sono strumenti essenziali per elaborare e superare i traumi passati. Un terapeuta esperto nel trattamento dei traumi può fornire un ambiente sicuro e non giudicante in cui la donna può esplorare le sue esperienze, identificare i modelli di pensiero negativi e sviluppare nuove strategie per gestire le emozioni difficili. La terapia può aiutare a ridurre l'ansia, la depressione e il disturbo da stress post-traumatico, promuovendo la guarigione emotiva e la costruzione di una visione positiva per il futuro.

La pratica della consapevolezza è un'altra tecnica utile per affrontare i traumi passati. La consapevolezza implica l'essere presenti nel momento attuale, osservando i propri pensieri, le emozioni e le sensazioni senza giudizio. Questa pratica può aiutare a identificare e accettare le ferite emotive, nonché a sviluppare la capacità di lasciar andare il passato e concentrarsi sul presente.

La connessione con una comunità di supporto è altrettanto importante per la guarigione dalle ferite passate. Partecipare a gruppi di supporto o cercare il sostegno di persone che hanno vissuto esperienze simili può offrire un ambiente di condivisione, comprensione e incoraggiamento reciproco. Questi gruppi possono fornire un senso di appartenenza e offrire opportunità per imparare da coloro che hanno superato con successo traumi simili.

Dopo la fine di una relazione tossica, ristabilire la vita di tutti i giorni può essere un processo sfidante ma fondamentale per il proprio benessere e la propria guarigione. Questo punto fornirà consigli pratici su come affrontare alcune delle sfide quotidiane che possono sorgere durante questa transizione.

Una delle prime sfide può riguardare la gestione delle finanze. Dopo una relazione tossica, potrebbe essere necessario rivedere la propria situazione finanziaria e fare un bilancio accurato delle entrate e delle spese. Ciò può comportare la creazione di un budget realistico e la pianificazione per il futuro finanziario. Consultare un consulente finanziario può essere utile per ricevere consigli personalizzati e sviluppare una strategia per gestire le finanze in modo responsabili.

Per coloro che hanno figli, la gestione della custodia può essere un'importante questione da affrontare. È fondamentale stabilire una comunicazione chiara e rispettosa con l'ex partner per prendere decisioni condivise sulle questioni relative alla custodia. Se necessario, coinvolgere un mediatore o un consulente per affrontare in modo costruttivo le questioni relative ai figli può facilitare il processo. Inoltre, cercare il supporto di altri genitori single o gruppi di sostegno può fornire un sostegno emotivo e pratico in questa fase.

Il rientro nel mondo del lavoro può essere un'altra sfida dopo la fine di una relazione tossica. Potrebbe essere necessario prendere in considerazione la possibilità di cercare un nuovo impiego o di riprendere una carriera interrotta. Questo può richiedere la revisione del curriculum vitae, l'acquisizione di nuove competenze o la ricerca di opportunità di formazione. È importante avere pazienza e ricordare che la ricostruzione della propria carriera richiede tempo e impegno. Il supporto di un consulente o di un coach professionale può essere utile per individuare le opportunità di carriera e sviluppare una strategia di ricerca del lavoro efficace.

In questa fase, dedicare tempo a se stesse diventa ancora più importante. Trovare attività che portano gioia e soddisfazione personale può contribuire a ripristinare l'equilibrio nella vita quotidiana. Ciò può includere pratiche di auto-cura come il tempo per lo sport o l'esercizio fisico, il relax, la lettura, l'arte o la partecipazione a hobby che si amano. Trovare un equilibrio tra il tempo dedicato a se stesse, alle responsabilità familiari e agli impegni professionali può aiutare a promuovere il benessere e la ripresa.

Infine, è importante cercare il supporto di professionisti qualificati se si stanno affrontando sfide significative nel ristabilire la vita di tutti i giorni. Un consulente o un terapeuta può offrire un supporto personalizzato, fornire strumenti e strategie specifiche per affrontare le sfide quotidiane e lavorare verso la propria guarigione emotiva.

Dopo una relazione con un partner dipendente, costruire un futuro sereno e positivo diventa un obiettivo fondamentale per il proprio benessere e la propria crescita personale. Questo punto esplorerà alcune strategie per costruire un futuro promettente e evitare future relazioni tossiche.

Una delle prime azioni da intraprendere è stabilire obiettivi futuri. Prendersi il tempo per riflettere sui propri sogni, desideri e ambizioni permette di creare una visione chiara del futuro desiderato. Questi obiettivi possono riguardare la carriera, la salute, le relazioni personali, i viaggi o qualsiasi altro aspetto della vita che si desidera migliorare. Stabilire obiettivi realistici e concreti aiuta a mantenere la motivazione e a perseguire attivamente ciò che si desidera raggiungere.

Sviluppare nuove relazioni positive è un altro passo importante per costruire un futuro sereno. Dopo una relazione tossica, può essere utile dedicare tempo e risorse per coltivare nuove amicizie e connessioni significative. Cercare persone che condividano valori simili e abbiano un impatto positivo sulla propria vita può favorire la crescita personale e il benessere emotivo. È anche importante mantenere relazioni sane e rispettose, imparando a stabilire confini chiari e comunicare apertamente i propri bisogni e desideri.

Essere consapevoli dei segnali di allarme nelle future relazioni è cruciale per evitare di cadere in un altro amore tossico. Dopo aver vissuto una relazione con un partner dipendente, è importante imparare dagli errori passati e riconoscere i modelli di comportamento che possono indicare una relazione malsana. Ciò può includere l'attenzione ai segnali di possessività, controllo e mancanza di rispetto delle proprie esigenze.

Essere consapevoli di questi segnali e agire di conseguenza può proteggere il proprio benessere emotivo e prevenire il coinvolgimento in una relazione che potrebbe ripetere gli schemi tossici del passato.

La violenza

Riconoscere la violenza all'interno delle relazioni è fondamentale per proteggere il proprio benessere e promuovere la sicurezza personale. Questo punto esplorerà i segni della violenza fisica e psicologica nelle relazioni e aiuterà le lettrici a identificare comportamenti violenti da parte del partner. Inoltre, sarà analizzato l'effetto che le sostanze possono avere sul comportamento violento.

La violenza fisica all'interno delle relazioni può includere comportamenti come spinte, schiaffi, pugni, strattoni, calci o altri atti di aggressione fisica. È importante riconoscere che nessuna forma di violenza fisica è accettabile in una relazione sana. Se si sperimenta o si sospetta di essere vittime di violenza fisica, è fondamentale cercare aiuto immediato. Questo può includere contattare un centro di assistenza per le vittime di violenza domestica, cercare sostegno legale o chiamare le autorità competenti per garantire la propria sicurezza.

La violenza psicologica può essere più sottile ma altrettanto dannosa. Può includere insulti, umiliazioni, minacce, controllo e manipolazione emotiva. Questi comportamenti possono erodere l'autostima e il benessere emotivo della persona coinvolta.

265

Riconoscere la violenza psicologica richiede un'attenzione particolare ai modelli di comunicazione all'interno della relazione. Se si notano segni di violenza psicologica, è importante cercare il supporto di amici, familiari o professionisti qualificati per valutare la situazione e prendere le misure necessarie per proteggersi.

È importante anche considerare l'effetto che le sostanze possono avere sul comportamento violento. L'abuso di sostanze può alterare il giudizio, la razionalità e l'autocontrollo, portando ad atteggiamenti violenti che altrimenti non si manifesterebbero. L'uso di alcol o droghe può aumentare l'aggressività e la propensione alla violenza. Questo non giustifica in alcun modo il comportamento violento, ma è importante comprendere come l'abuso di sostanze possa influenzare il quadro complessivo della violenza nelle relazioni.

Riconoscere la violenza richiede coraggio e consapevolezza. Il partner cerca di controllare ogni aspetto della vita dell'altra persona, limitando i contatti con amici, familiari e altre persone di supporto.

Utilizza tattiche manipolative per influenzare i pensieri, le emozioni e le decisioni dell'altra persona. Questo può includere minacce, ricatti emotivi o cercare di far sentire l'altra persona colpevole.

Il partner utilizza linguaggio offensivo, insulti, minacce o umiliazioni per controllare o intimorire l'altra persona.La persona si sente costantemente in allarme o in paura del partner, cercando di evitare situazioni che potrebbero innescare reazioni violente.

La violenza può essere seguita da fasi di pentimento, promesse di cambiamento e periodi di calma apparente, che possono confondere la vittima e renderle più difficile interrompere il ciclo di violenza.

L'autodifesa e la sicurezza personale sono di fondamentale importanza per proteggere sé stesse e i propri figli in situazioni potenzialmente pericolose. Questo punto fornirà consigli e strategie pratiche per aumentare la sicurezza personale e reagire in modo efficace in caso di pericolo immediato.

È importante essere consapevoli del proprio ambiente e delle risorse disponibili per garantire la sicurezza. Familiarizzarsi con le vie di fuga, i punti di accesso sicuri e i luoghi in cui cercare aiuto nelle vicinanze. Questo può includere la conoscenza delle stazioni di polizia, dei centri di assistenza per le vittime di violenza domestica o dei vicini di fiducia.

Creare un piano di sicurezza personale può essere un passo importante per prepararsi a situazioni di pericolo. Questo piano dovrebbe includere strategie specifiche per proteggere sé stesse e i propri figli, se presenti. Ad esempio, decidere in anticipo quale sia il luogo sicuro in cui andare in caso di emergenza, avere un telefono cellulare carico e accessibile in ogni momento, e mantenere una borsa di emergenza con documenti importanti e altri elementi essenziali.

È importante condividere la propria situazione con persone fidate, come amici, familiari o vicini di fiducia. Queste persone possono offrire sostegno emotivo e pratico in caso di emergenza e possono essere di aiuto nel momento in cui si ha bisogno di un aiuto immediato.

Avere a disposizione i numeri di emergenza locali è fondamentale per ottenere assistenza rapida in caso di pericolo. Assicurarsi di conoscere il numero di emergenza nazionale, come il 112, nonché il numero delle forze dell'ordine locali e dei centri di assistenza per le vittime di violenza domestica.

La tecnologia può essere utilizzata per monitorare o minacciare la sicurezza personale. È importante adottare misure per proteggere la propria sicurezza digitale, come utilizzare password complesse, non condividere informazioni personali online e prestare attenzione a eventuali comportamenti di stalking o sorveglianza digitale.

Se si decide di lasciare una relazione tossica, è fondamentale pianificare l'uscita in modo sicuro. Ciò può includere l'ottenimento di assistenza legale, preparare i documenti importanti, avere accesso a risorse finanziarie indipendenti e avere un luogo sicuro in cui andare, come una casa di famiglia o un rifugio.

Se si hanno figli, è importante mettere in sicurezza anche loro. Ciò può includere pianificare con attenzione le visite del partner violento, informare la scuola o i servizi sociali sulla situazione, e insegnare ai figli come chiedere aiuto in caso di emergenza.

Allontanarsi in modo sicuro da un partner violento o dipendente richiede una pianificazione oculata e una guida passo passo per garantire la propria sicurezza. Questo punto fornirà consigli pratici su questioni legali, finanziarie e relative all'alloggio, nonché una guida per la creazione di un piano di sicurezza personalizzato per la partenza.

Prima di iniziare il processo di allontanamento, è importante valutare la propria sicurezza. Se si ritiene che la situazione sia estremamente pericolosa o che il partner possa reagire violentemente alla partenza, è fondamentale cercare assistenza da organizzazioni specializzate nel trattamento delle vittime di violenza domestica. Queste organizzazioni possono fornire supporto, consulenza e un piano di sicurezza personalizzato.

Raccogliere prove degli abusi subiti può essere cruciale per questioni legali future. Conservare fotografie di eventuali ferite o danni, registrare eventuali incidenti o minacce, tenere traccia di messaggi o chiamate abusive e raccogliere testimonianze di testimoni affidabili. Questa documentazione può essere utile per richiedere ordini restrittivi o in caso di cause legali.

Valutare la situazione finanziaria e fare un piano per garantire l'autonomia finanziaria. Questo può includere l'apertura di un conto bancario separato, la raccolta di documenti importanti come documenti di identità, conti bancari, carte di credito e polizze assicurative, nonché la pianificazione di un budget per la propria sostenibilità economica durante e dopo la partenza.

Se si vive con il partner, è importante pianificare il proprio alloggio in modo sicuro. Questo può includere la ricerca di un luogo sicuro in cui soggiornare temporaneamente, come la casa di un amico o un rifugio per vittime di violenza domestica. In alternativa, si può prendere in considerazione la possibilità di cambiare le serrature dell'attuale abitazione o richiedere un ordine restrittivo per garantire la propria sicurezza.

Un avvocato specializzato in diritto familiare o in violenza domestica può fornire consulenza legale e assistenza durante il processo di allontanamento. Possono aiutare a comprendere i propri diritti legali, adottare misure di protezione legali come ordini restrittivi e fornire consigli sulle questioni relative alla custodia dei figli, agli alimenti e alla divisione dei beni.

Ogni situazione è unica, quindi creare un piano di sicurezza personale su misura è essenziale. Questo piano dovrebbe includere i dettagli su come e quando partire in sicurezza, i punti di contatto di emergenza da tenere sempre a portata di mano, un luogo sicuro in cui cercare rifugio e le istruzioni su come comunicare con gli altri durante e dopo la partenza.

Durante il processo di allontanamento, è fondamentale cercare il sostegno di amici fidati, familiari e organizzazioni specializzate nel trattamento delle vittime di violenza domestica. Queste persone possono fornire un supporto emotivo, pratico e legale durante questa fase delicata.

Baci da Lividi: Il Ciclo dell'Abuso e l'Illusione del Rimedio

C'è una vulnerabilità intrinseca nel cuore umano, un profondo anelito di essere compresi, accettarsi e amarsi. In questa sete di connessione, ci si lancia nella danza della relazione, spesso accecati da desideri, sogni e speranze. Ma quando questi stessi desideri ci conducono in un vortice di abuso, il sogno può trasformarsi in un incubo.

L'abuso, nella sua terribile forma, ha radici profonde e tentacolari che si estendono in molteplici dimensioni della società. Per comprenderne la genesi, è fondamentale analizzare le complesse intersezioni tra la psicologia individuale, le strutture sociali e le influenze culturali.

A livello psicologico, l'abuso spesso nasce da un insieme distorto di convinzioni e traumi personali. L'aggressore può aver vissuto abusi nella propria infanzia o può aver assimilato modelli comportamentali violenti come norma accettabile. Questo non giustifica mai l'abuso, ma offre una lente attraverso cui si può cercare di comprendere le motivazioni dietro un comportamento così distruttivo. Da parte delle vittime, vi è spesso un background di scarsa autostima, precedenti esperienze traumatiche o la convinzione, a volte impostata dalla società, che meritano il trattamento subìto.

Le strutture sociali, a loro volta, giocano un ruolo cruciale. Una società patriarcale, dove il potere maschile è visto come dominante, può normalizzarsi e, in alcuni casi, persino legittimare la violenza domestica. Questo è ulteriormente esacerbato dai sistemi giuridici e istituzionali che non affrontano adeguatamente l'abuso, permettendo ai colpevoli di agire impunemente.

Infine, le influenze culturali non possono essere sottovalutate. Le tradizioni e le norme culturali che sottolineano la subordinazione delle donne o la supremazia dell'uomo contribuiscono a creare un terreno fertile per la germinazione della violenza. E non solo: la rappresentazione distorta delle relazioni nei media, dove la gelosia è spesso romanticizzata e la possessività confusa con l'amore, alimenta ulteriormente queste dinamiche.

È essenziale riconoscere che il ciclo dell'abuso non è un evento isolato, ma piuttosto un processo perpetuo alimentato da vari fattori. Solo comprendendo profondamente le sue origini si può sperare di interrompere questo ciclo e offrire alle vittime le risorse e il sostegno necessari per ricostruire le loro vite. E mentre le società avanzano e si evolvono, è imperativo mettere in discussione e sfidare le norme radicate che perpetuano la violenza e l'oppressione

Per molte persone, il primo segno di abuso non è fisico, ma emotivo. Parole pungenti, promesse infrante, manipolazioni sottili che all'inizio possono sembrare innocue.

Questi segnali iniziali possono essere facilmente spiegati o giustificati da passioni elevate o da circostanze esterne. "Ha avuto una brutta giornata", "Sta attraversando un momento difficile", sono frasi comuni che vengono evocate per attenuare l'urto delle prime avvisaglie. Ma mentre le giustificazioni diventano routine, i danni si accumulano. Man mano che il tempo passa, questi piccoli atti di trasgressione possono diventare più audaci e manifesti. Un urlo oggi, uno schiaffo domani.

L'abuso fisico e emotivo, purtroppo, ha un modo insidioso di infiltrarsi nelle relazioni. E per chi è intrappolato in questo ciclo, la linea tra amore e dolore può diventare sfocata. Ciascun gesto violento può essere seguito da un momento di tenerezza, un "mi dispiace" sussurrato o un bacio appassionato, come se fosse possibile cancellare il trauma con un gesto d'amore.

La tentazione di credere in queste promesse è forte, soprattutto quando si è già stati avvolti in una ragnatela di manipolazione. La speranza, quella scintilla umana che cerca di vedere il bene, può essere ingannata da queste parole dolci e false. E, ancora una volta, il ciclo continua.

Questi "rimedi" illusori alimentano la speranza. La speranza che l'abuso fosse un incidente isolato, che le cose possano migliorare, che l'amore trionferà sul dolore. Ma questa illusione può diventare una catena, legando la vittima in un ciclo incessante di abuso seguito da riconciliazione. E in ogni turno, l'autostima viene erosa, la percezione della realtà distorta e la capacità di fuggire indebolita.

All'esterno, amici e familiari possono notare i segni, i cambiamenti sottili nel comportamento o persino i lividi fisici. Ma la complessità dell'abuso è tale che intervenire può sembrare impossibile. L'abuso non è solo fisico, ma penetra profondamente nella psiche, creando barriere invisibili fatte di paura, vergogna e colpa.

L'intervento, tuttavia, è cruciale. Perché ogni momento in cui la vittima è sostenuta, ogni istante in cui le viene mostrata una via d'uscita, può diventare un passo verso la libertà. Ma la chiave è la consapevolezza, riconoscere il ciclo per quello che è e smettere di confondere l'illusione del rimedio con la genuina guarigione.

Il silenzio può essere assordante, soprattutto quando cela un dolore così profondo e persistente come quello dell'abuso. Per molte vittime, il silenzio non è una scelta, ma un meccanismo di sopravvivenza, una corazza invisibile eretta contro un mondo che potrebbe non comprendere o, peggio, potrebbe giudicare. E il silenzio è spesso accompagnato da una negazione, un tentativo di proteggere sé stessi dalla cruda realtà del proprio vissuto.

Numerosi sono i fattori che spingono una vittima verso la negazione o il silenzio. Innanzitutto, c'è la paura, paura delle rappresaglie da parte dell'aggressore, paura di non essere credute, paura delle conseguenze sociali e personali che potrebbero derivare dal parlare apertamente. Questa paura può paralizzare, rendendo la vittima incapace di cercare aiuto o di confidarsi con qualcuno.

La vergogna gioca un ruolo altrettanto potente. Viviamo in una società che, pur avendo fatto passi avanti nella comprensione dell'abuso, tende ancora a colpevolizzare le vittime. "Perché non se n'è andata prima?", "Cosa ha fatto per provocarlo?", "Forse lo ha cercato?". Queste domande, spesso implicitamente presenti nella mentalità collettiva, gettano un'ombra di dubbio e di colpa sulla vittima, che potrebbe quindi preferire nascondere la verità piuttosto che affrontare un giudizio impietoso.

Un altro aspetto cruciale è il legame emotivo con l'aggressore. Non è raro che la vittima ami sinceramente chi le fa del male. Questa connessione affettiva complica ulteriormente il riconoscimento dell'abuso. La vittima potrebbe minimizzare la gravità delle azioni dell'aggressore, attribuendole a momenti di stress o a difficoltà temporanee. La speranza che "cambierà" o che "è solo un periodo" può trattenere la vittima in un ciclo di abuso che si ripete.

Comprendere il peso del silenzio e della negazione è fondamentale per offrire un sostegno efficace alle vittime. È importante creare ambienti sicuri, dove le persone si sentano ascoltate e validate, dove la vergogna viene dissolta e la realtà dell'abuso viene affrontata con empatia e comprensione. Solo così si può sperare di rompere le catene del silenzio e guidare le vittime verso un percorso di guarigione e riscatto.

La strada per la liberazione è impervia e, a volte, tortuosa. Ma con il sostegno adeguato, la determinazione e una chiara comprensione della realtà dell'abuso, è possibile rompere le catene e riscrivere la propria storia, una di resilienza, forza e rinascita.

È una danza sottile e insidiosa, quella che si intreccia tra l'aggressore e la vittima, un vortice di emozioni contraddittorie che confonde e disorienta. Al centro di questo turbinio c'è la "promessa dell'illusione", quel momento in cui, dopo un episodio di violenza, l'aggressore si mostra pentito, promettendo con fervore che non succederà mai più.

Queste parole, pronunciate con convinzione e spesso accompagnate da gesti d'affetto, possono sembrare un raggio di speranza in un tunnel di oscurità. Ma, purtroppo, troppo spesso sono solo un miraggio.

L'aggressore, infatti, conosce profondamente la psicologia della vittima, sa che dietro la paura e il dolore c'è un desiderio profondo di normalità, di amore, di una relazione basata sul rispetto. Gioca con questo desiderio, manipolandolo a suo vantaggio. La promessa di cambiamento, le scuse apparentemente sincere, sono armi potentissime nelle mani di chi sa usarle, perché toccano le corde più intime del cuore della vittima.

Questa fase del ciclo dell'abuso è particolarmente pericolosa perché inietta nella vittima un senso di speranza, facendola sentire speciale e amata. "Mi ama veramente", potrebbe pensare, "e sta cercando di cambiare per me". Queste illusioni di controllo e di potere sulla situazione può spingere la vittima a minimizzare gli episodi di violenza, vedendoli come eccezioni e non come la norma.

Tuttavia, il tempo dimostra che la promessa è effimera. La violenza, infatti, tende a ripetersi, magari con intensità e modalità diverse, ma sempre presente, ogni volta che la promessa viene infranta, la vittima viene sommersa da un senso di impotenza e tradimento ancora più profondo. La realizzazione che l'illusione era solo un miraggio può essere devastante. È essenziale, quindi, riconoscere questa dinamica e non lasciarsi ingannare dalle parole dolci e dalle promesse vuote.

Per chi osserva dall'esterno, è fondamentale offrire alla vittima una prospettiva obiettiva, aiutandola a vedere la realtà per quello che è e non per come vorrebbe che fosse. Solo allora si potrà iniziare a spezzare le catene dell'abuso e intraprendere un percorso di vera guarigione.

Analizziamo quali sono i segnali principali che dovrebbero mettervi in guardia :

- Minimizzazione e giustificazione: Uno dei primi segnali è la tendenza a minimizzare o giustificare comportamenti negativi. Quando un partner spesso dice cose come "Ero solo scherzoso" o "Stai esagerando", queste potrebbero essere bandiere rosse che indicano un tentativo di sminuire i propri comportamenti dannosi.

- Controllo e isolamento: Un partner tossico potrebbe cercare di controllare diversi aspetti della tua vita, dalla scelta dell'abbigliamento alle amicizie che intrattieni. Isolare la vittima dagli altri è una tattica comune, poiché rende più facile mantenere il controllo.

- Manipolazione emotiva: Il senso di colpa, la vergogna o la paura possono essere usati come strumenti di manipolazione. Frasi come "Se mi amassi davvero, lo faresti" o "Nessun altro ti vorrà mai come faccio io" sono tentativi di controllare attraverso l'emozione.

- Instabilità emotiva: I momenti di estrema dolcezza alternati a esplosioni di rabbia possono essere segni di una relazione volatile. Questo altalenarsi di emozioni può creare una dipendenza, facendo sì che la vittima rimanga nella speranza di quei rari momenti felici.

- Critiche costanti: Nessuna relazione è esente da disaccordi o litigi. Tuttavia, se trovi che il tuo partner critica costantemente chi sei, ciò che fai o come lo fai, potresti essere in una relazione tossica.
- Erosione dell'autostima: Con il tempo, la costante esposizione a comportamenti negativi può erodere la fiducia e l'autostima della vittima. Questa erosione può rendere ancora più difficile per la vittima riconoscere la tossicità della relazione e agire per uscirne.

- Diffidenza e gelosia eccessiva: Se il tuo partner si dimostra eccessivamente geloso o possessivo, potrebbe non trattarsi semplicemente di preoccupazione, ma di un tentativo di esercitare controllo.

Individuare questi segnali in anticipo può fare la differenza. L'educazione e la consapevolezza sono fondamentali per proteggere se stessi da relazioni dannose. Ma riconoscere questi segnali è solo il primo passo. La chiave è l'azione. Lasciare una relazione tossica richiede coraggio, determinazione e, spesso, il supporto di amici, familiari o professionisti. Ma bisognerebbe ricordare sempre che nessuno deve accontentarsi di meno di quello che merita: una relazione sana, rispettosa e amorevole.

L'Eco della Violenza e la Lotta per la Giustizia

La violenza, una volta manifestata, raramente scompare senza lasciare tracce. Continua a vibrare nelle anime, nei pensieri e, spesso, nell'ambiente in cui si è manifestata. Questo eco, doloroso e lancinante, può diventare sia un monito sia una spinta all'azione.

L'atto violento non nasce dal nulla; è il frutto di un intreccio di fattori storici, sociali e culturali che, nel tempo, hanno consolidato certi comportamenti. Le società hanno, in diverse epoche, normalizzato l'aggressione, spesso legandola a concetti distorti di dominio e onore. La violenza contro le donne, in particolare, trova le sue radici in una lunga storia di marginalizzazione e sottomissione.

Questa subordinazione non è solo un prodotto della tradizione, ma viene spesso rafforzata da rappresentazioni mediatiche e culturali che ritraggono la donna come debole o subalterna. Per rompere questo ciclo, è essenziale comprendere e sfidare le profonde radici che alimentano tali comportamenti.

La violenza, benché possa essere fisicamente manifesta, trova spesso un alleato invisibile nel silenzio. Le ragioni del non-denunciare sono varie: la paura delle rappresaglie, la stigmatizzazione sociale, la mancanza di fiducia nel sistema giuridico, o addirittura la convinzione che la voce della vittima non verrà ascoltata. Questo silenzio non è solamente un fardello per chi lo porta, ma rappresenta una zavorra per l'intera comunità. Esso invia un messaggio distorto, suggerendo che la violenza è tollerabile o, peggio ancora, insignificante.

Il problema non riguarda solo la fase di denuncia. La burocrazia, la mancanza di formazione specifica delle forze dell'ordine e la scarsa priorità data a questi casi contribuiscono al fenomeno delle denunce "dimenticate" o lasciate nei cassetti delle caserme. L'assenza di azione immediata può portare alla prescrizione di molti casi, negando alle vittime la giustizia che meritano.

Inoltre, esistono storie angoscianti di vittime che, dopo aver raccolto il coraggio di denunciare, si sono sentite umiliate o non prese sul serio dalle autorità, aggravando il trauma già subìto. Queste situazioni minano la fiducia nelle istituzioni, rendendo ancor più difficile per altre vittime venire avanti e cercare aiuto.

Tuttavia, nonostante questi gravi fallimenti, vi sono anche esempi in cui le istituzioni hanno operato con efficacia, dimostrando che con impegno, formazione e risorse adeguate, lo Stato può e deve fare la differenza. La sfida è riconoscere e correggere le lacune esistenti, garantendo che ogni denuncia venga trattata con la serietà e l'urgenza che merita.

Ogni volta che la violenza viene taciuta, si rinforza una cultura in cui l'abuso non solo persiste ma può, in certi contesti, diventare endemico. L'ambiente in cui l'abuso prospera è spesso caratterizzato da omertà e complicità passive. Inoltre, il silenzio priva la società della possibilità di intervenire, educare e prevenire. Perché, se non ne sono consapevoli, come possono agire?

Riconoscere e affrontare l'eco amplificata della violenza che risuona nel silenzio è un passo cruciale. Solo portando alla luce queste ombre, si può sperare di interrompere il ciclo e costruire una società più sicura e rispettosa.

Nessuna donna è codarda, ogni donna è indomita. A chi osserva da fuori potrebbe sembrare che scappino, ma in realtà stanno coraggiosamente salvando la propria vita, spesso davanti a chi guarda e non fa nulla. La vera forza di una donna non risiede solo nella sua capacità di reagire fisicamente, ma nella sua innata resilienza, nella sua capacità di prevenire, riconoscere i segnali di pericolo e armarsi con gli strumenti giusti per proteggersi.

In un contesto in cui la violenza, tristemente, persiste, il potere di una donna sta nell'anticipare, nel prepararsi, e nel non permettere che la paura definisca il suo destino. In un mondo in cui la violenza è, purtroppo, una realtà costante, la capacità di difendersi non è solo una necessità, ma diventa un potere. Questo potere non risiede solamente nella forza fisica, ma nella capacità di prevenire, di riconoscere i segnali di pericolo, e di avere gli strumenti adeguati per proteggersi.

L'autodifesa fisica è uno degli aspetti chiave. I corsi di autodifesa, progettati per fornire competenze pratiche contro aggressioni, vanno oltre la pura tecnica. Rinforzando la fiducia in loro stesse e l'autoconsapevolezza, doti essenziali in situazioni potenzialmente pericolose. Una persona che ha fiducia nelle proprie capacità di difendersi si muove diversamente, con un'aura di sicurezza che può, da sola, allontanare potenziali aggressori.

L' empowerment non è solo fisico. In molte situazioni di violenza, soprattutto nelle relazioni tossiche, l'aggressione inizia e persiste su un piano psicologico. Manipolazioni, tentativi di isolare la vittima, attacchi alla sua autostima sono tutti strumenti usati dall'aggressore. Da qui l'importanza di lavorare sulla resilienza psicologica. Terapie, gruppi di sostegno, e formazione possono aiutare le vittime a ricostruire la loro autostima, a riconoscere i segnali di pericolo e a costruire una rete di supporto.

Cambiare casa, pur essendo una decisione drastica, in alcuni casi rappresenta la scelta più sicura. Lontano dall'aggressore, in un luogo sconosciuto a lui, si può trovare un nuovo inizio. È vero, abbandonare il proprio rifugio, i propri ricordi, è un passo difficile, ma è un passo verso la sicurezza.

Oltre a ciò, la difesa personale non si limita solo a muoversi in sicurezza: è anche essere preparati. Spray al peperoncino, sirene personali o altri dispositivi di allarme sono strumenti che possono essere portati sempre con sé. Non si tratta di vivere nella paura, ma di avere gli strumenti per affrontare ogni situazione. Un consiglio spesso dato è avere anche un secondo telefono, usa e getta, caricato e pronto all'uso. In situazioni estreme, dove il telefono principale potrebbe essere tolto, un secondo telefono potrebbe fare la differenza.

Allo stesso modo, considerare la protezione specializzata potrebbe essere una soluzione per alcune persone. Guardie del corpo o agenti di sicurezza specializzati non sono soluzioni riservate solo alle celebrità. Ci sono aziende che offrono servizi di protezione a chiunque si senta minacciato, assicurando una presenza rassicurante e una difesa in caso di necessità.

È anche essenziale avere una rete di supporto. Famiglia, amici, colleghi di lavoro: tutte persone che possono essere informate della situazione e possono aiutare, anche solo stando all'erta. Informare qualcuno di dove si va, con chi, e quando si prevede di tornare può sembrare eccessivo, ma può essere vitale. Questa rete diventa gli occhi e le orecchie della vittima quando essa non può vedere o sentire, offrendo un ulteriore livello di protezione.

Le istituzioni hanno una responsabilità cardine nella lotta contro la violenza: sono pilastri su cui la società si appoggia in cerca di protezione e giustizia.

Tuttavia, non sempre questi enti sono all'altezza delle aspettative. In certe occasioni, lo Stato, pur avendo le risorse e gli strumenti, si dimostra carente nel proteggere chi è più vulnerabile. Questa mancanza può manifestarsi come una legge obsoleta, una norma non aggiornata alle dinamiche contemporanee o, in casi ancor più gravi, come una mancata applicazione di leggi esistenti, frutto di burocrazia, disinteresse o pregiudizio.

All'interno della complessa trama sociale che compone la nazione italiana, l'intervento delle istituzioni assume un ruolo centrale nella gestione e prevenzione della violenza, in particolare quella di genere. Ma quando queste stesse istituzioni falliscono nel loro dovere, le conseguenze sono disastrose e profonde.

Nonostante gli sforzi compiuti per garantire una maggiore tutela alle vittime, vi sono numerose circostanze in cui lo Stato non è riuscito a offrire protezione adeguata. Uno degli aspetti più critici di questo fallimento istituzionale riguarda la gestione delle denunce.

Secondo alcune statistiche, un numero significativo di denunce per violenza di genere in Italia viene archiviato, trascurato o non perseguito adeguatamente. Questo non solo nega giustizia alle vittime, ma alimenta un clima di impunità che incoraggia ulteriori atti di violenza.

Questi fallimenti istituzionali non sono soltanto tradimenti nei confronti delle singole vittime ma minano la fiducia dell'intera comunità nel sistema. Le ripercussioni sono ampie: le vittime, sfiduciate, potrebbero non cercare più aiuto, mentre la società potrebbe diventare cinica e disillusa.

Ma esistono anche esempi positivi, laddove le istituzioni hanno fatto la differenza, attuando leggi efficaci e fornendo supporto reale. È cruciale riconoscere queste buone prassi per costruire un futuro in cui la protezione e la giustizia non siano solamente aspirazioni, ma realtà tangibili.

La protezione, infine, non è solo una reazione. È una strategia, un insieme di azioni e scelte proattive per assicurarsi di vivere in sicurezza. Ogni individuo ha il diritto di proteggere la propria integrità fisica e psicologica. In un contesto in cui la violenza è una triste realtà, ogni strumento, ogni conoscenza, ogni aiuto diventa essenziale per garantire questo diritto fondamentale.

Quando una donna sceglie di difendere la propria vita, si eleva con un coraggio indescrivibile in un mondo che può a volte sembrare sordo alle sue grida.

Casi studio

- Chiara (pseudonimo), era una promettente insegnante in una scuola elementare. La sua personalità solare e amorevole mascherava una realtà domestica insostenibile. Ogni sera, tornava a casa temendo il prossimo accesso d'ira del suo compagno. Una notte, decise che non poteva più vivere in quel tormento e pianificò la sua fuga. Dopo settimane di preparazione, lasciò la loro casa con solo una borsa e il suo gatto. Si rifugiò in una città lontana, dove riiniziò da zero.

Riflessione: Se la comunità intorno a Chiara fosse stata più attenta ai segnali e avesse offerto supporto precoce, forse la sua fuga avrebbe potuto essere evitata.

- Rosa (pseudonimo), una madre single, divenne la vittima di un vicino ossessivo. Le prime avances sembravano innocenti, ma ben presto si trasformarono in stalking. Rosa fece denuncia, ma le autorità non riuscirono a offrire una protezione efficace. Quando la situazione peggiorò, prese la decisione di trasferirsi in un altro paese, dove finalmente trovò pace e sicurezza per lei e suo figlio.

  Riflessione: Se le istituzioni avessero affrontato con serietà la denuncia iniziale di Rosa, magari l'esodo doloroso che ha vissuto sarebbe stato evitabile.

- Valentina (pseudonimo): Valentina era una giovane laureata con una passione per l'arte. Iniziò una relazione con un uomo che inizialmente sembrava dolce e affettuoso, ma che si rivelò violento. Nonostante gli episodi di abuso, Valentina era determinata a terminare la relazione in modo sicuro. Si documentò su strategie di uscita, trovando sostegno in un gruppo online di sopravvissute alla violenza. Quando finalmente decise di lasciare, fece in modo che amici e famiglia fossero al corrente e pronti a sostenerla.

Riflessione: La storia di Valentina sottolinea l'importanza della rete di sostegno e informazione. Se avesse avuto accesso a risorse e informazioni prima, forse l'abuso avrebbe potuto essere interrotto più presto.

Queste storie sono testimonianze del coraggio delle donne e della loro lotta continua per la sicurezza e la giustizia. Mettono in evidenza l'importanza di comunità e istituzioni che siano vigili, attive e sensibili alle problematiche della violenza domestica. Ogni storia racconta una lotta, ma anche una vittoria, e ci ricorda l'importanza di non restare mai in silenzio.

Scegliere di stare al fianco di qualcuno dovrebbe rappresentare un atto d'amore, non un motivo per temere per la propria sicurezza. Queste storie rappresentano donne che hanno perso la loro lotta contro la violenza, ma la loro memoria continua a risplendere come un monito e una chiamata all'azione.

Casi studio

- Alessia (pseudonimo), era un'energica manager che aveva lavorato duramente per conquistarsi il suo posto in un settore dominato dagli uomini. Tuttavia, in privato, viveva un incubo. Il suo marito, apparentemente affabile e rispettato nella comunità, era in realtà un uomo geloso e violento. Alessia manteneva una facciata di normalità fino a quando una tragica notte non divenne una delle statistiche.

  Riflessione: Se i colleghi, amici o parenti avessero notato i segni sottili del suo disagio e avessero offerto una mano o un orecchio attento, forse il tragico destino di Alessia avrebbe potuto avere un altro esito.

- Elisa (pseudonimo), era una giovane studentessa universitaria con un futuro luminoso. Iniziò una relazione con un coetaneo che lentamente la isolò da amici e famiglia. La sua personalità vivace e spensierata venne soffocata dalle mani di chi diceva di amarla. Riflessione: L'istruzione e la sensibilizzazione sulle relazioni abusive, in particolare nelle scuole e nelle università, sono fondamentali. Se Elisa e i suoi amici avessero avuto una migliore comprensione dei segni di una relazione tossica, forse avrebbe potuto trovare la forza di chiedere aiuto prima.

- Mara (pseudonimo),era una madre amorevole di tre bambini e lavorava come infermiera. Era conosciuta per il suo cuore d'oro e la sua capacità di far sentire chiunque a proprio agio. Ma a casa, era una prigioniera, vittima di un marito che esercitava un controllo totale su di lei. Nonostante avesse tentato di chiedere aiuto, il sistema l'aveva fallita. Una sera, non tornò dal lavoro. Riflessione: La storia di Mara evidenzia l'importanza di una rete di sostegno comunitario e di istituzioni efficienti. Se i segnali di pericolo fossero stati riconosciuti e affrontati con l'urgenza necessaria, la sua storia potrebbe essere stata diversa.

Queste donne, purtroppo, non possono più raccontare la loro storia, ma l'essere umano ha la responsabilità di assicurarsi che le loro vite non siano state perdute invano. Il loro sacrificio dovrebbe servire come monito, spingendo le comunità e le istituzioni a lavorare con impegno per prevenire ulteriori tragedie e proteggere le donne dalla violenza.

Nel cuore della società, ogni donna che viene brutalmente strappata alla vita a causa della violenza lascia una cicatrice che non scompare mai, una ferita che rimane aperta nel ricordo collettivo. Per ogni voce che viene silenziata, c'è un'eco di dolore, ma anche di resistenza, che risuona in ognuna di noi, spingendo a cercare la giustizia e la trasformazione.

Nel mondo della natura, esiste un simbolo che incarna questa resistenza, un emblema di forza e di speranza che fiorisce anche nelle circostanze più avverse: il papavero viola. Questo fiore, con la sua tonalità unica e intensa, rappresenta non solo la lotta contro la violenza sulle donne, ma anche la capacità di rialzarsi e rigenerarsi. Delicato nella sua bellezza, ma indomito nel suo spirito, il papavero viola emerge tra le difficoltà, offrendo un messaggio di rinascita e speranza.

Con questo in mente, si propone a tutte le lettrici un gesto simbolico ma profondamente significativo: seminare un papavero viola nella propria casa, in un ampio giardino, in un piccolo balcone cittadino, o semplicemente in un vaso sul davanzale, servirà come monito quotidiano delle vite di donne che non ci sono più. Ma, al contempo, rappresenterà un impegno attivo per la difesa dei diritti delle donne e contro ogni forma di violenza.

Osservando il papavero crescere, si riflette e si ricorda come agire. Ogni petalo, ogni foglia, diventa un promemoria del potere e della responsabilità di creare un domani più sicuro.

Quando il vento soffierà attraverso il papavero, sussurra storie di resilienza e coraggio, e ricorda di rinnovare ogni giorno l'impegno per un mondo in cui ogni donna possa vivere libera dalla paura e dalla violenza.

Capitolo 12: In amore non si gioca in tre

Il tradimento è una realtà sconvolgente che tocca le corde più profonde della nostra essenza emotiva. Quando ci si imbatte in un tale scenario, sembra che il mondo intero crolli, lasciandoci intrappolati in un labirinto di dolore, rabbia e confusione.

Un viaggio difficile ma necessario, quello di affrontare, comprendere e superare il tradimento. Un viaggio che richiede forza, resilienza e un sincero processo di autoanalisi. Tuttavia, con le giuste risorse e comprensioni, possiamo trasformare queste esperienze devastanti in opportunità per una crescita personale più profonda e una maggiore consapevolezza di noi stessi e delle nostre relazioni.

Se una persona si trova coinvolta in una relazione di tradimento consapevole, può essere utile cercare il supporto di un professionista qualificato, come un terapeuta o un consulente di coppia. Questo può fornire uno spazio sicuro per esplorare i sentimenti, le motivazioni e le opzioni disponibili, aiutando a prendere decisioni consapevoli e responsabili.

Il tradimento è una violazione devastante della fiducia in una relazione, tuttavia, è importante capire che esistono diverse sfumature di tradimento. Soprattutto, possiamo identificare due tipologie principali: il tradimento consapevole e il tradimento inconsapevole.

Il tradimento consapevole avviene quando uno dei partner, consapevolmente e intenzionalmente, decide di intraprendere un'azione o una relazione che va contro gli accordi presi con il proprio partner. Questo può includere avventure amorose, relazioni sentimentali parallele o anche una serie di piccole azioni disoneste. Il punto chiave qui è la consapevolezza e l'intenzione: la persona che tradisce è pienamente consapevole delle proprie azioni e delle conseguenze che queste possono avere sul partner e sulla relazione.

D'altra parte, il tradimento inconsapevole avviene quando una persona si trova inconsapevolmente in una situazione di tradimento. Ad esempio, potrebbe scoprire di essere l'"altro/a" in una relazione, senza esserne stata consapevole. In questi casi, la persona potrebbe aver creduto di essere in una relazione legittima e monogama, solo per scoprire che l'altro partner era già impegnato in una relazione preesistente. Questo tipo di tradimento può essere particolarmente difficile da gestire, poiché comporta un senso di shock, confusione e tradimento.

Comprendere e riconoscere la natura del tradimento è fondamentale per poter affrontare e gestire questo tipo di situazione.

Innanzitutto, il tradimento può presentarsi sotto varie forme, non solo come un affare extraconiugale. Può includere comportamenti ingannevoli, omissioni di verità, violazioni di promesse o aspettative predefinite nella relazione. In ogni caso, la componente fondamentale del tradimento è l'infrazione della fiducia reciproca.

Comprendere la natura del tradimento comporta anche il riconoscimento delle proprie emozioni e il confronto con esse. Quando si scopre un tradimento, è normale provare una vasta gamma di sentimenti intensi, come rabbia, dolore, confusione, vergogna, paura, e persino sollievo, in alcuni casi. Queste emozioni possono essere travolgenti, ma è importante ricordare che sono tutte reazioni normali e valide alla scoperta di un tradimento.

Riconoscere il tradimento implica anche accettare la realtà di ciò che è accaduto. Questo può essere un processo difficile e doloroso. Potrebbe essere tentante negare o minimizzare l'importanza del tradimento, soprattutto se la verità è scomoda o dolorosa. Tuttavia, l'onestà è cruciale in questo processo. Accettare che si è stati traditi non significa approvare o accettare il comportamento del partner, ma piuttosto riconoscere che un torto è stato commesso.

La comprensione del tradimento comporta anche una riflessione sulle circostanze che hanno portato al tradimento. Questo non significa dare la colpa a sé stessi per l'azione dell'altro, ma piuttosto cercare di comprendere i fattori che possono aver contribuito alla situazione. Potrebbe trattarsi di problemi non risolti nella relazione, di insoddisfazione o di bisogni emotivi non espressi.

Infine, è importante ricordare che il riconoscimento e la comprensione del tradimento sono solo il primo passo verso la guarigione. Questo percorso può richiedere tempo e pazienza, e può implicare l'affrontare una serie di sfide emotive. Tuttavia, con il supporto adeguato, può portare a una maggiore consapevolezza di sé e a una maggiore resilienza. Inoltre, può offrire l'opportunità di valutare la relazione e di prendere decisioni informate sul futuro, che potrebbero includere il lavoro per ricostruire la fiducia o il decidere di andare avanti separatamente.

- Ora, vedremo alcuni dei segnali che potrebbero indicare la presenza di una terza persona:

- I cambiamenti improvvisi nella routine del partner possono essere un segnale di allarme che qualcosa non va nella relazione. Alcuni segnali che possono sollevare il sospetto che il proprio partner abbia un'altra relazione includono un aumento delle ore di lavoro senza una giustificazione valida o un aumento di responsabilità professionale. Questo potrebbe indicare che il partner sta cercando di evitare il tempo trascorso con te. Inoltre, se il partner inizia ad avere impegni improvvisi fuori orario, come frequentare frequentemente riunioni, club o gruppi sociali senza una spiegazione chiara o senza coinvolgerti, potrebbe essere un segnale che sta nascondendo qualcosa.

Altri segnali di allarme possono essere i viaggi improvvisi o frequenti senza una ragione apparente, o la sensazione che ci siano viaggi non spiegati. Questi viaggi potrebbero essere un modo per incontrare l'altra persona o per allontanarsi dalla relazione per un breve periodo di tempo. Inoltre, se il partner mostra un cambiamento repentino nei suoi hobby o interessi, senza una spiegazione logica o incoerente con i suoi interessi precedenti, potrebbe essere un segnale che sta cercando di soddisfare i propri desideri e bisogni con qualcun altro.

Un altro indicatore di un possibile tradimento potrebbe essere il tempo passato sul telefono o sul computer. Se il partner trascorre un numero sproporzionato di ore al giorno al telefono o al computer, evitando di condividere l'uso o diventando molto protettivo riguardo alla propria privacy, potrebbe essere un segnale che sta nascondendo qualcosa. Potrebbe essere impegnato in conversazioni o scambi di messaggi con l'altra persona o potrebbe cercare di nascondere le prove delle sue attività.

- La diminuzione dell'intimità fisica all'interno di una relazione può essere un segnale preoccupante di un possibile tradimento. Se si nota un calo significativo nell'intimità fisica con il partner, come una riduzione del sesso o una mancanza di affetto e tenerezza, potrebbe essere un segnale che il partner sta cercando soddisfazione emotiva o fisica altrove.

È importante notare che una diminuzione dell'intimità fisica può avere diverse spiegazioni. Potrebbe essere causata da stress, problemi personali o cambiamenti nella vita quotidiana che influiscono sul desiderio e sull'energia per l'intimità. Tuttavia, se la mancanza di intimità persiste e non ci sono spiegazioni razionali, potrebbe essere il momento di prestare attenzione ai segnali che indicano un possibile tradimento.

Oltre alla mancanza di intimità fisica, altri segnali possono sorgere nella comunicazione e nell'atteggiamento del partner. Ad esempio, potrebbero iniziare a mostrare una mancanza di interesse o di coinvolgimento nelle conversazioni, sembrando distanti o distratti. Potrebbero evitare di condividere dettagli della loro giornata o di coinvolgerti nelle loro decisioni. Questi comportamenti possono indicare che il partner sta cercando di nascondere qualcosa o sta mantenendo segreti.

Un altro segnale di allarme può essere evitare domande dirette sulla propria fedeltà o l'irritazione quando si affronta l'argomento. Se il partner si mostra agitato o reagisce in modo eccessivamente difensivo quando si pongono domande sulla loro fedeltà, potrebbe essere un segnale che stanno cercando di nascondere la verità.

Tuttavia, è fondamentale evitare di trarre conclusioni affrettate o di accusare il partner senza prove concrete. La comunicazione aperta e sincera è fondamentale in queste situazioni. È importante cercare un momento adatto per parlare con il partner in modo calmo e rispettoso, esprimendo le proprie preoccupazioni e chiedendo spiegazioni. Ascoltare attentamente le loro risposte e cercare di comprendere il loro punto di vista può aiutare a ottenere una maggiore chiarezza sulla situazione.

- Un altro segnale di un possibile tradimento è l'eccessiva preoccupazione per la privacy da parte del partner. Se il partner diventa improvvisamente molto protettivo dei propri dispositivi e account, come il telefono o il computer, o manifesta un comportamento paranoico riguardo alla propria privacy online, potrebbe essere un segnale che sta nascondendo qualcosa.

Ad esempio, il partner inizia a cambiare le password dei propri account senza motivo apparente o a tenere il telefono sempre con sé, evitando di lasciarlo incustodito. Potrebbero diventare nervosi o ansiosi se si prova ad avvicinarsi o a guardare il loro schermo. Questi comportamenti possono indicare che il partner sta cercando di nascondere conversazioni, messaggi o attività online che coinvolgono l'altra persona.

Inoltre, si potrebbe notare che il partner diventa più cauto nell'utilizzo dei social media o degli strumenti di messaggistica. Potrebbero eliminare le tracce delle interazioni con l'altra persona, come cancellare le conversazioni o disattivare la condivisione delle attività. Potrebbero anche evitare di pubblicare foto o dettagli sulla propria vita che potrebbero essere indicativi di un'altra relazione.

Tuttavia, è importante notare che la preoccupazione per la privacy può avere diverse spiegazioni. Potrebbe essere correlata a una maggiore consapevolezza della sicurezza online o a un desiderio di proteggere la propria privacy personale. È fondamentale evitare di trarre conclusioni affrettate e cercare di raccogliere prove concrete prima di confrontarsi con il partner riguardo alle tue preoccupazioni.

Se si sospetta che la preoccupazione eccessiva per la privacy del partner sia correlata a un tradimento, è importante affrontare la questione in modo aperto e onesto. Esprimere le proprie preoccupazioni in modo calmo e rispettoso e cerca di comprendere il punto di vista del partner. Tuttavia, tenere presente che il partner potrebbe reagire con rabbia, negazione o difesa. In questo caso, è utile cercare il supporto di un terapeuta di coppia.

- Un altro segnale di un possibile tradimento è la distrazione e il distacco emotivo da parte del partner. Se il partner sembra costantemente distante, distratto o poco interessato alle conversazioni e alle attività condivise, potrebbe essere un segnale che la sua attenzione e il suo interesse sono rivolti altrove. Potresti notare che il partner non è più coinvolto emotivamente come prima. Le conversazioni potrebbero diventare superficiali o monotone, e potresti notare una mancanza di entusiasmo nel passare del tempo insieme. Potrebbero sembrare costantemente distanti, con la mente altrove, e potrebbero evitare di condividere pensieri, emozioni o esperienze personali con te. Inoltre, potresti notare che il partner diventa meno coinvolto nella vita quotidiana della coppia. Potrebbero evitare di partecipare attivamente alle attività che una volta amavate fare insieme, come uscite o hobby condivisi. Potrebbe sembrare che abbiano perso interesse nel connettersi e nel creare momenti di intimità emotiva con te. Questo distacco emotivo può essere un segnale che il partner sta investendo le proprie energie e le proprie emozioni in un'altra relazione. Potrebbe essere coinvolto sentimentalmente o mentalmente con un'altra persona, causando una perdita di connessione e di interesse nella relazione attuale.

- Un altro segnale di un possibile tradimento è la distrazione e il distacco emotivo da parte del partner. Se il partner sembra costantemente distante, distratto o poco interessato alle conversazioni e alle attività condivise, potrebbe essere un segnale che la sua attenzione e il suo interesse sono rivolti altrove.

Si potrebbe notare il partner non è più coinvolto emotivamente come prima. Le conversazioni potrebbero diventare superficiali o monotone, e si potrebbe notare una mancanza di entusiasmo nel passare del tempo insieme. Potrebbero sembrare costantemente distanti, con la mente altrove, e potrebbero evitare di condividere pensieri, emozioni o esperienze personali con te.

Inoltre, si potrebbe notare che il partner diventa meno coinvolto nella vita quotidiana della coppia. Potrebbero evitare di partecipare attivamente alle attività che una volta amavate fare insieme, come uscite o hobby condivisi. Potrebbe sembrare che abbiano perso interesse. Questo distacco emotivo può essere un segnale che il partner sta investendo le proprie energie e le proprie emozioni in un'altra relazione. Potrebbe essere coinvolto sentimentalmente o mentalmente con un'altra persona, causando una perdita di connessione e di interesse nella relazione attuale.

Tuttavia, è importante considerare anche altre spiegazioni possibili per il distacco emotivo del partner. Potrebbero esserci fattori esterni che influenzano il loro stato emotivo, come lo stress sul lavoro o problemi personali. Potrebbe anche essere il risultato di un problema di comunicazione o di un periodo di cambiamento nella vita del partner. È essenziale evitare di trarre conclusioni affrettate e cercare di avere una comunicazione aperta e onesta riguardo ai cambiamenti che hai notato nel comportamento del partner.

Tuttavia, è importante considerare che questi segnali possono avere spiegazioni diverse dal tradimento. Potrebbero essere correlati a cambiamenti personali o ad altri aspetti della vita del partner che non sono direttamente legati a un tradimento. È fondamentale evitare di trarre conclusioni affrettate e cercare di raccogliere prove concrete prima di affrontare la questione con il partner.

Se si accumulano diversi segnali che sollevano sospetti di un tradimento, può essere utile affrontare la situazione in modo aperto e onesto con il proprio partner. Esprimere i propri sentimenti, preoccupazioni e sospetti può aprire la porta a una discussione franca sulla situazione. Tuttavia, è importante essere preparati alle possibili reazioni del partner e essere pronti a gestire le emozioni che potrebbero emergere durante questa conversazione.

Il potere delle parole è immenso. Esse possono creare e distruggere, consolare e ferire, rivelare e nascondere. In alcune situazioni, specialmente nelle relazioni interpersonali, le parole possono essere utilizzate come strumenti di manipolazione e inganno. La consapevolezza di queste dinamiche è fondamentale per proteggere la propria salute emotiva e per mantenere relazioni sane e rispettose.

La manipolazione può assumere molte forme, ma in genere implica un tentativo di influenzare il comportamento o le emozioni di un altro individuo, spesso senza il suo consenso o consapevolezza. Un partner manipolativo può usare le parole per distorcere la realtà, per convincere l'altro a credere in una versione alternativa degli eventi, o per trasferire il senso di colpa. Questo può essere fatto attraverso una serie di tattiche, tra cui la negazione, la distrazione, la colpevolizzazione, la minimizzazione, la giustificazione e la proiezione.

Riconoscere la manipolazione verbale può essere difficile, soprattutto se viene esercitata da una persona amata. Tuttavia, ci sono alcuni segnali di allarme che possono indicare la presenza di tale comportamento. Ad esempio, un partner manipolativo può essere evasivo o elusive quando viene chiesto di spiegare o giustificare le sue azioni. Potrebbe anche cercare di confondere o destabilizzare l'altro attraverso contraddizioni, informazioni ambigue, o cambiamenti improvvisi di umore o comportamento.

Per proteggersi dalla manipolazione, è fondamentale imparare a fidarsi del proprio istinto e delle proprie percezioni. Se si sospetta che il partner stia manipolando la verità, è importante confrontarlo con le proprie preoccupazioni e richiedere chiarezza. Anche l'auto-riflessione può essere di grande aiuto: se ci si sente costantemente confusi, in colpa o insicuri in una relazione, questo può essere un segno che si è vittime di manipolazione.

È anche utile cercare il supporto di persone di fiducia o di un professionista della salute mentale. Essi possono fornire una prospettiva esterna, validare le proprie esperienze e sentimenti, e offrire strategie per affrontare la manipolazione. Ricordare che non si è soli può essere una fonte di forza e resilienza.

Infine, è essenziale stabilire dei confini chiari e sani. Questo implica comunicare apertamente le proprie esigenze, i propri desideri e i propri limiti, e difendere i propri diritti e la propria dignità. Un partner manipolativo può cercare di violare o ignorare questi confini, ma è importante mantenere la propria posizione e, se necessario, allontanarsi da una relazione dannosa.

Per illustrare meglio il tema dell'inganno amoroso e delle tecniche di manipolazione utilizzate all'interno di un triangolo amoroso, forniremo alcuni casi studio. È importante sottolineare che i nomi utilizzati sono inventati per tutelare la privacy delle persone coinvolte. Questi casi studio ci offrono una prospettiva più concreta su come l'inganno amoroso possa manifestarsi e come le tecniche di manipolazione possano influenzare la dinamica di una relazione. Esploreremo le esperienze di persone coinvolte in situazioni di inganno amoroso e analizzeremo le strategie che hanno utilizzato per affrontare questa complessa realtà. Ogni caso studio mette in luce una serie di sfide emotive e decisionali che possono sorgere in una situazione di inganno amoroso, offrendo spunti per la riflessione e il dibattito sulle dinamiche relazionali e la fiducia nelle relazioni.

Caso studio 1: Sara, Marco e Luca

Sara e Marco sono una coppia felicemente sposata da diversi anni. Tuttavia, dietro le apparenze, Marco ha avviato una relazione segreta con una donna di nome Luca. Utilizza varie tecniche di manipolazione per nascondere la sua infedeltà a Sara. Marco inizia a lavorare in modo eccessivo, fingendo di avere incontri di lavoro frequenti o viaggi di lavoro, ma in realtà si incontra regolarmente con Luca. Utilizza anche la tattica del gaslighting, facendo dubitare a Sara dei suoi sospetti e sminuendo i suoi sentimenti, facendole credere che sia solo frutto della sua immaginazione.

Un giorno, Sara inizia a notare dei comportamenti sospetti da parte di Marco, come risposte evasive alle sue domande e una crescente distanza emotiva. Decide di condurre delle indagini e scopre la verità sconvolgente. Sara si sente tradita, manipolata e ferita. Decide di confrontare Marco, che tenta di giustificarsi e minimizzare la sua infedeltà. Tuttavia, Sara riconosce le tattiche manipolatorie e comprende che non può fidarsi delle sue parole.

Per difendersi dall'inganno amoroso, Sara si rivolge a un terapeuta per ricevere supporto emotivo e psicologico durante questa fase difficile. La terapia le offre uno spazio sicuro per esplorare i suoi sentimenti di tradimento e per elaborare la situazione. Sara lavora sulla sua autostima e impara a riconoscere le manipolazioni di Marco. Decidendo di lasciare la relazione, Sara si concentra sulla sua guarigione emotiva e si impegna nel processo di ricostruzione della sua vita.

Caso studio 2: Laura, Alessio e Giovanni

Laura è una giovane donna fidanzata con Alessio da diversi anni. Tuttavia, scopre accidentalmente che Alessio ha avviato una relazione segreta con un uomo di nome Giovanni. Inizialmente, Alessio tenta di nascondere la sua infedeltà a Laura, ma lei inizia a notare alcune incongruenze nei suoi comportamenti. Alessio diventa evasivo riguardo ai suoi impegni e nasconde il suo telefono cellulare per evitare che Laura veda i messaggi di Giovanni.

Laura inizia a sospettare dell'infedeltà di Alessio e decide di affrontarlo. Alessio, pur ammettendo la sua relazione con Giovanni, cerca di minimizzare il suo coinvolgimento e manipola Laura facendole sentire in colpa per aver scoperto la verità. Laura si sente confusa, tradita e vulnerabile. Decide di cercare supporto in un gruppo di sostegno per persone che hanno vissuto esperienze simili e trovare comfort e comprensione in altri che hanno attraversato situazioni simili.

Nel gruppo di sostegno, Laura impara a riconoscere le tattiche manipolatorie utilizzate da Alessio e a difendersi da esse. Riceve consigli pratici su come gestire le emozioni e proteggere il proprio benessere durante il processo di guarigione. Laura lavora anche con un consulente individuale per elaborare i sentimenti di tradimento e per ricostruire la sua autostima. Con il tempo, Laura prende la difficile decisione di terminare la relazione con Alessio e si concentra sulla sua crescita personale e sulla creazione di una vita piena di autenticità e amore reciproco.

Caso studio 3: Giulia, Carlo e Marta

Giulia è sposata con Carlo da molti anni e ha una solida relazione. Tuttavia, scopre che Carlo ha iniziato una relazione extraconiugale con una collega di nome Marta. Carlo utilizza la tecnica dell'omissione, evitando di menzionare la sua relazione con Marta e nascondendo i suoi incontri segreti. Inoltre, manipola Giulia sminuendo i suoi sospetti e rassicurandola costantemente del suo amore e fedeltà.

Giulia inizia a notare dei cambiamenti nel comportamento di Carlo, come un crescente distacco emotivo e una diminuzione dell'intimità. Decide di confrontare Carlo e chiedere spiegazioni. Carlo, nel tentativo di mantenere l'inganno, continua a mentire e negare l'infedeltà. Giulia si sente confusa, tradita e insicura.

Per affrontare questa situazione, Giulia decide di consultare un consulente matrimoniale specializzato nelle relazioni affette dall'infedeltà. La terapia di coppia offre a Giulia e Carlo uno spazio sicuro per esplorare la situazione, affrontare le loro emozioni e lavorare sulla comunicazione e sulla fiducia. Giulia impara a riconoscere le manipolazioni di Carlo e a proteggere se stessa durante il processo di guarigione. Sebbene la strada sia difficile, Giulia e Carlo sono determinati a lavorare sulla loro relazione e a costruire una base di fiducia rinnovata.

La scoperta di essere la terza persona in un rapporto amoroso è una realtà che può sembrare insopportabilmente dura. Accettare questa verità è spesso uno dei momenti più devastanti e confusi che si possano affrontare. Non solo si affrontano sentimenti di tradimento e inganno, ma c'è anche una pesantezza aggiunta di confusione, dubbi su sé stessi e un profondo senso di perdita.

Però, il dolore, la delusione e lo shock possono diventare catalizzatori per un processo di auto-scoperta e di rinascita personale. Si tratta di imparare ad accettare ciò che è successo, comprenderlo, imparare da esso e infine andare avanti. Ogni persona vivrà questo processo in modo unico e individuale, ma ci sono alcune tappe che tendono a essere comuni per molti.

Prima di tutto, l'accettazione è il primo passo. Può essere difficile da raggiungere e può richiedere tempo. L'accettazione non significa approvare ciò che è successo o minimizzare il dolore che si prova. Piuttosto, significa riconoscere la realtà della situazione senza negazione o evasione. Questo è il fondamento su cui si può iniziare a costruire un cammino di guarigione.

Il secondo passo è permettersi di sentire il dolore. È un passaggio cruciale, che richiede coraggio e vulnerabilità. Non c'è bisogno di mettere una facciata coraggiosa o di nascondere i propri sentimenti. Questa è una fase in cui è importante prendersi cura di sé, circondarsi di sostegno e concedersi la gentilezza e la pazienza necessarie per affrontare i sentimenti che emergono.

Successivamente, viene il momento della riflessione. Questo è il momento di fare un bilancio di ciò che è successo e di capire quali lezioni si possono trarre dall'esperienza. Potrebbe essere utile cercare l'assistenza di un professionista, come un terapeuta o un consulente, per guidare questo processo. Si tratta di identificare schemi o comportamenti che si vogliono cambiare e riconoscere i propri bisogni e desideri in una relazione.

Infine, arriva il passaggio del lasciar andare e del costruire per il futuro. Questo non significa dimenticare ciò che è successo, ma piuttosto permettersi di guardare avanti con speranza e ottimismo. Significa prendere le lezioni apprese, le nuove comprensioni di sé e usarle per costruire relazioni più sane e soddisfacenti in futuro.

Essere l'amante può essere una circostanza dolorosa e turbolenta, ma non è un'etichetta definitiva o un destino permanente. Con coraggio, autocompassione e supporto, è possibile navigare in questo difficile passaggio e emergere con una maggiore comprensione di sé, una maggiore resilienza e una nuova capacità di amore e di accettazione.

Capitolo 13: Il cammino verso il successo: Padroneggiare se stesse

La padronanza inizia con la consapevolezza di sé, un viaggio intenso ma gratificante che permette di scoprire chi si è realmente, oltre i ruoli che si assumono e le aspettative della società. Questa auto-conoscenza è il fondamento del successo personale, poiché permette di vivere una vita autentica, allineata ai propri valori e ai desideri più profondi.

Prima di tutto, si deve considerare l'importanza dell'auto-osservazione. L'atto di esaminare attentamente le proprie reazioni, emozioni e pensieri in diverse situazioni può offrire preziose intuizioni sulla personalità e sulle motivazioni. Ciò implica prendersi il tempo per riflettere su di sé, forse attraverso la meditazione o la scrittura di un diario, e cercare di capire perché si reagisce come si fa e cosa ci motiva veramente.

In secondo luogo, si dovrebbero considerare i propri valori, quegli ideali fondamentali che guidano le decisioni e il comportamento. A volte, si può scoprire che si sta vivendo in conflitto con i propri valori, il che può portare a insoddisfazione e stress. Identificare e comprendere i propri valori può fornire una bussola morale, una guida per le decisioni importanti e un senso di chiarezza e direzione nella vita.

Una parte essenziale dell'auto-conoscenza è anche riconoscere i propri punti di forza e di debolezza. Ognuno ha abilità e talenti unici, così come aree in cui potrebbe aver bisogno di migliorare. Riconoscere i propri punti di forza può migliorare la fiducia in sé stessi e aiutare a identificare aree in cui si è naturalmente dotati. Allo stesso modo, identificare le aree di debolezza non è un segno di fallimento, ma piuttosto un'opportunità per la crescita e l'apprendimento.

Infine, si devono considerare le motivazioni intrinseche, quelle cose che spingono a fare quello che si fa. Questo può essere più difficile di quanto sembri, poiché spesso si lascia guidare da motivazioni esterne come il denaro, la fama o l'approvazione degli altri. Tuttavia, per vivere una vita veramente soddisfacente e raggiungere un successo duraturo, è essenziale allinearsi con le proprie motivazioni intrinseche.

Dare una direzione alla vita è un processo che richiede una comprensione chiara dei propri obiettivi e aspirazioni. Questi obiettivi dovrebbero essere in linea con i propri valori personali, poiché questo allineamento permette di rimanere motivati e impegnati nel raggiungimento di questi obiettivi nel tempo. In questo senso, l'atto di definire e perseguire obiettivi personali è tanto un esercizio di auto-scoperta quanto un piano d'azione per il futuro.

Prima di impostare qualsiasi obiettivo, è fondamentale capire cosa si vuole veramente dalla vita. Questo può essere ottenuto attraverso una serie di tecniche di introspezione, come la meditazione, la scrittura di un diario o la discussione con un coach di vita o un terapeuta. Una volta che si ha una chiara comprensione delle proprie aspirazioni, è possibile iniziare a impostare obiettivi che siano in linea con queste aspirazioni.

La definizione di obiettivi chiari e raggiungibili è un'abilità fondamentale per dare una direzione alla vita. Gli obiettivi dovrebbero essere specifici, misurabili, raggiungibili, rilevanti e vincolati nel tempo, o "SMART". Per esempio, invece di dire

"Voglio essere più felice", un obiettivo SMART potrebbe essere "Voglio dedicare 15 minuti al giorno alla gratitudine per i prossimi 30 giorni". Questo obiettivo è specifico, è possibile misurare il progresso, è realistico, è rilevante per il benessere emotivo e ha un limite di tempo definito.

Una volta impostati gli obiettivi, è importante sviluppare un piano d'azione. Questo può includere passaggi specifici da intraprendere, risorse da utilizzare e potenziali ostacoli da superare. Il piano d'azione dovrebbe essere considerato un documento vivente, soggetto a modifiche e aggiustamenti in base al progresso e ai cambiamenti nelle circostanze.

Infine, rimanere motivati nel tempo può essere una sfida, ma ci sono diverse strategie che possono aiutare. Una di queste è la celebrazione dei progressi, indipendentemente da quanto piccoli possano essere. Riconoscere e apprezzare ogni passo avanti può aiutare a mantenere un senso di slancio e motivazione. Inoltre, avere un sistema di supporto, come un coach di vita, un terapeuta o un gruppo di supporto, può essere di grande aiuto nel mantenere l'accountability e il sostegno lungo il cammino.

Alcuni esempi di strategie per impostare e definire obbiettivi:

- Obiettivi SMART: Questo acronimo significa Specifici, Misurabili, Attuabili, Rilevanti e Temporizzati. Assicurati che il tuo obiettivo sia definito in modo chiaro (Specifico), che tu possa misurare il tuo progresso verso di esso (Misurabile), che sia qualcosa che puoi realisticamente raggiungere (Attuabile), che sia rilevante per i tuoi interessi e la tua vita (Rilevante), e che tu abbia una scadenza per raggiungerlo (Temporizzato).
- Creazione di un Piano di Azione: Ogni obiettivo dovrebbe avere un piano di azione associato che dettagli i passaggi

specifici necessari per raggiungerlo. Questo potrebbe includere l'individuazione delle risorse necessarie, la definizione di milestone intermedie e la pianificazione di come gestirai eventuali ostacoli che potrebbero sorgere.

- Vision Board: Creare una vision board può essere un modo efficace per visualizzare i tuoi obiettivi e tenerti motivato. Questo potrebbe includere immagini, parole e frasi che rappresentano ciò che stai cercando di raggiungere.
- Regolare Monitoraggio e Valutazione: E' importante monitorare regolarmente i tuoi progressi verso i tuoi obiettivi e valutare se le strategie che stai utilizzando sono efficaci. Se scopri che non stai progredendo come sperato, potrebbe essere necessario rivedere e aggiustare il tuo piano di azione.
- Celebrazione dei Successi: Infine, ricorda di celebrare i tuoi successi lungo la strada, non importa quanto piccoli possano essere. Questo può rafforzare la tua motivazione e darti la spinta di cui hai bisogno per continuare a lavorare verso i tuoi obiettivi a lungo termine.

Le emozioni sono una parte fondamentale dell'esperienza umana, che può dare profondità e significato alla nostra vita. Tuttavia, a volte, le emozioni possono diventare travolgenti, portando a stress, ansia e altri stati emotivi difficili da gestire. Qui, l'importanza della regolazione delle emozioni entra in gioco come un elemento chiave per mantenere il controllo in ogni circostanza.

Un primo passo nella gestione delle emozioni è riconoscere e accettare ciò che si sta provando. Spesso, la nostra reazione iniziale a un'emozione negativa può essere di respingerla o di cercare di ignorarla. Tuttavia, questa strategia tende ad intensificare l'emozione piuttosto che ad alleviarla. Invece, riconoscere l'emozione - "Sì, sono arrabbiato" o "Sì, sono ansioso" - può essere il primo passo verso la sua gestione.

Una volta riconosciuta l'emozione, è possibile iniziare a esplorarla. Questo potrebbe implicare di chiedersi: "Perché mi sento così?" o "C'è un motivo per cui questa emozione è così intensa?" Questo processo di auto-indagine può fornire intuizioni preziose sulle nostre reazioni emotive e può aiutare a identificare eventuali modelli o trigger.

Gestire efficacemente lo stress e l'ansia è un'abilità essenziale nella regolazione delle emozioni. Ci sono molte tecniche che possono aiutare in questo senso, tra cui la meditazione, il respiro profondo, l'esercizio fisico e la terapia cognitivo-comportamentale. Queste tecniche non solo possono aiutare a ridurre i sintomi dello stress e dell'ansia, ma possono anche migliorare la nostra capacità generale di gestire le emozioni difficili.

Le emozioni possono anche essere viste come strumenti di crescita personale. Ad esempio, la frustrazione può essere un segnale che qualcosa nella nostra vita ha bisogno di cambiamento. La tristezza può spingerci a riflettere su ciò che veramente conta per noi. Anche l'ansia, pur essendo scomoda, può aiutarci a identificare le aree in cui abbiamo bisogno di lavorare su noi stessi.

Alcune tecniche efficaci per la gestione dello stress, l'ansia e altre emozioni difficili:

- Respirazione profonda: Questa tecnica richiede solo pochi minuti ed è particolarmente utile per calmare l'ansia acuta. Basta chiudere gli occhi, inspirare lentamente ed espirare completamente, concentrando l'attenzione sul flusso dell'aria in entrata e in uscita.

- Meditazione: La meditazione può aiutare a ridurre lo stress e l'ansia aumentando la consapevolezza del momento presente. Non è necessario un grande impegno di tempo: anche solo 10 minuti al giorno possono fare la differenza.
- Esercizio fisico: L'attività fisica può aiutare a ridurre lo stress liberando endorfine, i cosiddetti "ormoni della felicità". Può anche aiutare a migliorare la qualità del sonno, che può a sua volta ridurre l'ansia.
- Tecnica del 5-4-3-2-1: Questa tecnica di consapevolezza sensoriale è utile per gestire attacchi di panico o ansia acuta. Si identificano 5 cose che si possono vedere, 4 cose che si possono toccare, 3 cose che si possono udire, 2 cose che si possono annusare e 1 cosa che si può assaporare. Questo aiuta a riportare la mente al momento presente.
- Gestione del tempo: Spesso, lo stress è causato da un sovraccarico di impegni. Apprendere tecniche di gestione del tempo, come la tecnica del Pomodoro o la regola del 2 minuti, può aiutare a rendere le giornate meno stressanti.
- Yoga: Il yoga è una pratica antica che collega la mente, il corpo e lo spirito attraverso una serie di posture e tecniche di respirazione. Può aiutare a ridurre lo stress e l'ansia, migliorare la flessibilità, l'equilibrio, la forza e la consapevolezza del corpo.
- Progressive Muscle Relaxation (PMR): La rilassazione muscolare progressiva è una tecnica che aiuta a rilassare i muscoli tesi. Implica la tensione e il rilascio di diversi gruppi muscolari nel tuo corpo, dal tuo viso ai tuoi piedi.

- Visualizzazione guidata: Questa tecnica ti aiuta a immaginare un luogo o una situazione rilassante. Può aiutarti a distogliere l'attenzione dallo stress e favorire sentimenti di pace e tranquillità.
- Mindfulness: La pratica della mindfulness implica il portare consapevolmente l'attenzione al momento presente senza giudizio. Può aiutarti a ridurre lo stress e l'ansia e può essere praticata attraverso la meditazione, lo yoga, o semplicemente focalizzando l'attenzione su attività quotidiane come camminare o mangiare.
- La tecnica del diario: Scrivere le tue preoccupazioni, ansie o sentimenti in un diario può aiutarti a svuotare la mente e a vedere le cose da una prospettiva diversa.
- Biofeedback: Questa tecnica utilizza dispositivi di feedback che ti insegnano come controllare funzioni corporee come la frequenza cardiaca, la tensione muscolare, la respirazione e la temperatura della pelle. Può essere molto efficace nel gestire lo stress e l'ansia.
- Distrazione Positiva: Trova attività che ti piacciono e che ti distraggono dallo stress. Questo può includere leggere, ascoltare musica, dipingere, fare giardinaggio, o qualsiasi altra cosa che ti fa sentire rilassato e contento.
- Aromaterapia: L'uso di oli essenziali può aiutare a ridurre lo stress e l'ansia. Alcuni oli come la lavanda, il bergamotto, il rosmarino e l'arancia dolce sono noti per le loro proprietà rilassanti.
- Camminare nella natura: Passare del tempo all'aperto, in particolare nelle aree verdi come i parchi o le foreste, può ridurre i livelli di stress e favorire un senso di benessere.

Le abitudini sono come i mattoni che costruiscono il cammino verso il successo personale e la realizzazione di sé. Spesso, piccoli cambiamenti nelle nostre routine quotidiane possono avere un impatto significativo sul nostro benessere generale e sulla nostra capacità di raggiungere i nostri obiettivi. Ecco perché comprendere il potere delle abitudini e sfruttarlo a nostro vantaggio è un elemento fondamentale per padroneggiare noi stessi.

La creazione di nuove abitudini salutari inizia con la definizione di obiettivi chiari e specifici. Ad esempio, se il nostro obiettivo è migliorare la nostra salute fisica, potremmo decidere di dedicare 30 minuti al giorno all'attività fisica. L'obiettivo deve essere abbastanza specifico da dare una direzione, ma anche abbastanza flessibile da adattarsi alla nostra vita quotidiana.

Un elemento chiave nel creare abitudini durature è la coerenza. Ciò significa impegnarsi a svolgere l'attività ogni giorno, indipendentemente da come ci si sente. Questo può sembrare difficile all'inizio, ma con il tempo, l'abitudine diventerà più naturale e meno faticosa.

Un'altra strategia efficace per costruire abitudini salutari è associare la nuova abitudine a una già esistente. Ad esempio, se si vuole meditare regolarmente, si potrebbe scegliere di farlo subito dopo la colazione ogni mattina. Questa "ancoraggio" della nuova abitudine a una già stabilita può aiutare a rendere la nuova routine più facile da seguire.

Il mantenimento delle abitudini può essere la parte più difficile. Qui, è fondamentale praticare l'autocompassione e la pazienza. Ci saranno giorni in cui non riusciremo a mantenere le nostre abitudini, ma è importante non lasciare che questi momenti ci scoraggino. Invece, dobbiamo vederli come opportunità di apprendimento e di crescita.

Lungo il cammino verso il successo, è inevitabile incontrare sfide e ostacoli. Questi momenti di difficoltà possono sembrare scoraggianti, ma con la giusta prospettiva e le strategie adeguate, possono essere trasformati in preziose opportunità di crescita e apprendimento.

In primo luogo, è importante accettare che le sfide siano parte integrante del percorso di crescita personale. Questo può essere difficile, soprattutto quando si è nel mezzo di una situazione difficile. Tuttavia, l'adozione di un atteggiamento di accettazione può aiutarci a gestire meglio lo stress e la frustrazione che possono derivare da queste situazioni.

Una volta accettato che le sfide sono inevitabili, il passo successivo è capire come affrontarle. Qui, le abilità di problem-solving entrano in gioco. Queste includono l'identificazione del problema, l'individuazione delle possibili soluzioni, la valutazione delle varie opzioni e, infine, la scelta e l'attuazione della soluzione più adatta. Questo processo richiede tempo e pratica, ma può essere enormemente benefico nel superare le sfide.

Il terzo passo è vedere le sfide come opportunità. Ogni sfida che incontriamo ci offre la possibilità di imparare qualcosa di nuovo su noi stessi e sul mondo che ci circonda. Che si tratti di sviluppare nuove abilità, acquisire una maggiore resilienza o scoprire nuovi aspetti della nostra personalità, ogni sfida contiene un seme di opportunità.

Infine, è importante circondarsi di un sistema di supporto positivo. Questo può includere amici, familiari, mentori o consiglieri che possono offrire incoraggiamento, consigli e una prospettiva diversa durante i momenti di difficoltà. Avere un sistema di supporto forte può fare una grande differenza nella nostra capacità di affrontare e superare le sfide.

Capitolo 14: Braccio di Ferro: L'Impatto della Forza Femminile

Riconoscere il potere femminile è un aspetto cruciale del cammino verso l'auto-accettazione e l'autostima per molte donne. È fondamentale capire che le donne hanno un'influenza significativa e che possono modellare il mondo intorno a loro in modi potenti e significativi.

Dalla notte dei tempi, le donne hanno dimostrato il loro potere e la loro influenza in molteplici modi. Hanno governato nazioni, condotto rivoluzioni, innovato in campi scientifici, artistici e tecnologici, e influenzato profondamente le generazioni future. Da Cleopatra a Maria Curie, da Amelia Earhart a Malala Yousafzai, la storia è costellata di donne potenti che hanno lasciato un'impronta indelebile nella società.

Ma il potere femminile non si limita alle figure storiche o alle personalità di rilievo. Ogni donna ha un potere innato che può esercitare in modi grandi e piccoli. Questo potere può manifestarsi nella capacità di ispirare e nutrire gli altri, nella forza di volontà per perseguire i propri sogni, nella resilienza di fronte alle avversità, o nella passione per creare e innovare.

È importante, quindi, che le donne riconoscano questo potere e imparino ad accettarlo come parte integrante di se stesse. Questo riconoscimento può contribuire ad aumentare l'autostima, a migliorare la resilienza di fronte alle sfide, e a ispirare un senso di scopo e direzione.

Nel mondo moderno, stiamo assistendo a un'ondata di riconoscimento del potere femminile. Sempre più donne stanno assumendo posizioni di leadership, stanno creando cambiamenti positivi nelle loro comunità, e stanno difendendo i diritti e le libertà delle donne in tutto il mondo. Questi esempi di forza femminile non solo dimostrano il potere che le donne possiedono, ma servono anche a ispirare e motivare altre donne a riconoscere il loro potere personale.

Riconoscere e accettare il potere femminile non significa solo celebrare le realizzazioni delle donne o aspirare a posizioni di potere o influenza. Significa anche riconoscere il valore e l'importanza delle donne in tutti gli aspetti della società e lavorare per garantire che questo valore venga riconosciuto e rispettato. È un processo di accettazione di sé, di rafforzamento dell'autostima e di impegno per un cambiamento positivo.

Accettare il potere femminile significa anche accogliere la ricchezza della diversità femminile. Le donne provengono da una vasta gamma di sfondi e portano con sé una molteplicità di esperienze e prospettive. Questa diversità è una fonte di forza e può essere utilizzata per creare soluzioni innovative e approcci unici per affrontare le sfide del mondo. La forza di una donna non si misura solo attraverso il suo successo individuale, ma anche attraverso il suo contributo alla società e il suo impegno per il cambiamento positivo.

Le donne possiedono un potere straordinario di empatia e connessione. Sono spesso le principali custodi dei legami familiari e comunitari, e il loro ruolo nella creazione di relazioni sane e supportabili non può essere sottovalutato. Questa capacità di connessione e cura è un potente strumento di cambiamento che può essere utilizzato per costruire comunità più forti e più resilienti.

Allo stesso tempo, le donne hanno dimostrato di essere incredibilmente resilienti di fronte alle avversità. Molte donne hanno affrontato ostacoli significativi nelle loro vite, sia personali che professionali, e sono riuscite a superarli con grazia e determinazione. Questa resilienza è un aspetto fondamentale del potere femminile e un elemento chiave del successo.

Il potere femminile può anche manifestarsi attraverso la creatività e l'espressione personale. Che si tratti di arte, scrittura, musica, danza, moda o qualsiasi altra forma di espressione, le donne hanno la capacità di creare bellezza e significato nel mondo. Questa espressione creativa può essere un potente veicolo per l'espressione di sé e per la condivisione di idee e emozioni.

Infine, riconoscere il potere femminile significa anche impegnarsi per l'uguaglianza e la giustizia. Le donne hanno un ruolo cruciale da svolgere nella lotta per i diritti e le libertà delle donne, e il loro impegno in questa causa è una prova del loro potere e della loro forza.

La prossima generazione di donne avrà un ruolo cruciale nel plasmare il futuro del nostro mondo. E' quindi fondamentale che esse siano educate e ispirate per diventare donne forti, sicure di sé e pronte ad affrontare le sfide del mondo. Questo processo comincia creando un ambiente che incoraggi le ragazze a riconoscere e sfruttare il loro potenziale.

Educare una ragazza a riconoscere il suo potenziale significa incoraggiarla a esplorare i suoi interessi e a sviluppare le sue capacità, indipendentemente dal fatto che si trovino in ambiti tradizionalmente maschili o femminili. Significa inoltre farle comprendere che il suo genere non limita le sue capacità e che può aspirare a qualsiasi carriera o ruolo che desideri. Per fare questo, è fondamentale fornire alle ragazze esempi di donne che hanno avuto successo in vari campi, siano essi la scienza, l'arte, la politica o lo sport.

Oltre a educare le ragazze sulle possibilità che hanno, è importante anche ispirarle a diventare donne forti. Questo significa insegnare loro l'importanza di avere fiducia in sé stesse e di essere assertive. Le ragazze devono sapere che è giusto esprimere le proprie opinioni e sentimenti e che devono lottare per i propri diritti. Devono anche essere incoraggiate a sviluppare la resilienza, a capire che è normale incontrare ostacoli e che la forza si trova nel superarli.

Creare un ambiente che sfidi le norme di genere restrittive è un altro elemento chiave nell'educare la prossima generazione di donne forti. Le ragazze devono crescere in un ambiente che non le confini in ruoli di genere stereotipati. Devono sapere che le donne possono essere leader, possono essere forti, possono essere indipendenti. Inoltre, devono vedere gli uomini che si impegnano in ruoli tradizionalmente femminili, come la cura dei bambini o le faccende domestiche. Vedere queste norme di genere sfidate aiuterà le ragazze a capire che possono fare qualsiasi cosa.

In ultimo, ma non meno importante, dobbiamo incoraggiare le ragazze a sostenersi a vicenda. La solidarietà femminile è un potente strumento per il cambiamento sociale. Le ragazze devono sapere che c'è forza nell'unione e che sostenendosi a vicenda, possono affrontare qualsiasi sfida venga loro proposta.

La solidarietà femminile è un potente strumento di progresso e trasformazione, un faro di speranza che illumina il presente e il futuro. Rappresenta l'importanza di unire le forze, offrendo un'opportunità per condividere, imparare e crescere insieme.

Quando le donne si uniscono, si manifestano cambiamenti profondi e significativi che vanno oltre i confini personali, influenzando l'intera struttura della società.

La storia è disseminata di esempi di donne che hanno infranto le barriere, sfidato le ingiustizie e contribuito a costruire un mondo migliore, lasciando un'impronta indelebile. Donne che hanno ispirato e continueranno a ispirare generazioni passate, presenti e future.

Ora, è il turno di ogni donna di ispirare il cambiamento, combattere per l'uguaglianza e affrontare le avversità. Nessuna deve farlo da sola. Attraverso la solidarietà, le donne possono offrire e ricevere sostegno, incoraggiamento e condivisione delle proprie esperienze.

La solidarietà femminile, tuttavia, non è solo un reciprocità di sostegno. È un richiamo all'azione, un invito a prendere posizione e a fare la differenza. È un veicolo per affermare i diritti, promuovere l'uguaglianza e combattere per un mondo più giusto.

Con la conclusione di questo libro, si spera che ogni donna si senta stimolata, potenziata e motivata. Che riconosca in se stessa la capacità di fare la differenza. Non importa il cammino scelto, ogni donna ha una voce unica e potente che può contribuire a plasmare il mondo.

La vita porterà inevitabilmente sfide e ostacoli, ma ogni sfida rappresenta un'opportunità di crescita, apprendimento e rafforzamento. Nessuna è mai sola. La solidarietà femminile offre una rete di supporto, un gruppo di donne che condividono l'obiettivo comune di creare un futuro migliore.

Ogni donna è un'incarnazione della forza femminile, resiliente e capace. Con la solidarietà delle altre donne, può contribuire a creare un mondo in cui ogni donna possa esprimersi liberamente, seguire le proprie passioni e realizzare i propri sogni.

Guardando al futuro, si ricorda a tutte le donne la forza che hanno dentro di sé e il potere che risiede nella solidarietà femminile. La strada può essere difficile, ma insieme, si può superare ogni ostacolo. Che questo libro sia una fonte di ispirazione, un promemoria della potenza della solidarietà femminile, e un incoraggiamento a perseguire i propri sogni, a sostenere altre donne e a lasciare un segno positivo nel mondo. La forza è in voi. Con determinazione, coraggio e solidarietà, non c'è nulla che non potete superare.

Se pensi che questo libro ti sia piaciuto e ti abbia aiutato ti chiedo solo di dedicare pochi secondi a lasciare una breve recensione su Amazon.

Grazie!

Martina Ferreira

Printed by Amazon Italia Logistica S.r.l.
Torrazza Piemonte (TO), Italy

54300018R00188